FVA

Paula Schweers

LAWINENGESPÜR

Roman

FRANKFURTER VERLAGSANSTALT

Für Marina

Prolog

Bayerisch Eisenstein, Dezember 2019

Es hat sich wenig verändert. Der einzige Unterschied ist, dass vor zehn Jahren mein großer Bruder Leo noch neben mir auf dem Feld stand und in die leuchtenden Fenster unseres Hauses starrte. An den zu guten Tagen, die für unsere Mutter Clara den Morgen zur Nacht und die Nacht zu einem Vollrausch werden ließen, wurden wir zwischen den Getreidehalmen unsichtbar, die der Wind wie Wellen zum Wogen brachte. Wir wussten, dass das Haus voller Menschen war und Clara am nächsten Morgen Schmerztabletten in Wellnesswasser mit Pfirsichgeschmack auflösen und sich für das Chaos entschuldigen würde, das sie in unseren Zimmern hinterlassen hatten.

Es hat sich wenig verändert. Das Drama folgt Leo wie sein Hund, den ich ins Tierheim bringen musste, weil zu viele Flöhe in seinem Fell lebten. Immer wieder schleicht sich mein Bruder heran. In den zehn Jahren, die er verschwunden war, flutete er meine Gedanken, als er vor ein paar Wochen zurückkam, floss das Wasser in seine Lungen. Sein Gesicht schimmerte blau, lila, grün. Brandwunden überzogen seinen Rücken wie Masern. Die Rippen auf der linken Brustkorbseite waren zersplittert. Seine schwarzen Locken, an denen ich als Kind gezogen habe und die alle bewunderten, hatte er abrasiert. Sie wachsen nur langsam nach. Mittlerweile ist er fast achtundzwanzig, die vielen

Jahre auf der Straße haben Spuren in seinem Gesicht hinterlassen: Auf der Stirn sind Falten entstanden, viele seiner Zähne wackeln. Die Ärztin gibt sich Mühe und hat ebenso tiefe Augenringe wie ich. Immer wieder überprüft sie seine Vitalwerte, immer wieder sagt sie: »Mensch, der Junge ist echt zach, gell?«
Es hat sich wenig verändert. Eisenstein besteht aus ordentlich bepflanzten Vorgärten und schlecht laufenden Berghotels. Die Winter sind milder geworden. Trotzdem klaftert der Schnee bungalowhoch auf den Gipfeln. Auf Spaziergängen hört man es knallen und krachen, kleine Lawinen reißen Geröll und marodes Holz mit sich. Vor zehntausend Jahren schmolzen hier die letzten Eismassen vom Großen Arber und flossen als Gletscher ins Tal. Nur wenige Pflanzenarten überstanden die Erwärmung auf Kälteinseln im Wärmemeer, wie mein Vater es uns einmal erklärt hatte. Ich habe diese Beschreibung immer gemocht, macht sie das Dorf doch zu einem Ort, der potenziell vom Aussterben bedroht ist. Aus dem gleichen Grund sympathisierte ich als Jugendliche mit sich ausweitenden Ozonlöchern, heißer werdenden Sommern, dem demografischen Wandel, der ganze bayerische Landstriche veröden ließ.
Es hat sich wenig verändert. Tumbe Männer verbrennen Laub und Amazon-Kartons in ihren Feuerschalen. Sie grillen selbst erschossenes Wildschwein und interessieren sich nicht für die Blicke einer jungen Frau aus der Stadt. Sie ignorieren mich wie die Kälte, hacken in Muskelshirts Holz und entblößen ihre Tribals. Manche von ihnen müssten mich noch kennen, aber als ich grüße, tun sie so, als wäre ich unsichtbar. Hier redet man nicht mit

Weggezogenen. Lieber zieht man Zäune um seine Grundstücke oder lässt blickdichte Hecken wachsen.
Es hat sich wenig verändert. Hinter der Grenze zu Tschechien, etwa eine Autostunde entfernt, liegt Bayerns Hinterhof, der große Markt von Folmava. Auf den Ladentischen fliegender Stände liegen Plastikspielzeug, Räucherstäbchen und billige Handys aus. An der Straße nach dem Grenzposten reihen sich Nachtclubs und Casinos aneinander, vor einer Großtankstelle parken Autos mit deutschen Kennzeichen. Alles, was in den Kur- und Urlaubsorten von den Straßen verschwunden ist, lässt sich hier inmitten der Wohnhäuser finden. Was 1944 die Panzerschokolade war, ersetzt seit 2007 den Griechen das Koks und noch länger der bayerischen Landjugend die Metropole. Mit zehn aßen die Jungs Ingwerbonbons und Pistazienkekse, bis ihre Münder brannten und die Ohren kribbelten. Mit vierzehn brachte Leo, frisch gewaschen und mit Bianchi-Trikot bekleidet, eingerollte Päckchen Crystal Meth im Oberrohr seines Rennrads aus Folmava mit. Die halbe Schule kaufte bei ihm: die Linksjugend mit ihren letzten lebenden Emos, die Landjugend mit zu Hahnenkämmen gegelten Robbie-Williams-Haarschnitten. Jungs in Jogginghosen und Springerstiefeln, Nerds mit Zöpfen, riesigen Rucksäcken und zu langen Fingernägeln, die auf Blicke der schönen Mädchen aus der Raucherecke hofften. Ihnen ging es nicht um ein kalkuliertes Wirkungsfeuerwerk einzelner Substanzen wie den Großstadtjugendlichen, die mit Sorgfalt nach der idealen Keta-Koks-Kombo suchten, sondern um einfaches Wegballern: Rausch, Betäubung, Zerstörung. Dabei halfen Rum-Cola, Wodka-O, Erdbeer- und Apfelschnaps in Pappbechern, das gemeinsame Vorglühen auf zertre-

tenen Rasenflächen mit dem Rücken an den Bierwagen für Scheunenfest oder Schaumparty. Manchmal fand ich Leo nach so einer Nacht bewusstlos in einem Vorgarten oder im Park unter einer Sprinkleranlage, die den Rasen benetzte. Er schlief seinen Rausch aus. Oft saß er auch bei den Männern, die vor dem Bahnhof schliefen, und trank mit ihnen Bier, das er kastenweise für sie kaufte. Als ich aufhörte, Zöpfe zu tragen, anfing, mir die Haare pink zu färben und mit meinen Freundinnen Röcke und Piercings zu tauschen, saß er immer noch auf einer Bank am Gleis, als wartete er auf einen verspäteten Zug. Kurz bevor er verschwand, sah ich ihn vor dem Supermarkt herumlungern, mit roten Augen und zerfetzten Schuhen. Er war gerade erst aus Russland zurückgekehrt, aus der letzten intensivpädagogischen Maßnahme, die meinen Eltern noch eingefallen war. In jeder Hand hielt er eine Plastiktüte. In seinem Mundwinkel steckte eine abgebrannte Kippe. Ich hoffte, dass er unsere Gruppe nicht wahrnahm, als wir uns umdrehten und wegliefen. Die anderen kichernd und aufgekratzt, ich mit einem schweren Stein im Magen.

Es hat sich wenig verändert. Wenn Leo mich anruft, befiehlt er mir, sofort ins Krankenhaus zu kommen. Er fühle sich einsam und ich sei schließlich alles, was er noch habe. Und er sagt »Nora«, und ich hoffe, dass er übertreibt und es längst nicht so schlimm um ihn steht, wie er tut. Aber natürlich steige ich trotzdem in den Zug und fahre zur Klinik. Und wenn ich ins Zimmer komme, sagt Leo stolz: »Dieser Kroschka da wird mal Professorin!«, und die Pfleger, die damit beschäftigt sind, Schläuche auszuwechseln, drehen sich um und lächeln. »Reg dich nicht auf, ist doch alles schick«, sagen sie.

Es hat sich wenig verändert. Der einzige Unterschied ist, dass vor zehn Jahren mein großer Bruder Leo noch neben mir auf dem Feld stand und in die leuchtenden Fenster unseres Hauses starrte. Wenn draußen die Flüsse anschwollen und das Schneewasser mit den Gebirgsbächen hinunter ins Tal strömte, begann Claras Körper Tränen zu produzieren, die als Rinnsale aus ihren Augen flossen. Ich löste ihr Schmerztabletten in Wellnesswasser mit Pfirsichgeschmack auf, entschuldigte mich für das Chaos, das unsere dreckigen Schuhe auf dem Fischgrätenparkett hinterließen. Wir schlugen die Haustür hinter uns zu, liefen über den Marktplatz, und Leo steckte in die Taschen, was sich im Vorbeigehen mitnehmen ließ. Im Bus frühstückten wir Heidelbeeren. Mit violett verfärbten Fingern flocht ich Leo Zöpfchen. Seine Haare verfilzten im Nacken, auf seinem Lieblingspullover stand unter einem Bild von Britney Spears »Rebel without a cause«. Wir fuhren von Dorf zu Dorf, schwammen im Arbersee von Insel zu Insel, liefen den Wolkenschatten nach, die über die Felder zogen. Leo und ich haben uns immer alles aufgeteilt: Ich kochte Suppen, Kaffee, wusch die Wäsche, wischte den Staub von den Böden und die Wimperntusche von Claras Gesicht. Leo zertrümmerte Fenster und Erwartungen, bemalte Wände, Autos, Güterzüge. Alles ging seinen Gang. Leo zog zum ersten Mal selbst eine Nase in der Werkstatt eines depressiven Glasmachers und kam glückselig zurück. Schnell suchte er nach der perfekten Route nach Tschechien, die Geldscheine knisterten bald in seinen Hosentaschen. Seine Stammkunden kauften bei ihm Crystal, um einen gut bezahlten Job effektiver zu erledigen, den sie hassten, um genug Geld zu verdienen, um Crystal zu kaufen. Oder sie brauchten den Stoff für das gnadenlose zweite Staatsexamen, für Mädelsabende und lange Nächte am Feuer in den leerstehenden Glashütten, die einst den Wohlstand der Region sicherten. Wir wuchsen aus den Baggy Pants heraus, in die Skinny Jeans hinein, Leo blieb versetzungsgefährdet, ich schrieb eine Eins mit Sternchen nach der anderen. Die Mädchen mit den bunten Nägeln und glänzenden Lippen, mit denen wir auf Parkhausdächern in Cham oder Deggendorf rumhingen, wurden reihenweise abgeschoben, nach Moldawien oder in den Kosovo, andere Mädchen rückten an ihre Stelle.

Es hat sich wenig verändert. Tumbe Männer trimmen mit abweisenden Gesichtern die Hecken in ihren Vorgärten. Die meisten von ihnen haben ihre Drogenphase längst hinter sich. Andere hängen immer noch drin und fahren jeden Freitag nach der Arbeit über die Grenze. Ich weiß nicht, was sie davon haben, aber ich kann es mir vorstellen, wenn ich ihnen beim Holzmachen zusehe. Wie am Fließband zerbrechen sie Reisig, spalten die Scheite, zerkleinern Baumstämme mit einer Kettensäge, schleppen den Holzkorb ins Haus. Die Hecken und Kinder wachsen ihnen über den Kopf. Der Schnee kleistert ihre Häuser zu wie Bauschaum. Sie haben immer zu tun und würdigen mich keines Blickes. Nur die Natur strahlt mich an, ein weißer Himmel will beachtet werden. An den zu guten Tagen, die für Clara den Morgen zur Nacht und die Nacht zu einem Vollrausch werden ließen, wurden wir zwischen den Getreidehalmen unsichtbar, die der Wind wie Wellen zum Wogen brachte. Die Fenster unseres Hauses leuchteten zu uns herüber. Die Straße war voller Autos mit ortsfremden Kennzeichen und achtlos hingeworfener Fahrräder. Hüte und Bolero-Jäckchen hingen an den Ästen des Apfelbaums vor dem Haus. Notgemeinschaften aus Männern und Frauen warfen die Arme in die Luft. Nachbarn linsten durch die Rollläden, irgendwer rief immer die Polizei. Schlager ballerten, Lachen schrillte, Geschirr zerbrach.

Ich setze mich auf den Boden, taste nach Leo. Meine Hand findet gefrorene Erde, er schläft vierzig Kilometer entfernt in seiner Klinik. Ich stehe wieder allein da. Es hat sich wenig verändert.

Berlin, Juli 2019

Eigentlich veränderte sich nie etwas, bis ich eines Tages plötzlich verrückt wurde. In jedem Winter verlor Berlin neu seinen Charme, wurde schlammig und farblos. Das einzig Bunte zwischen schwarzen Mänteln, Regenschirmen und Mützen waren die glitzernden Smartphones der Teenies. Die U-Bahn roch nach nassem Hund, Zimt und Nelken, die Bahnsteige klebten vor Glühwein. Die Touristen blieben bis nach Silvester, dann leerten sich die Straßen für ein paar Monate. Das Stadtzentrum wurde zu einer öden Kulisse: Zwischen den Mode- und Bäckereiketten ragte der Fernsehturm in graue Wolken. Im Frühling kehrten dann die Touristen zurück und verstopften mit ihren Koffern die Züge. Die Stadt blühte auf. Junge Frauen mit Angeber-Englisch verkauften Smoothies an Muttis, die sich bei den ersten Sonnenstrahlen auf Parkbänken trafen. Säuglinge krähten nach einer Brust. Schwule brachten ihre Dates zur S-Bahn, verteilten Küsse an die niedlichen Jungs aus der Provinz mit ihren Fußballerhaarschnitten und groben Turnschuhen. Der Sommer war immer die schönste Zeit, in der ich die Stadt sogar ein bisschen liebte. Die Kellner stellten die Stühle und Tische auf die breiten Fußwege vor den Restaurants. Es wurde wieder draußen gefrühstückt, geraucht, getrunken. Auf dem Weg in die Bibliothek, die nur zwei Straßen von meiner Wohnung entfernt lag, sog ich die Atmosphäre der ersten Julitage auf. Es war acht Uhr morgens, und ich hatte vor, mich in die Sonne zu setzen und mir dafür einen Kaffee und ein Brötchen bei der neuen Bäckerei zu holen, von der Harriet erzählt hatte. Angeblich hatten sie noch besseren Cappuccino als unser Stammladen, den wir für seine cremigen Pastéis de Nata liebten. Meine Hände zitterten, als ich in der Tasche nach meinem Geldbeutel kramte, um nachzusehen, ob ich Bargeld dabeihatte.

Vor ein paar Minuten hatte ich die E-Mail meiner Professorin Annette gelesen, in deren Betreffzeile »Glückwunsch!« stand. Die Mail war mit hoher Priorität gesendet worden. Sie verkündete, dass meine Abschlussarbeit im Fach Geologie, an der ich seit einem Jahr arbeitete, einen Nachwuchspreis gewonnen hatte. Ohne mir Bescheid zu sagen, hatte Annette das Exposé eingereicht, und die Jury hatte sich dafür entschieden. Ich wusste, dass der Preis mit 10 000 Euro dotiert war und dass er mir helfen würde, aus der Unsichtbarkeit meines Arbeitszimmers herauszukommen. Als wissenschaftliche Hilfskraft hatte ich für Annette Tausende Buchseiten kopiert, Texte geschrieben, sexistische Kommentare unter ihren Artikeln geblockt, Seminararbeiten korrigiert, Kaffeetassen abgewaschen und Bachelorstudenten die Mensa gezeigt. Selten hatte ich genug Zeit für meine eigene Forschung. Ich wusste, dass es nur wenige in den akademischen Mittelbau hinein und noch weniger darüber hinaus schafften. Deshalb trieb ich mich an, arbeitete nachts am Fließband, morgens für meine Forschung, nachmittags für Annette. Sie hatte heute schon dreimal angerufen. Die Frau schlief nie.

Vermutlich hatte sie gerade an einer Studie oder einem Essay geschrieben, als sie die Nachricht der Jury bekommen hatte, und war davon ausgegangen, dass ich auch schon wieder am Schreibtisch saß.
Münzen rollten über den Bürgersteig, und das klirrende Geräusch brachte mich zurück auf die Straße in Kreuzberg, auf der ich herumstand und mit offenem Mund in den Himmel starrte. Ich sammelte das Geld auf, das mir heruntergefallen war, steckte das Portemonnaie wieder ein und ließ mich dann auf die Bank an einer Bushaltestelle sinken. Wie immer kam der M29, der auf Twitter zu Recht als Bus aus der Hölle gedisst wurde, viel zu spät. Darüber schimpfte auch die alte Dame, die neben mir saß und ihre Einkaufstasche, aus der massenhaft Karottengrün herausschaute, umklammert hielt, als wollte ihr jemand alles wegnehmen. Ihr Mann hatte die Tastentöne auf seinem Handy eingeschaltet, es piepte und klackerte, als er eine Nachricht schrieb. Ungeduldige Menschen schrien sich auf Sächsisch an. Grummelnd fotografierten sie die blinkende Abfahrtsanzeige mit ihren Smartphones. Meine Augen blieben an einem großen grellpinken Plakat auf der anderen Straßenseite hängen. Darauf fütterten sich zwei halbnackte Frauen mit Eiscreme. Eine fette Schlagzeile verdeckte ihre Gesichter. Ich versuchte sie zu lesen. Der erste Buchstabe musste ein Z sein, der letzte vielleicht ein P. Weiter kam ich nicht. Wie bei einer fremden Sprache ergaben die aneinandergereihten Buchstaben keinen Sinn. Ich kniff die Augen zusammen. Wartete. Riss sie wieder auf. Versuchte es noch einmal. Das musste die plötzliche Aufregung sein, die mich überfallen hatte. Mein Leben war in den letzten Jahren zwar anstren-

gend, aber ruhig gewesen, ich war nichts mehr gewohnt. Es war nur ein kurzer Schock, der schnell vorbeigehen würde, redete ich mir ein. Für einen Moment breitete sich ein trügerischer Gleichmut in mir aus. Erleichterung, wie nach einer Lüge, an die man nicht mehr geglaubt hat und die dann doch noch verfängt und die Wogen eines Streits glättet. Ich wartete ein paar Minuten, bevor ich mein Handy aus der Hosentasche zog. Meine Hände zitterten noch immer. Das Display war voller kleiner Anzeigebilder der Apps, darunter mussten ihre Namen stehen. Egal, wie sehr ich mich anstrengte, sie zu lesen – das Einzige, was ich sah, waren Ansammlungen weißer Krümel. In meiner Brust zog sich etwas zusammen. Was war das? Ein Schlaganfall? Lähmung, Sprachstörungen, Schwindel, Kopfschmerzen. Ich spürte alle Symptome, von denen ich einmal gehört oder gelesen hatte, die auf eine schlimme Krankheit hindeuten konnten.

Ich wusste, dass ich Katastrophen voraussehen konnte, bevor sie eintraten. Das lag an dem Lawinengespür, das ich als Kind entwickelt hatte. Bevor Schnee und Schlamm einen Abhang am Großen Arber herunterstürzten, fühlte ich, dass etwas in der Luft lag. Wie bei Migräne oder Epilepsie gab es dafür Vorzeichen, eine Aura des eigentlichen Geschehens. Die Stille, die Konsistenz des ungewöhnlich schnell fallenden Neuschnees, eine schmerzhaft beißende Kälte. Irgendwann wurde ein Kipppunkt erreicht, und der Abgang war nicht mehr aufzuhalten. Manchmal löste ihn ein Tier aus oder ein Skifahrer, der außerhalb der Pisten unterwegs war. Blitzartig konnte dann eine ganze Schneeschicht abreißen und ins Tal rutschen. Der leichte Schnee, der ganz oben lag, vermischte sich zusätzlich mit der Luft

und bildete eine Schneewolke. Diese konnte eine gigantische Druckwelle vor sich herschieben, die schon vor der Lawine alles zu Boden riss.
Die Katastrophe breitete sich vor mir aus. Ich sah mich im Notarztwagen liegen, blass, schwitzend, ohne Hoffnung auf Rettung. Ängstlich im Krankenhausflur, auf einem Klinikbett liegend, wartend auf Hilfe. Ich sah mich endlos Buchseiten kopieren, die ich nicht verstand, Bachelorstudenten, die über mich lachten, Annettes enttäuschtes Gesicht, als ich ihr sagte, dass ich nicht mehr für sie arbeiten konnte. Eine skeptische Jury, die mir den gerade gewonnenen Preis sofort wieder aberkennen wollte. Der faustgroße blutrote Klumpen in meiner Brust hämmerte panisch. Vor meinen Augen flimmerte die Luft. Die Menschen, die Bushaltestelle, die Hunde und Einkaufstaschen verschwammen. Tunnelblick; ich starrte auf das Display. Das Handy fiel mir aus der Hand und landete auf dem Bürgersteig, ein Riss durchschoss sofort das Glas. »Passen Sie doch auf!«, rief die alte Dame neben mir, als ich aufsprang. »Es tut mir leid«, murmelte ich und sammelte meine Sachen auf. Die Bücher lachten höhnisch, als ich die Tasche verschloss. Auf dem Weg zurück zu meiner Wohnung vermied ich es, die Straßenschilder oder Speisekarten vor den Restaurants anzusehen. Ich starrte auf den Boden und konzentrierte mich auf die abertausend Kaugummiflecken, die den Bürgersteig übersäten. Die vertraute Umgebung beruhigte mich ein wenig. Ich fand den Heimweg auch blind, so oft war ich ihn schon gegangen.
Seit einem Jahr verbrachte ich jeden Morgen in der Bibliothek. Ich hatte dort meine Lieblingsecke vor einem Fenster, in der ich meine Bücher stapeln und den Laptop mit

einem großen Bildschirm verbinden konnte, auf dem ich das Modell des Gebirges gut sah. Nach ein paar Stunden konzentrierter Arbeit, die mich schweigsam und müde machte, aß ich ein spätes Mittagessen mit meinen Freundinnen und hastete ins Institut. Dort stellte ich ein paar Texte für Annette zusammen, schaute nach, ob sie etwas brauchte. Den frühen Abend verschlief ich vor irgendeinem YouTube-Video auf dem Laptop. Dann machte ich mir Brote, band meine Haare zu einem Zopf zusammen, zog den Overall und die Sicherheitsschuhe an und fuhr für die Nachtschicht mit dem Bus nach Marienfelde. Zusammen mit Orientalisten und Literaturwissenschaftlerinnen schliff ich dort im Werk kleine Makel aus Autokarosserien, verschraubte Autotüren und baute Bremslichter ein. Die Facharbeiter schüttelten jedes Mal den Kopf, wenn sich ein neuer Orchideenfächler vorstellte, um sich etwas dazuzuverdienen. Ich mochte die monotone Arbeit, die ganz anders war als das viele Lesen und Schreiben über den Tag hinweg. Meine Augen blieben über Stunden auf den Bildschirm gerichtet, auf dem Teile des jeweiligen Wagenmodells aufleuchteten. CLA 180 Coupé, GLA SUV, CLA Shooting Brake, ich hatte sie alle verinnerlicht. Ich drückte Grün, wenn die Karosserie intakt, Rot, wenn sie defekt, oder Gelb, wenn ich mir nicht sicher war.
Wir verbrachten die Pause in großer, lauter Runde im Innenhof, versammelt um das Glimmen der Zigaretten, und die Wortführer erzählten von Vietnam, Lateinamerika und dem Leben aus dem Rucksack, das sie angeblich führten, wenn sie nicht gerade mit Hochdruckreinigern den Werkstattboden sauber machten. Morgens zog ich den Overall aus, wusch mir das Gesicht, begrüßte

meine Ablöse per Handschlag und kehrte zurück in die andere Welt. Ich schlief die Busfahrt über oder trank auf dem Weg durch die langsam erwachende Stadt einen staubigen Espresso aus der Kantine. Mit den Nachtschichten verdiente ich genug Geld, um mir eine Einzimmerwohnung in einem Haus leisten zu können, in dem keine Kinder durch das Treppenhaus rannten, niemand Gitarre übte oder so laut betete, dass ich mich nicht auf die Arbeit konzentrieren konnte. Außer mir wohnten glücklicherweise nur ältere Menschen hier.

Nachdem ich die Treppen in den zweiten Stock überwunden hatte, schlug ich die Wohnungstür hinter mir zu und sackte zusammen. Meine Beine gaben einfach nach. Auf Knien kroch ich durch den Flur zu meiner Matratze, rollte mich darauf zusammen, starrte auf die weiße Zimmerwand und die vielen Ausschnitte aus Zeitungen, die ich daran gepinnt hatte. Bilder, die mir nicht aus dem Kopf gegangen waren, nachdem ich einen Artikel gelesen hatte, und die ich um mich haben wollte. Spanische Strohhäuser, die von Überschwemmungen bedroht waren, eine ausgestorbene Fußgängerzone in Duisburg. Ich versuchte, an etwas Langweiliges zu denken und ruhig zu atmen. Ich ließ meinen Blick durch den Raum schweifen. Noch nie hatte ich jemanden hierher eingeladen, weil ich wusste, dass meine chaotischen Freundinnen ihre Chipstüten und Bierflaschen überall abstellen und ich am nächsten Tag die Asche ihrer Zigaretten von den Fensterbänken würde wischen müssen. Sie würden meine Kleider anprobieren, Essen aus dem Kühlschrank nehmen und mit fettigen Fingern in meinen Büchern blättern. Außerdem würden sie mich fragen, warum ich denn in einer Wohnung ohne Möbel lebte. Ich besaß tatsächlich nicht viel mehr als die Kisten für meine Kleidung und die Matratze, auf der ich schlief, aß und fernsah. Dann gab es noch einen Schreibtisch, an dem ich aus Gewohnheit nicht schreiben konnte, aber unter dem alle meine Bücher aufgestapelt waren.

Auf dem Tisch stand das 3D-Modell des Gebirges an der Grenze zwischen Tschechien und Polen, über das ich meine Abschlussarbeit schrieb. Mein Blick blieb daran hängen. In Gedanken kletterte ich über Felsen und Schutt, bis ich endlich die Gipfel vor mir sehen konnte. In meiner Arbeit versuchte ich zu beweisen, dass Teile des Gebirges ein sehr hohes Maß an Unversehrtheit aufwiesen und somit den besonderen Schutz der UNESCO verdienten. Dafür sollte ich nun also einen Preis bekommen. Es war surreal. Ich drehte mich zur Seite. Eine Teetasse vom letzten Abend stand noch auf der Spüle und störte die Ordnung. Wie in Trance stand ich auf, wusch die Tasse ab, wischte mit einem Lappen über das Spülbecken, den Schreibtisch und die silbrige Oberfläche meines Laptops, bis alles glänzte. Ich räumte meine Bücher wieder ein, wusch mir das Gesicht, zog meinen dunkelblauen Kaschmirpullover an, setzte mich auf den Stuhl und wählte den Notruf.

Nachdem ich dem Mann in der Leitung alles erzählt und seine Fragen beantwortet hatte, räusperte er sich. Seine Stimme klang gelangweilt, routiniert. Zur Sicherheit sollte ich alles abklären lassen, das sei ja klar. Er glaubte aber an eine harmlose Panikattacke durch die große Aufregung, die plötzlich über mich gekommen sei. Ich solle ruhig zum Mittagessen mit meinen Freundinnen gehen, vielleicht auch noch ein bisschen arbeiten, das würde mich entspannen, das spüre er auch aus der Ferne. »Rein für den Kopf« empfahl er einen Arzttermin für den nächsten Tag und wünschte väterlich eine schöne Woche. Auf sein Geheiß kämmte ich meine Haare, trank ein Glas Wasser und wartete auf die Erschöpfung, die mich nach der Ausschüttung von Adrenalin und Cortisol überkommen würde. Mein Hausarzt hatte am nächsten Tag eine Akutsprechstunde, zu der ich gehen konnte, und sicher würde er mir bestätigen, dass alles harmlos war. Als ich die Wohnung verließ und den immer gleichen Weg zum Gold Thai nahm, glaubte ich schon wieder an einen kleinen Ausreißer. Daran, dass ich auf gerader Strecke nur kurz gestolpert war und sich schon morgen alles aufklären würde. Dann könnte ich auch endlich Annette anrufen und mich für die Nominierung bedanken.

Zum Gold Thai lief ich wie über Watte. Jasmin und Harriet warteten schon in dem Imbiss auf mich, in dem wir zusammen Mittag aßen, wenn wir zwischen Kinderbetreuung, Forschung, Jobs und Dates dazu Zeit fanden. Sie waren gewohnt, dass ich nach der Arbeit konfus wirkte und schnell den Gesprächsfaden verlor. Meist zogen sie mich damit auf, manchmal waren sie genervt von meiner Abwesenheit. Aber sie tolerierten sie, so wie ich ihre vielen kleinen Spleens tolerierte, und unsere Freundschaft hielt schon seit vielen Jahren. Auch dieses Mal zogen die beiden nur kurz die Augenbrauen hoch, als ich sie, verschwitzt und für das Wetter viel zu warm angezogen, begrüßte und den Tisch mit einem Reinigungstuch abwischte.

Meine Besessenheit von dem einen für sie völlig beliebigen Gebirge war ihnen nicht ganz geheuer. Jasmin, die einzige

Person über zwanzig, die ich kannte, die wieder bei ihren Eltern lebte – in einer schönen alten Villa mit einer knarrenden Treppe und einer Terrasse mit Seeblick, um die wir sie alle beneideten (um die Eltern und die Terrasse) –, verstand nicht, warum ich es so eilig hatte, mit der Arbeit fertig zu werden. Sie selbst studierte Filmwissenschaften im sechsten Jahr und liebte die Unverbindlichkeit, die mit der Zeit an der Uni einherging. Bevor sie sich von ihrem Freund getrennt hatte und wieder in ihr Elternhaus gezogen war, hatte sie durch Austauschprogramme in vier Ländern gelebt, sogar außerhalb Europas, wie sie betonte. Mit perfekt choreografierten Kurzvideos hielt sie uns und ihre zehntausend Follower auf Instagram darüber auf dem Laufenden, was sie auf ihren Reisen erlebte. Harriet hingegen glaubte, mich gut zu verstehen. Sie wusste, wie es war, wenig Geld zu haben, und meinte, dass ich all das tat, was ich tat, um endlich aus der Armut herauszukommen. Sie war immer knapp bei Kasse, weil sie nach einer abgebrochenen Ausbildung zur Schneiderin und den Schwangerschaften keiner mehr einstellte. Ihr großer Traum war es, Schauspielerin zu werden, was jedoch an mangelnder Ausbildung und Kontakten scheiterte. In einer Zeit, in der die Generation Z Praktika sammelte wie wir früher Festivalbändchen, würden die verlorenen Jahre schwer aufzuholen sein. Die schwarze Träne, die sie sich unter das linke Auge hatte tätowieren lassen, bekräftigte die gefühlte Aussichtslosigkeit ihrer Lage: Mit Mitte dreißig saß sie als Alleinerziehende mit zwei Kindern und traumatisierten Teilzeitpartnern in ihrer kleinen Wohnung in Neukölln fest und hielt sich mit Aushilfsjobs in Bars über Wasser.

»Du stinkst«, sagte Jasmin, nachdem sie mich umarmt hatte. Weil sie wusste, wie sehr sie mich damit nervte, schob sie hinterher: »Wann hast du eigentlich das letzte Mal einen Mann getroffen?« Jasmin wusste, dass ich seit der Trennung von Tom vor einem Jahr, der ihrer Meinung nach wirklich überhaupt nicht zu mir gepasst hatte, kaum mehr ausging und noch weniger Wert als vorher auf mein Äußeres legte. Jasmin, die immer über neue Berliner Modelabels Bescheid wusste und ihre Wochenenden auf Kleiderkreisel und Flohmärkten in den Außenbezirken verbrachte, nannte das Verschwendung von Potenzial. Ich verschwieg ihr, dass ich in einer Art stillem Arrangement manchmal mit meinem Kollegen Boris schlief, der durch seinen unsicheren Aufenthaltsstatus in Deutschland viel arbeitete und sich nicht fest binden wollte, was mir nur recht war. »Das weißt du doch«, antwortete ich stattdessen. Jasmin rollte mit den Augen. Sie klopfte mit ihrem Smartphone auf den Tisch. »Dabei gibt es so viele Möglichkeiten, jemanden kennenzulernen. Und es würde dir ganz bestimmt guttun.« Ich wusste, dass Jasmin die Herzen der Männer auf OkCupid reihenweise brach. Manchmal stellte sie uns einen von ihnen vor, der sich dann unsterblich in sie verliebte und ihr noch wochenlang Nachrichten schickte, obwohl sie schon längst jemand anderen traf, den der Algorithmus in ihr Leben gespült hatte. Harriet fuhr sich durch die kurzen dunklen Haare und schielte auf den Teller, der vor Jasmin auf dem Tisch stand. Sie nahm einen kleinen Löffel ihrer Suppe, die sie sich über die lange Mittagspause einteilte, damit sie besser sättigte. Jasmin schob Harriet kommentarlos ihren Teller hin und ließ nicht von mir ab. »Nora, ich meine, es ist und bleibt ein grauer, alter Fels. Wie viel kann man darüber noch herausfinden? Nie hast du Zeit für die wichtigen Dinge.«

Jasmin kokettierte oft mit Oberflächlichkeit. Tatsächlich hätte sie eine der besten Studentinnen ihres Jahrgangs sein können, wenn sie sich nicht entschieden hätte, zurück zu ihren reichen Eltern zu ziehen, in ihrem Kinderzimmer abstrakte Aquarelle zu malen, Videos für Instagram zu drehen und durch die Welt zu reisen. Anders als Harriet und ich hatte sie auch keinen Druck, endlich Geld zu verdienen. Schließlich hatten ihre Eltern so viel zu vererben, dass noch Jasmins Kinder und wahrscheinlich auch ihre Enkelkinder nie würden arbeiten müssen. Trotzdem war Jasmin nicht ganz zufrieden mit ihrer Lage, sie vermisste etwas, das sie nicht richtig benennen konnte, und geriet darüber regelmäßig in Streit mit Harriet. Harriet wusste nämlich ganz genau, was ihr fehlte, und hielt Jasmins Sorgen für eine Unverschämtheit.

Ich wusste, dass ich den beiden die Neuigkeit mitteilen musste, weil sie es sowieso erfahren würden. Auch wenn ich Annette noch nicht geantwortet hatte, war bereits ein Foto von mir auf der Institutsseite veröffentlicht worden, das mich Arm in Arm mit ihr zeigte. Sie hatte es mir an ihre E-Mail angehängt. Eigentlich waren es gute Nachrichten, dass ich bald mehr Geld und Anerkennung bekommen würde, und ich wusste nicht, warum es mir so schwerfiel, sie auszusprechen. Ich atmete tief durch. In der Luft hing eine Mischung aus verbranntem Curry, Hoffnung und Neid. Um uns herum redeten alle über sich und warteten auf die Reaktionen der anderen: »Hast du schon von diesem Projekt gehört, das ich mache? Es läuft super.«

Die beiden schauten mich erwartungsvoll an, als ich endlich begann zu erzählen, und Jasmin brach in übertriebenen Jubel aus, für den ich mich schämte. Sie fiel mir um den Hals, und ich wusste, sie meinte es ehrlich. Das machte es aber nicht besser. Harriet nickte anerkennend. Ihre Mundwinkel zuckten und formten etwas Ähnliches wie ein Lächeln, was in diesen stressigen Tagen schon sehr viel für sie war. Vermutlich enttäuschte ich die beiden, als ich mich schnell bedankte und das Lokal verließ, ohne die gebackenen Bananen und den Likör abzuwarten, den sie zur Feier des Tages für uns bestellen wollten.
Boris hatte momentan die Kurzwahltaste vier. Direkt nach den ersten drei Tasten, die mit Harriet, Jasmin und meiner Professorin belegt waren. Wie immer nahm er nach dem ersten Klingeln ab und schwieg. Wahrscheinlich hatte er geschlafen oder stundenlang ferngesehen. Cartoons und amerikanische Serien, die wir uns manchmal zusammen anschauten, wenn wir von der Aussicht, bald zur Arbeit zu müssen, sehr schlechte Laune bekamen. Ich brauchte Ablenkung und bat ihn, zum Flughafensee zu kommen. Wir trafen uns dort oft an einer der wenigen Buchten, die nicht zugemüllt oder von Hippies belegt waren, die nackt Hang spielten und verzückt vom Klang mit den Augen rollten.
Boris war früher da als ich und wartete, auf einem Baumstamm sitzend, der ins Wasser ragte. Seine Jeans hatte er hochgekrempelt, sodass die Knöchel sichtbar wurden. Seine schwarzen Haare hatte er ganz kurz schneiden lassen, sodass man die breite Narbe sah, die sich vom Scheitel bis hin zum rechten Ohr zog. Ich wusste nicht, woher sie stammte, aber es sah nach einer tiefen Wunde aus, die

schon vor langer Zeit verheilt war. Boris lächelte mich an und balancierte auf dem Stamm zurück zum Ufer. Er tat so, als würde er abrutschen, nur um mein erschrockenes Gesicht zu sehen. Beleidigt schwamm ich ein paar Bahnen. Das Wasser war grün und algig, und trotzdem hatte ich kurz die Hoffnung, alle Probleme einfach zusammen mit dem Angstschweiß abwaschen zu können.

Wir lagen auf unseren Schlafsäcken, zugedeckt mit seiner Jeansjacke, schauten in den Himmel, durch dessen tiefes Blau sich zuerst gelbe Schlieren zogen, dann sattes Orange, schließlich flammendes Rot, bis er irgendwann schwarz wurde. Der See lag direkt in der Einflugschneise des Flughafens, weshalb die Flugzeuge ganz nah über unsere Köpfe hinwegzogen. Wir tranken sauren Weißwein aus der Flasche, verscheuchten neugierige Menschen. Schläfrig lächelnd zupfte Boris trockene Blätter aus meinem Haar. Er war der netteste meiner Kollegen, der neben Autotüren verschweißen auch schon Schokolade verpackt, Teller gespült und Spargelstangen sortiert hatte. Er bekam für die gleiche Arbeit fünf Euro weniger in der Stunde als ich, was er nie erwähnte, aber wir doch beide sehr genau wussten. Boris erzählte von den Feldern in Brandenburg und den Ferieninseln in der Ostsee. Es roch nach Harz und Sommer, irgendjemand sang laut ein erfundenes Lied über einen schwarzen Hund, den er nicht loswurde. Vielleicht waren es die Blumenkinder ein paar Buchten weiter. Boris' Augen wurden dick von den fliegenden Gräserpollen. Dann schliefen wir miteinander, und ich vergaß den Unterschied zwischen uns gründlich, bis er sich nach seinem Orgasmus an mich schmiegte und mit den Armen meinen Brustkorb umklammerte, als wäre ich seine letzte Rettung. Sobald er eingeschlafen war, schob ich ihn zur Seite. Er grummelte ein bisschen und schlief dann weiter. Eine Weile lag ich noch in meinem Schlafsack herum und schaute in die traurige Krone einer Erle, die sich vom Wind herumschubsen ließ, bevor ich auch einschlief. Im Traum sah ich einem Herz beim Kontrahieren und Erschlaffen zu. Es saugte das Blut ein, pumpte es hinaus in die Gefäße. Als ich genauer hinsah, entdeckte ich, dass es nur eine Attrappe war, der Kunststoffabguss eines Herzens, den ich einmal aus dem Torso-Modell meiner Grundschule geklaut hatte. Aus lauter Angst, erwischt zu werden, hatte ich es auf dem Nachhauseweg in einen Mülleimer geworfen und unter einem Pizzakarton versteckt.

Als ich aufwachte, tränten auch meine Augen. Ich legte Boris sein T-Shirt zum Schutz vor Nacktschnecken über das hübsche Gesicht und schlich mich davon. Wir hatten die Nachtschicht verpasst und würden beide verwarnt werden. Es wurde schon wieder hell, und ich musste an die Bibliothek denken, den Ort, den ich so mochte und der mir jetzt Angst machte, weil er voller Bücher war, in denen Sätze, Wörter, Buchstaben standen. Der Anruf bei Annette und der Besuch beim Hausarzt standen mir bevor.

In der Nacht war es kalt geworden, und ich beeilte mich, meinen Pullover anzuziehen und einen halben Liter Wasser zu trinken, während ich mich auf die warme U-Bahn freute. Auf der Müllerstraße führten in dicke Mäntel eingehüllte Männer die Pinscher ihrer Freundinnen aus, um in Ruhe eine Morgenzigarette zu rauchen. Die Hunde wühlten in den Laubhaufen am Straßenrand.

Vor den Bäckereien tranken kleine Gruppen Schwarztee. Verlorene Kebabreste lagen auf der Straße. Die Stadtreinigung begann mit dem Aufräumen. Halbe Kinder in Peniskostümen torkelten vorbei, ich tippte auf Erasmus-Studenten. Sie trugen Stammestattoos: schwarze Ringe um die Oberarme, Maori-Symbole auf den Waden. Ihnen flossen die Sätze, die sie am nächsten Tag bereuen würden, nur so aus dem Mund, immerhin kotzte noch keiner.
Ich wich ihnen aus und versuchte, den Text auf einem Straßenschild zu lesen, das leuchtende Logo eines Dönerladens, das Etikett meiner Wasserflasche. Doch es funktionierte nicht, die Worte verweigerten sich mir einfach. Zitternd stieg ich in die U-Bahn. Mein Chef rief an, später Annette, noch später Boris. Ich erkannte es an den Emojis, die ich hinter ihren Namen eingefügt hatte. Eins schnaubte vor Wut, eins dachte nach, eins heulte vor Lachen.
Mein Hausarzt, dem ich von meinem neuen Problem, Buchstaben zu Wörtern und Wörter zu Sätzen zu formen, erzählte, schüttelte den Kopf, als ich von einem Schlaganfall sprach, von Demenz oder Erblindung. Er glaubte mich zu beruhigen, als er sagte, für all das spräche nichts und dass auch seine Tests nichts ergeben hätten. Er stellte mir eine Überweisung für ein CT aus. Weil ich keine Ruhe gab, verwies er mich noch an seinen Praxiskollegen, der mich ebenfalls schulterzuckend ansah und etwas von »psychosomatisch« murmelte. Ich verstand nicht, was er meinte. Bis er das Wort aussprach, war ich davon ausgegangen, gar keine Psyche zu haben. Und erst recht keine Seele. Mir war klar, dass selbst die Plastikflasche, die ich in der U-Bahn vergessen hatte, eine längere Halbwertszeit haben würde

als meine Gedanken und Gefühle. Plastik vermodert nicht, es verrottet nicht, es zerfällt nicht, oder jedenfalls nur sehr, sehr langsam. Eine Einkaufstüte schwimmt zehn bis zwanzig Jahre lang im Meer, bis sie ganz zerrieben ist, eine PET-Flasche zersetzt sich erst nach vierhundertfünfzig Jahren und wird auch dann nicht vollständig abgebaut, sondern nur immer kleinteiliger. Dann reichern sich die Kunststoffpartikel an Stränden, in Meeresstrudeln und Sedimenten an. Wie viel flüchtiger waren da mein Schuldgefühl angesichts des Unterschieds zwischen Boris und mir und meine Angst vor einem Preis für meine Arbeit, der mich doch endlich weiterbringen sollte.

Der Arzt sagte, dass ich eigentlich gesund sei. Zumindest verstand ich ihn so. Er hatte das Wort »psychosomatisch« auf eine Weise ausgesprochen, die keinen Zweifel daran ließ, dass es nicht so schlimm um mich stand. »Psyche ist wie Rücken«, hatte er gesagt. »Das hat jeder mal. Vielleicht brauchen Sie einfach ein bisschen Entschleunigung.« Als ich von der Abschlussarbeit und meinen zwei Jobs erzählte, nickte er wissend. »Da haben Sie's.« Auch wenn ihm alles klar zu sein schien, kapierte ich trotzdem nichts. Ich wusste nur, dass ich als Kind stundenlang im Garten gesessen und gelesen hatte, die Bücher sich neben mir stapelten und in meinem Kopf Wissenschaftler mit runden Brillen Silikatgestein zerschlugen. Das Lesen stieß mir einfach zu, wie die vielen kleinen Schürfwunden, die ich mir auf den Knien rutschend holte, während ich zusammen mit meinem Vater Proben aus Felsspalten schabte.

Die Bibliothek war mein *safe space*, und deshalb ging ich nach dem Arztbesuch dorthin, als ob sich nichts geändert hätte, starrte auf Sätze in Büchern, die mir meine Professorin empfohlen hatte, und hoffte darauf, dass der Funke überspringen möge. Vielleicht war das Ganze eine Art Burnout, das wäre wahrscheinlich akzeptabel. Schließlich kriegten so etwas Menschen, die vorher besonders viel geleistet hatten. Sie hatten etwas in sich angezündet, an dem sie sich irgendwann verbrennen mussten, weil das Feuer zu groß geworden war. Harriet hatte einmal fast einen gehabt, nachdem das zweite Kind gerade geboren war und ihr damaliger Freund sich, so ihre Worte, als das schlimmste Arschloch seit ihrem Vater herausgestellt hatte. Sie brannte für die Schauspielerei und musste sich wie eine glückliche Mutter verhalten, was ihr schwerfiel. Zugleich versuchte sie alles, um den Kindern eine bessere Jugend als ihre eigene zu ermöglichen, in der sie zwischen Tanten und Großmüttern herumgereicht worden war. Ich überlegte kurz, ob ich Jasmin und Harriet von meinem Erlebnis an der Bushaltestelle und dem Gespräch mit dem Arzt erzählen sollte. Aber was sollte ich ihnen sagen? Ich dachte daran, wie ich Harriet nach ihrem Burnout unterstützt und Jasmin gut zugeredet hatte, doch endlich wieder von zu Hause auszuziehen. Doch das hier war etwas anderes. Ich war mir sicher, dass dies nur der Anfang vom Verrücktwerden war und dass mich alles, was ich je falsch gemacht hatte, jetzt einholte.

Bevor ein Tsunami auf die Küste trifft, zieht sich das Wasser zunächst zurück. Manche Menschen laufen den Wellen entgegen, um zu sehen, wo das Wasser geblieben ist. Ich war nicht sicher, ob ich zu diesen Menschen gehörte. Oder ob ich nicht besser zu jenen passte, die sich einen Hügel suchten, von dem aus sie die anlaufenden Wassermassen aus sicherer Distanz betrachten konnten. Draußen wurde es schon dunkel, und die Bibliothekarin polterte, sich räuspernd und mit Zeitungen raschelnd, durch die Gänge. Außer mir saß nur noch ein junger Mann vor seinem Laptop und spielte Candy Crush. Ich packte die nutzlosen Bücher zusammen und lief die Karl-Marx-Straße hinunter, um in einem der Bistros zu Abend zu essen. Ich musste schließlich entschleunigen, und noch hatte ich dafür ein paar hundert Euro auf dem Konto. Ich lief an den belanglosen Irish Pubs vorbei, die in jeder Stadt gleich aussehen und die gleichen Namen tragen, und überholte eine Gruppe von Frauen, die in rosa Reifröcken gekleidet aus einer Bar taumelten. Eine von ihnen würgte über einem Blumenbeet. Ich legte meinen Bücherstapel auf einem Tisch vor dem Bistro ab. Dann bestellte ich ein Bier und Sandwiches. In der Luft hing Rauchgeruch. Das war nicht ungewöhnlich, ich hatte mich fast schon daran gewöhnt. Jeden Sommer verbrannte ein Teil der Brandenburger Wälder. Kiefer-Monokulturen leiten kaum Regenwasser in den Boden, stattdessen verdunstet es sogleich aus den Baumkronen, was die schmalen Stämme im Sommer wie Fackeln in Flammen aufgehen lässt. Manchmal roch man den Rauch dann bis nach Neukölln. Das Sandwich zerschmolz zwischen meinen Fingern.

Harriet und ich waren für die Nacht verabredet. Es war unser erster freier Abend seit Wochen. Auf dem Weg tranken wir eine Flasche Bier im Gehen und genossen es, über alle möglichen Banalitäten zu reden, für die wir sonst kaum Zeit hatten. Mit keinem Wort erwähnte sie, dass ich überstürzt aus dem Gold Thai abgehauen war.

Wir sprachen auch nicht über den Preis oder was er für mich bedeutete, und ich tat auch vor mir selbst so, als hätte es meine Panikattacke nie gegeben und als müsste ich nur einmal ein paar Nächte schlafen, mich ein paarmal an- und ausschalten, bis alles wieder so funktionierte wie gewohnt. Harriet schien mein Zustand nicht aufzufallen. Sie war selbst nervös, weil ihr Freund allein zu Hause bleiben und auf die Kinder aufpassen musste. Immer wieder schaute sie nach, ob er sich schon gemeldet und einen Hilferuf geschickt hatte. Das Baby schlief vermutlich für ein paar Stunden, aber Marlon wachte oft noch einmal auf und wollte etwas trinken, reden, herumgetragen werden. Bis auf ihre Nervosität wirkte Harriet an solchen freien Abenden ein bisschen so wie früher, als Marlon noch sehr klein war, sein Vater öfter auf ihn aufpasste und wir zusammen mit Jasmin in einer Bar hängenblieben, einen Gin Tonic nach dem anderen tranken, uns über einschlafende Beziehungen und BAföG-Rückzahlungen aufregten. Sie sah glücklich aus. Endlich konnte sie einmal in Ruhe eine Zigarette rauchen und ihr Lieblingshemd tragen, ohne dass es angespuckt oder bekleckert wurde.

Zudem war Harriet entschlossen, endlich eine Agentin zu finden. Zumindest wollte sie jemanden auf sich aufmerksam machen, nicht ganz untergehen in der Konkurrenz. Wir gingen in einen Club in Mitte, in dem viele aufstrebende Schauspieler feiern sollten. Während sich Harriet nach wichtigen Leuten umsah, hörte ich all den Verzweifelten zu, die sich ins Gefecht um einen Platz im Scheinwerferlicht stürzten und versuchten, den mutmaßlichen Agenten ihre frisch geknickten Biografien schmackhaft

zu machen. Auch Abbrüche, Umschwünge und Tiefschläge ließen sich schließlich verkaufen.
Immer wenn Harriet sich getraut hatte, ein Gespräch anzufangen, kam sie danach zu mir, und wir tranken einen Schnaps. Ich wurde langsam betrunken und versuchte, mich zu entspannen. Das Handy mit den vielen entgangenen Anrufen und Nachrichten hatte ich zu Hause gelassen. Eine Band spielte arabische Schlager, und die Tanzenden sangen mit. Ich beobachtete sie von einem der Sofas aus. Jemand hatte neben mir seinen Drink ausgekippt, der Mojito floss über meine Schuhe. Wasserflaschen wurden herumgereicht, letzte Zigaretten geraucht. Eigentlich war doch alles wie immer, dachte ich und stand auf, um nach Harriet zu sehen. Ich konnte sie nirgends entdecken und ging durch eine der großen Glastüren nach draußen in den Garten. Dort tanzten Menschen unter pinken Lampions oder aßen Süßkartoffelpommes, die ihnen aus einem Foodtruck gereicht wurden.
In einem der Pools trieb ein schmaler Körper. Ich erkannte ihn nur schemenhaft. Er war bloß mit einem T-Shirt bekleidet, die Hose fehlte. Der bewusstlose junge Mann hing halb über einem aufblasbaren Plastikdonut, halb im Wasser. Sein schwarzes Haar klebte am Kopf, der Körper war seltsam verdreht. Als wäre er einfach vom Himmel gefallen, halbnackt aus einem Flugzeug oder Hochhaus gestürzt und genauso gelandet, wie er jetzt da lag. Ich drängte mich an den Feiernden vorbei, die mich nur verträumt ansahen, als ich sie beiseiteschob. Sie schwitzten und tauschten Kaugummis aus. Um sie herum brannten Fackeln, zwischen künstlichen Palmen

hingen Hängematten. Darin lagen Grüppchen glitzernder junger Frauen mit übergroßen Pupillen: »Ich finde Beziehungen so mystisch. Ich versteh einfach nicht, wie man in 'ner Beziehung landet. Like, wie findet man überhaupt jemanden, der einen mag, und wie kommt es dann dazu, dass man plötzlich zusammen ist, redet man da drüber, oder weiß man es irgendwann einfach?«

Ich zögerte nur kurz, dann sprang ich unter dem Lachen der Umstehenden ins Wasser, die immer noch nicht zu begreifen schienen, dass jemand vor ihren Augen zu ertrinken drohte. Nur zwei Mädchen halfen mir, den Mann aus dem Pool zu ziehen. Sein untergewichtiger halbnackter Körper klebte an meinem, das Wasser aus seinen Haaren tropfte auf meine Stirn. Ich lud ihn mir auf den Rücken, um ihn bis zur Awareness Lounge zu schleppen, wo er ausnüchtern konnte. Als ich ihn auf eine Liege gehievt hatte, fing er an zu husten. Er röchelte, wurde wütend, wehrte sich gegen die Bevormundung. Ich reichte ihm ein Glas Wasser, das er mir aus der Hand schlug. Seine mit Kajal umrandeten mandelförmigen Augen starrten mich an. »Crystal«, sagte eine Mitarbeiterin wissend und bedeutete mir mit einer Handbewegung, dass ich abhauen sollte. Dann schloss sie den Vorhang hinter mir, der den Raum mit den Zugedröhnten von der Tanzfläche abschirmte.

Es wurde hell. Ein Paar hatte den schwimmenden Donut erobert. Die Musik wurde langsamer, die Menschen blasser, anspruchsloser. Podcast-Vorhaben wurden besprochen, Kinderwünsche, Dates. Die Agenten waren sicher längst weg. »Ey sorry, aber ich muss nach Hause.« Harriet wankte mit einer Zigarette im Mundwinkel heran und stützte sich so selbstverständlich auf meine nasse Schulter, als wäre es völlig normal, dass ich gerade bekleidet durch den Pool geschwommen war, um einen vom Himmel gefallenen Mann vor dem Ertrinken zu retten. Sie hielt ihr Schnapsglas in der Hand. »Hattest du Spaß?« Sie zupfte an meinem nassen T-Shirt. »Sieht zumindest so aus. Tut mir leid, dass ich stresse, aber Marlon ist aufgewacht und heult.«

Wir tranken Schnaps auf dem Weg. Er schmeckte nach künstlicher Melone. Hinter den Fenstern in Harriets Straße leuchtete das blaue Licht von Bildschirmen, Frühstücksfernsehen für die Kinder. Eltern packten Brotdosen ein, flochten Zöpfe, warfen Pläne um. Auf ihren Fensterbänken saßen dicke Kater und Dackel, die uns bei unserem beschwerlichen Gang zusahen. Ich setzte mich auf die Stufen vor Harriets Haustür. Als Marlon versorgt war, kam sie noch einmal nach unten. Er hatte sich leicht beruhigen lassen. Wir rauchten einen Joint zum Runterkommen auf dem kleinen Stück Rasen vor ihrer Wohnung, man konnte es eigentlich nicht Vorgarten nennen. Über uns lag Harriets Mantel, unter uns ihr pinker Pullover. Die Haut um Augen und Nase war schwarz von der verlaufenen Wimperntusche, Harriets Zähne leuchteten weiß. Sie verschluckte sich abwechselnd am Rauch und ihrem Lachen. Ich fragte mich, wo sie all die Gefühle ausgrub. In mir blieb alles beim Alten, egal ob ich an Boris' Narbe, Jasmins Sticheleien oder brennende Wälder dachte. Nur der Gedanke daran, nicht mehr arbeiten zu können, hatte mich kurz in Panik versetzt. Aber das würde vorbeigehen. Ich hatte die Katastrophe vorausgeahnt, die Lawine würde sich aufhalten lassen. Oder zumindest würde ich ihr entfliehen können. Ich schloss die Augen. Je nachdem, wie fest ich sie zusammenkniff, ließen das Licht und die feinen Blutgefäße, die meine Lider durchzogen, ein feuriges, leuchtendes oder ein dunkel-wolkiges Rot erscheinen. Ich dachte an den Winteranfang in den Bergen und meinen Wunsch als Kind, dass endlich wieder alles zuschneien möge. Das ganze Dorf, das Tal, die Berge, und dass wir erst im Frühjahr auftauen und hervorkommen müssten unter dem Eis.

Ich umarmte Harriet zum Abschied, sie hastete zur Familie an den Frühstückstisch. Nutellabrote mussten geschmiert und Münder abgewischt werden. Die Straßen quollen über vor den Plastikdeckeln von Kaffeebechern und den Papiertüten von Ein-Euro-Brezeln mit Butter und Schnittlauch. Es roch immer noch nach Rauch. Irgendwo musste ein neuer Brandherd sein, der Geruch war stärker geworden. Ich kam an der kleinen französischen Bar vorbei, in der ich vor einem Jahr oft mit Tom gesessen hatte. Aus winzigen Gläsern hatten wir Rotwein getrunken oder ihn in den Morgenstunden mit Baguette vom Tisch aufgewischt. In ein paar Stunden würde ich wieder am Band stehen, zwischen den anderen übermüdeten Langzeitstudenten. Alles würde in Ordnung kommen. Ein Mann in einem grauen Flanellhemd sammelte den Kippenstummel auf, den ich weggeworfen hatte. Obwohl ich eigentlich schon lange nicht mehr rauchte, hatte ich Harriets Zigaretten nicht widerstehen können. Er zog gierig daran.

Moskau, Juli 2019

Noch im Liegen suchte Leo nach seiner Zigarettenpackung. Der Rucksack war weg, die Hosentaschen leer. Das Sonnenlicht in seinem Gesicht sagte ihm, dass es früh am Morgen sein musste, er hielt sich schützend eine Hand vor die Augen. Seine Haut fühlte sich an wie ein klamm gewordener Pullover, die Lippen waren ausgetrocknet. Das T-Shirt mit Palmen-Aufdruck lag direkt neben ihm, der Mantel ein paar Meter entfernt. Die Taschen waren nach außen gestülpt. Die Stiefel, das Teuerste, was er besaß, hatten sie ihm von den Füßen geklaut, sie brachten vielleicht ein paar Rubel ein. Immerhin trug er noch Socken. Er klopfte seine Hosenbeine ab. In einer aufgesetzten Tasche waren alle Papiere eingenäht, die er noch besaß: ein längst abgelaufener Pass und seine Geburtsurkunde. Er wusste selbst nicht, warum er sie aufbewahrte. Schließlich hatte er nicht vor, in sein altes Leben zurückzukehren. In der Nähe rauschten Autos vorbei, durch seinen Kopf ratterten sie so laut wie ein Güterzug. Jede Bewegung schmerzte. Leo hielt eine Menge von seiner Menschenkenntnis. Doch dieses Mal hatte er sich verschätzt.

Die Probleme hatten auf der Party eines Freundes ihren Lauf genommen. Die meisten Gäste wollten nach dem Vorglühen weiterziehen, sie teilten sich Taxis in Rich-

tung Roter Platz. Die beiden Männer, die ihn später zusammenschlagen sollten, waren trotz der Aufbruchsstimmung noch mit ihm nach draußen auf den Balkon gekommen. Wie auf den anderen Balkonen ringsherum wurde hier aus Platznot alles verstaut, was gerade nicht gebraucht wurde, aber vielleicht noch nützlich werden konnte. Ein alter Kühlschrank stand herum, Schlittschuhe, gefüllte und verstaubte Einmachgläser, Müllsäcke, ein Staubsauger und ein Bügelbrett. Auf einem Bambustisch zwischen Taschen mit leeren Plastikflaschen und Pappkartons hatte Leo ihnen Lines zurechtgemacht, Speed, das wach und warm hielt und offen für die Menschen um sich herum. Es war kein echter Ersatz, aber immerhin: Leos Gehirn wurde davon heiß und unruhig, seine Kehle schmerzte, das Gesicht brannte. Er trank einen großen Schluck Eistee aus dem Glas, das er den ganzen Abend schon mit sich herumtrug. Ein bitterer Zitronengeschmack belegte seine Zunge. Die Typen waren teuer angezogen, sie trugen babyblaue Hosen, die über ihren Muskeln spannten, und schwarze Hemden. Ihm fielen die geputzten Lederschuhe und Armbanduhren auf. Die beiden sahen aus, als hätten sie Geld und sich auf die Party nur zufällig verirrt.
Die Aussicht auf die Hochhäuser gegenüber war nicht der Rede wert, alles sah gleich trostlos aus. Leo lästerte über den Gastgeber, der seine Wohnung einer Meute von Betrunkenen überlassen hatte. Ihn selbst hatte Leo seit Stunden nicht gesehen. Dafür hatten einige der Anwesenden seinen Kühlschrank geplündert, ihre Schuhe in den Flur geworfen, sein Schlafzimmer von innen verschlossen und sich darin verbarrikadiert. Sie kicherten

und kreischten hinter der Tür. Der Rest hatte das Chaos hinter sich gelassen und war auf dem Weg in die Clubs. Die beiden Männer waren nicht sehr gesprächig. Dafür fiel ihm der Blick des durchtrainierten Blonden auf, der immer eine Spur zu lange auf seinem Gesicht ruhte, seinen Hals entlangwanderte, auf seiner Brust innehielt und sie zu durchbohren schien, zwischen seine Beine rutschte, die Hüften abtastete und dann wieder an seinem Gesicht hängenblieb. Kühle, aber schöne Augen waren es, die ihn so ansahen, grau und eindringlich. Der Mann hatte kräftige Hände, an seinem Zeigefinger steckte ein Ring aus Holz.

Als der andere Typ kurz in der Küche verschwand, um sich einen neuen Drink zu holen und Energydrinks mitzubringen, hatte Leo dem Blonden seine Hand auf den Oberschenkel gelegt. Es war mehr ein Reflex gewesen. Es geschah aus der Situation heraus, so wie es ihm auf anderen Partys, in anderem Umfeld, schon oft passiert war und meist zu einem Flirt, einem Kuss, einer gemeinsamen verschwitzten Stunde in irgendeinem Zimmer abseits der Feier geführt hatte. Wahrscheinlich hatte ihn der kurzzeitige Überschwang durch das Speed unvorsichtig werden lassen. Natürlich hatte er von den Schwulenjägern gehört, Ultrakonservative oder Rechtsradikale, die sich auf Dating-Plattformen mit anderen Männern verabredeten, sich selbst als interessiert ausgaben, um die Gutgläubigen anschließend zu verprügeln, ihnen die Köpfe kahl zu scheren und mit Regenbogenfarben zu bemalen. Er wusste, dass ein großer Teil der Bevölkerung von den Erzählungen, in denen ein schwächlicher Westen mit Homosexualität gleichgesetzt wurde, überschwemmt worden war. Wusste davon, dass Schwule auf Moskauer Straßen angespuckt wurden. Von den vermeintlichen Heilungen durch Kräuter oder Gott.

Trotzdem hatte er nicht geglaubt, dass ihm so etwas passieren könnte. Nie hatte er sich mit jemandem über das Internet verabredet, sondern immer auf seinen Instinkt vertraut, das untrügliche Gefühl im Magen, wenn ihn jemand ansah, ein leichtes Brennen und Ziehen in den Händen, das er bei dem blonden Mann sofort gespürt hatte, sobald der die Balkontür hinter sich geschlossen und sich neben ihn gesetzt hatte. Sein Frühwarnsystem war das eines Alkoholikerkindes. Er glaubte daran, dass niemandem auffallen könnte, dass er nicht hetero war, so lange er es nicht wollte. Und dass er mit seinen feinen Antennen jede Situation vorwegnehmen und abtasten konnte, auf Gefahren und Unstimmigkeiten hin, die ihn bedrohten.
Doch in dieser Nacht war es anders. Kaum hatte er sich in Richtung des Mannes gebeugt, der ihn doch so eindeutig mit Blicken berührt und sich seinem Gesicht genähert hatte, packte dieser ihn auch schon am Hals, drückte zu und fing an, ihn zu schütteln, als hätte er keinerlei Gewicht. Leos Zähne schlugen aufeinander, er biss sich auf die Zunge. Beleidigungen flogen ihm entgegen, innerlich verfluchte er sich selbst für seine Naivität. Ein Glas fiel klirrend zu Boden. Der andere Typ eilte aus der Küche zurück auf den Balkon und verpasste Leo eine Ohrfeige, dann einen Faustschlag in den Magen, ihm wurde schwarz vor Augen, und er glaubte, er müsse sich auf der Stelle übergeben. Sie beschimpften ihn als Pidaras, als

kaputten Päderasten, schleuderten ihn gegen den Bambustisch, traten gegen seinen Kopf, in seine Rippen. Leo spürte kaum Schmerzen, er war wie in Trance, betrachtete den Himmel, einzelne Sterne, die Eisenstreben des Balkons, die gelbe Fassade des Hauses. Die Übelkeit ging zurück. »Seltsam«, dachte er und fühlte sich merkwürdig klar und ruhig, »dass sie jetzt auch anfangen, Schwule mit Pädophilen gleichzusetzen. Was ist das bloß wieder für eine Kampagne?«
Irgendein Typ kam nach draußen, checkte nichts, pinkelte verwirrt in den Topf der Palme, die am Geländer stand und karibisches Flair auf dem vermüllten Balkon versprühen sollte. Die Wirkung der Line ließ langsam nach, der letzte Glanz verlor sich, und die ganze Armseligkeit der Party wurde sichtbar. Mit zur Hälfte heruntergelassenen Hosen irrte der Typ nach drinnen. Die Männer ließen von ihm ab, besprachen sich leise. Über Leo wackelten die Sterne, dann umfing ihn eine gnädige Dunkelheit.

Sie mussten noch ein ganzes Stück mit ihm gefahren sein, nachdem er bewusstlos geworden war und sie ihn aus der Wohnung herausgetragen und vermutlich in den Kofferraum ihres Wagens gelegt hatten. Das erkannte er an dem flauen Gefühl im Magen, das sich nach langen Autofahrten einstellte. Laufen ging gerade noch. Sein Kopf schmerzte bei jeder Bewegung, sie mussten ihn wie einen Sack Müll aus dem Auto geworfen und ausgeraubt haben, bevor sie verschwunden waren. Er konnte den Abend nicht vollständig rekonstruieren, ihm fehlten sicher drei oder vier Stunden in seiner Erinnerung. Er wusste nicht, warum sie ihm das T-Shirt ausgezogen hatten, vielleicht einfach, um ihn zu demütigen. Wahrscheinlich würde bald ein Video von ihm auf VK auftauchen, in dem er bewusstlos auf dem Boden lag. Es gab schon genug solcher Videos, aber die Leute wollten immer wieder etwas Neues sehen.

Leo rappelte sich auf und schaute sich um. Große graue Wohnblöcke reihten sich aneinander. Hier waren die Milliarden zur Stadtsanierung, über die so viel gejubelt und geschrieben wurde, noch nicht angekommen. Die Menschen lebten in sehr kleinen Wohnungen oder modernen Kommunalkas. Gemeinschaftswohnungen, in denen sie sich Bad und Küche mit anderen Familien teilten. Einst sollten darin die Klassenunterschiede verschwinden und mit ihnen die Privatsphäre. Noch immer wohnten viele Moskauer und besonders die Arbeiter aus Usbekistan, Tadschikistan, Kirgistan oder Vietnam in diesen Relikten mit ihren Spuren vom Wohlstand, den hohen Decken und Stuckbordüren und den Spuren von Verwahrlosung, weil sich niemand für mehr als sein eigenes Zimmer zuständig fühlte. So günstig wie früher waren die Wohnungen längst nicht mehr.

Er zog sich an, verließ den Innenhof, in dem sie ihn abgeladen hatten, und suchte nach der nächsten Straße. Kinder spielten draußen, sie schossen einen Ball gegen ein Garagentor. Sie trugen Jogginganzüge aus Nicki-Stoff, die Anzüge der Mädchen hatten aufgenähte Stoffohren an den Kapuzen. Löwen, Katzen, Hunde, die einem Ball nachjagten. Eine alte Frau klopfte einen Kissenbezug auf einem Balkon aus, der aussah, als würde er vor dem nächsten ahnungslosen Passanten auf der Straße aufschlagen. Jeder der baufälligen Balkone hatte eine andere Farbe, von Rostrot bis Türkis, Pflanzen sah man darauf nur selten, stattdessen auch hier überall Elektroschrott, Farbeimer, Sportgeräte. Ein Blick in den Himmel zeigte, dass er nach einem Schlafplatz für die kommende Nacht Ausschau halten musste. Auch wenn es tagsüber heiß war, würde es nachts wieder kühl werden, kaum eine Wolke zog über den Himmel. Vor den Häusern standen Müllcontainer herum, also konnte es hier Rattennester geben. Kein guter Ort, um zu schlafen. Außerdem brauchte er dringend eine Dusche und ein richtiges Bett. Mit den Fingern fuhr er sich durch die Haare, um sie zu glätten. Bevor er jemanden ansprach, würde er noch die Blässe von seinen Wangen reiben. Die Hose verdeckte die Schürfwunden an den Beinen, die aufgeschrammten Knie, mit denen er über den Asphalt gekrochen war. Nur das geschwollene Auge konnte zum Problem werden. Außerdem musste er jemanden finden, den er davon überzeugen konnte, ihn in die Stadt mitzunehmen. Bei älteren Männern und jungen Frauen hatte er erfahrungsgemäß die besten Chancen. Er dachte an das Mädchen, neben dem er einmal aufgewacht war, als es gerade ein Selfie vor seinem nackten Oberkörper machte. Dreißig Euro verlangte er von ihr, damit sie es auf ihren Laptop ziehen und auf Instagram posten konnte. Nach kurzem Zögern willigte sie ein. Für das Bild stellte er sich schlafend, nachdem sie seine Haare in die richtige Position gebracht hatte. Der Blitz ließ ihre Gesichter makellos aussehen.

Er folgte dem Rauschen der fahrenden Autos, und es dauerte nicht lange, bis er an einer dreispurigen Straße ankam, die zum MKAD gehören musste, dem Autobahnring um die Stadt. »Hyundai« las er auf einem Werbeschild und auf einem weiteren »DHL«. Gläserne Türme ragten in den Morgenhimmel. Hier war nichts los, außer Berufsverkehr, Gewerbe, Wald. Nur eine Kentucky-Fried-Chicken-Reklame leuchtete zwischen den Bäumen. Er hatte Glück, es war ein Drive-in. Die Moskauer holten sich hier zum Frühstück Crispys oder Burger, Omelette, Obstsalat mit Vanillepudding, Kaffee. Manche rauchten vor dem Essen auf dem Parkplatz noch eine Zigarette. Zehn Frauen musste er ansprechen, bis es klappte. Die meisten schauten irritiert auf sein blaues Auge und seinen humpelnden Gang und wandten sich ab. Mit den Papiertüten und Colabechern in der Hand stiegen sie schnell in ihre Autos. An der jungen Frau, die tatsächlich stehen blieb, fielen ihm als Erstes ihre sehr weißen Zähne auf. Sie musste aus gutem Hause stammen, wohlbehütet, abgesichert. Deshalb hatte sie wohl auch Mitleid mit ihm. Gleichzeitig schien sie ihn attraktiv zu finden und ein bisschen Angst zu haben. Sie kämpfte mit sich, ob sie ihn tatsächlich mitnehmen sollte. Das sah er an ihren Händen, mit denen sie an dem Reißverschluss ihrer Jacke herumspielte. Ihren Kaffeebecher hatte sie auf dem Autodach abgestellt. Er musterte sie genauer. Sie hatte ein rundes Gesicht und ebenso runde, helle Augen, Grübchen und wenige Sorgen. Ihre Haut war ganz glatt, Jacke, Nase, Turnschuhe, alles teuer. Sie trug einen dieser Fjällräven-Rucksäcke, die in Deutschland zwei Sommer lang angesagt waren, und einen weißen Nike-Hoodie. Von ihr ging keine Gefahr aus, das war ziemlich sicher. Er streckte ihr seine Hand hin. »Leo«, sagte er und lächelte sein breitestes Lächeln. Sie schaute auf die kleine Lücke zwischen

seinen Schneidezähnen. Es klappte immer. »Ana«, sagte sie und schüttelte seine Hand. »Anastasija.«
Es würde etwa eine halbe Stunde dauern, bis sie an ihrem Ziel ankämen. Zumindest sagte Anas Navi das mit sanfter Frauenstimme. Sie schaltete es aus, sobald sie den Weg kannte, stellte das Radio an und öffnete die Fenster. Sie saßen in ihrem kleinen grünen Seat, an dessen Rückspiegel ein pinker Traumfänger baumelte. Er hatte die gleiche Farbe wie ihr Nagellack. Leo lehnte sich in dem Sitz zurück und betrachtete sein dickes Auge im Spiegel. Bei offenem Fenster ließ Ana ihn die Zigaretten von ihrem Freund rauchen, die er im Auto vergessen hatte. Sie erzählte von der Party bei einem Freund in Kartmasowo, von der sie auf dem Weg nach Hause war. Leo hatte noch nie etwas von dem Ort gehört. Erst jetzt spürte er, wie müde er war. Rastlose Monate der ständigen Veränderung lagen hinter ihm. Fast jede Woche hatte er in einem anderen Bett, auf einer anderen Matratze, in einem anderen Auto, Hostel, Zelt verbracht. Ana fuhr sehr langsam, kaute Himbeerkaugummi, spuckte es aus dem Fenster, nippte an ihrem Pappbecher mit Kaffee, und es fühlte sich an, als wären sie schon ewig unterwegs. Gerne hätte er in dem bequemen Sitz ein bisschen geschlafen.
Eine Weile fuhren sie schweigend den MKAD entlang, an dem ehemaligen Bordell »Puppets« vorbei, in dem sich mittlerweile eine Spielothek befand. Das alte Schild hing noch über dem Eingang. Davor standen Männer in grauen Anzügen herum und taten nichts. Oder zumindest taten sie so. Anas Lieblingslied war *Like a Prayer*, sie drehte das Radio lauter und summte mit. Leo speicherte solche Informationen immer ab, oft halfen sie ihm später

weiter. Er merkte sich Geburtstage, Namen von Verwandten, Studienfächer, Arbeitsorte, sexuelle Vorlieben, Traumata, Schwächen und Fehler, ganz besonders jene, die jemand nicht zugeben wollte. Ana war eine angenehme Gesellschaft. Sie fragte nicht nach seiner Herkunft, sondern nur danach, ob er Hunger oder Durst hatte, und gab ihm von ihren Crispys etwas ab.
Sie passierten den Arbat. Bettler schlängelten sich durch die Gassen, er sah sie aus dem Augenwinkel vorbeihuschen. Manche mit Babybauch, andere mit Katzen neben sich. Viele mit Schuhen, die ihnen von den Füßen zu fallen schienen, mit Brandlöchern in der Haut, schmutzigen Gesichtern, durchnässten Hosen. Sie stellten die Deformationen ihrer Körper aus: nackte Buckel, Armstümpfe, blutig gekratzte Beine, von dunklen Flecken überzogen. Dann zogen sie weiter, suchten wahrscheinlich nach einem neuen Platz, von dem sie bald auch vertrieben werden würden. Ein Junge rezitierte Verse. In seinem offenen Tornister landeten ein paar Rubel. Wenige Straßen weiter, vom Auto aus nicht einzusehen, lag die alte Handelsstraße mit ihren bizarren Jugendstilvillen, Souvenirshops, türkischen Restaurants und italienischen Eisdielen, die Touristenmassen abfertigten.
Leo erzählte Ana zu Liedern, die der Radiomoderator ankündigte, Anekdoten aus seinem Leben. Er erfand sie beim Reden, das ging auf Englisch leichter als auf Russisch und vor allem leichter als in seiner Muttersprache. Er machte sich zu einem deutschen Austauschstudenten, der sich mit seiner WG zerstritten hatte und deshalb allein in Moskau herumirrte. Als Jugendlicher sei er das erste Mal in Russland gewesen, für einen Schüleraustausch. Er

habe mit seinem Gastvater im Schnee getobt und riesige Mengen Sauerkraut gegessen. Beim Holzhacken für den Ofen, auf dem das Teewasser kochte, sei das beste Album von Seryoga in Dauerschleife gespielt worden. Schon als Jugendlicher habe er so eine enge Beziehung zu dem Land aufgebaut, dass er als Student unbedingt zurückkehren wollte. In gewisser Weise stimmte das sogar. Mit fünfzehn war er in ein kleines Dorf im Ural gegangen, um zu entgiften, als alle anderen Möglichkeiten, endlich geheilt zu werden, ausgeschöpft waren. Über 1200 Kilometer von Moskau entfernt lag das Internat, in dem er damals für ein Jahr gelebt hatte. Davon erzählte er Ana nichts. Schon bevor sie auf dem großen Supermarktparkplatz anhielten, auf dem sie ihr Auto wegen der engen Seitenstraßen immer abstellte, sah er, dass sie nervös wurde. Er fragte sich, wie sie im Bett war, und verwarf den Gedanken sofort wieder.

»Bye bye«, sagte Ana mit gespielter Lockerheit.

»Bye«, sagte er, lächelte sie an und lief in Richtung des Supermarkts. Dann drehte er sich noch einmal um. »Can I have a cigarette for the road?«

Sie holte die Schachtel aus dem Handschuhfach und hielt sie ihm hin. Jetzt konnten sie besser miteinander reden, nachdem geklärt war, dass er auf jeden Fall abhauen würde. Ihr Gesicht entspannte sich.

»Why you in Moscow, Leo?«

Er schaute auf den Boden und zählte bis fünf.

»That's a long story, I don't want to bore you. Or bother you.«

Sie hob eine Augenbraue und zog an ihrer Zigarette.

»Why you have no shoes?«

»I got robbed last night. Near a night club. Four men that I met on the street. They stole my backpack and my shoes«, log er.
»They hurt you?« Sie zeigte auf sein blaues Auge.
»Hm.«
Ihr Gesicht wurde ganz freundlich, und für einen kurzen Moment spürte er, wie sich so etwas wie Wärme in seinem Magen ausbreitete. Vielleicht konnte er tatsächlich bei ihr übernachten. Er hoffte nur, dass sie nicht mit ihm schlafen wollte, er war viel zu fertig für so was. Sie atmete aus. Er sah, dass sie mit den widerstreitenden Wünschen kämpfte, gleichzeitig hilfsbereit und trotzdem nicht so bescheuert zu sein, sich von einem Obdachlosen ausnehmen zu lassen. Sie warf einen prüfenden Blick auf ihr Handy. Elf Uhr. Ihr Bildschirmschoner war das Foto eines jungen Mannes mit Igelfrisur. Sie nickte ihm zu. »Come with me.«
Sie kauften im vormittagsleeren Supermarkt Äpfel, Kartoffeln, Saft und eine Stange Zigaretten ein. Er trug Ana die Tasche, folgte ihr durch einige Seitenstraßen, bis sie vor einem Apartmentblock stehen blieben. Ana tippte einen Code in die Schließvorrichtung an der Tür. Sie nahmen die Treppe in den fünften Stock, weil sich im Fahrstuhl Müllsäcke stapelten. Wie alle Moskauer, die er kannte, hatte wohl auch sie sich an den Wohnungspfusch gewöhnt, daran, dass die Fahrstühle nicht fuhren und im Winter die Heizung durchgehend auf Hochtouren lief und nicht heruntergedreht werden konnte. Deshalb rissen alle die Fenster weit auf, wenn die Hitze in den Zimmern unerträglich wurde. Ein ökologischer Albtraum, um den sich niemand kümmerte, weil keiner Kapazitäten und Nerven dafür hatte.

Wenn man die Wohnungstür öffnete, stand man sofort in Anas Wohnzimmer, das zugleich auch Küche und Badezimmer war. Die Dusche war in die Küchenzeile zwischen Arbeitsplatte und Kühlschrank eingebaut. Über einem Labyrinth aus Rohren und Kabeln hatte jemand rosa Einbauschränke verschraubt und mit Stickern beklebt, wie er es als kleiner Junge mit seiner Zimmertür getan hatte. Die Sticker gingen nie wieder ab und hinterließen graue Kleberreste. Rauch stand in der Luft. Auf einem Couchtisch stand eine Großpackung Tabak, daneben ein überfüllter Aschenbecher. Der Boden war mit Kleiderhaufen bedeckt. Glitzernde Pullover, Slips, schmutzige Jeans, das meiste in Rosa, Silber, Blau. In der Spüle stapelte sich Geschirr. Das typische Chaos von verwöhnten Kindern, dachte er und erinnerte sich an die vermüllten Zimmer seiner ehemaligen Kunden. Dass er ihre Wohnung so sah, schien ihr nichts auszumachen. Sie warf ihren Rucksack in die Ecke und stellte die Kaffeemaschine an. Zwei teure Rennräder lehnten an der Wand. Über der Spüle hing ein Hochzeitsfoto, das sich vor zu viel feuchter Luft wellte. Ansonsten gab es noch eine Schrankwand, die seltsam deplatziert wirkte: Eiche depressiv, vielleicht ein Erbstück. In dem Regal daneben befanden sich gestapelte Bücher, ein paar Kerzen mit Blumenmuster und eine winkende Porzellankatze, von der er nicht einschätzen konnte, wie ironisch sie gemeint war. Über einem Sofa, von dem aus man durch das Fenster auf die Straße schauen konnte, hingen gerahmte Fotografien von Bahngleisen, die sich durch Gras schlängelten. Güterwaggons waren zu sehen, Wäscheleinen. Unter einem Baum, am Rande des Fotos, hatte jemand ein Zelt aufgeschlagen.

»My work«, sagte Ana.
Er sah genauer hin. In dem Zelt auf dem Foto saß ein kleiner Junge, der in Richtung der Gleise blickte. Schwarze Augen, helle Haare, Colaflasche in der Hand.
»It's good.«
»Where is that?« Er zeigte auf das Foto.
»Close to Savyolovskaya. You walk on the trail and go there.«
Vielleicht hatte er sich doch in ihr getäuscht. Er hätte sie als Wirtschaftsstudentin eingeschätzt, erwartet, dass sie irgendwas mit Zahlen machte, sie am Schreibtisch vor Excel-Tabellen gesehen. Stattdessen machte sie Fotos, die ziemlich gut waren. Er ließ sich auf das Schlafsofa fallen, sie gab ihm eine Decke, Kissen und frische Kleidung. Ana lachte darüber, dass die Jogginghose ihres Freundes zu kurz für ihn war, und ließ Leo duschen, während sie vor dem Computer saß und arbeitete. Blut und Schmutz flossen mit Wasser verdünnt in den Ausguss. Leo verarztete sich provisorisch und vermied den Blick in den Spiegel.
Bei einem Kaffee fragte Ana ihn aus, bis der Igel-Typ von ihrem Bildschirmschoner, ein netter junger Mann mit heiserem Lachen, nach Hause kam. Gemeinsam aßen sie Bohneneintopf und spielten Karten. Die beiden erzählten von ihrem Kinderwunsch, der letzten gemeinsamen Reise nach Italien und dem politischen Irrsinn, der sie bedrückte. Sie hofften, dass die Revolution in Russland bald kommen würde, sie gingen wählen und glaubten zugleich nicht daran, dass das irgendeinen Unterschied machte. Die typische Mischung aus Resignation, Widerwillen und Verzweiflung hatte sie erfasst. Leo berichtete von einem erfundenen Leben in Deutschland. Manchmal

machte es ihm Spaß, sich immer wieder neue Geschichten über seine Herkunft auszudenken, manchmal strengte es ihn an. Er hörte sich selbst dabei zu, wie plastisch dieser Mann wurde, von dem er da redete. Ana hielt ihn jetzt für einen Biologiestudenten, der nach Moskau gekommen war, um an der berühmten Lomonossow-Uni zu studieren. Er mochte die Vorstellung, dass sie am Morgen an seiner Geschichte zweifeln und sich fragen würde, wen sie da eigentlich in ihre Wohnung gelassen hatte.

Wieder einmal legte Leo sich in ein neues Bett. Eine Nacht Ruhe hatte Ana ihm versprochen. Am Morgen würde er weiterziehen. Die Zeit bei Kilian war nach der Party, auf der er sich als Schwuchtel, als Pidaras, geoutet hatte, vorbei. Diese Unterkunft gab es nicht mehr. Er würde sich nie wieder bei Kilian melden, den Zettel wegwerfen, auf dem seine Handynummer stand. Eigentlich war alles nicht so schlimm. Er blieb nicht gerne länger als ein paar Nächte bei den Frauen, Männern oder Familien, die er in Clubs, auf der Straße oder über Bekannte kennenlernte. Wenn sie nach ein paar Wochen irgendein fragiles, unbegründetes Vertrauen zu ihm gefasst hatten, versuchten sie ohne Ausnahme ihn umzuerziehen. Menschen hatten die Tendenz, andere Menschen zu ihren Projekten zu machen. Irgendwas schien ihnen daran zu gefallen, aus einem verwahrlosten jungen Mann herauszuholen, was in ihm steckte. Er hatte keine Lust auf enttäuschte Blicke oder emotionale Szenen, wenn er ihre Großzügigkeit nicht annahm, sondern stattdessen auf der Terrasse seiner Helfer einen Joint rauchte. Deshalb war er lieber allein unterwegs. Nur ganz am Anfang, in den ersten Wochen in Moskau, als es Winter war und er sich noch nicht auskannte, hatte er gemeinsam mit anderen Herumwandernden in Abbruchhäusern übernachtet. Dort fand sich immer eine alte Matratze, neben der leere Plastikflaschen in einer Pfütze schwammen. Er hatte es gehasst und kein Auge zugetan. Bis heute wachte er in der Nacht regelmäßig auf, überprüfte das Zimmer auf Gerüche oder Geräusche, die bedrohlich wirkten.

Leo lag wach und sah einer Fliege zu, die die Deckenlampe umkreiste. Ihr kleiner Körper warf einen Schatten. Ab und zu hörte er jemanden husten oder die Fliege brummend gegen den Lampenschirm stoßen. Noch immer schwitzte er nachts, obwohl der letzte Entzug eine Weile zurücklag. Nur noch selten nahm er etwas, wenn es sich nicht anders aushalten ließ oder wenn er einmal einen Abend abschalten wollte. Crystal schloss er dabei ganz aus, er hatte es seit der Entgiftung vor zwei Jahren nicht mehr angerührt. Er war sich sicher, es diesmal wirklich zu schaffen. Der letzte Entzug war zu hart gewesen, um wieder anzufangen, und er hatte schon zu viele Menschen durch seine Sucht verletzt, das war ihm damals klar geworden. Sieben Nächte lang hatte er kaum geschlafen, in Strömen geschwitzt, sein ganzer Körper hatte geschmerzt, die Muskeln und Augen hatten gebrannt, er hatte gespürt, wie sie aus ihren Höhlen heraustraten, als hätte er einen heftigen Infekt, und er hatte stundenlang gehustet. Der alte Mann, bei dem er damals gelebt hatte, musste ihm Suppe bringen und die Tür hinter sich abschließen, wenn er ging, damit Leo es sich nicht anders überlegte und in seiner Unruhe aus dem Haus stürzte, um bei der ersten Möglichkeit etwas zu kaufen und sich zu befreien von dem riesigen Druck, von der seltsamen

Abhängigkeit von diesem großzügigen Mann, von der Stimme in ihm, die nach einer Portion winziger scharfkantiger Kristalle schrie, dem schmerzhaften Kribbeln in seiner Nase, der Taubheit, die sich über sein Gesicht legte, wenn er sich nach dem Ziehen zurücklehnte. Aber er hatte durchgehalten. Dämmernd ruhte er sich in Anas frischer Bettwäsche aus.

Kaum wurde es hell draußen, verließ er das Haus. Wie immer hatte er mitgenommen, was sich auf einem schnellen Gang durch die Räume finden ließ. Die Stange Zigaretten vom Küchentisch, einen teuren Füllfederhalter, das Portemonnaie aus Anas Jackentasche. Leo hatte seine Hose und die Jacke und Sneakers des Igelmannes angezogen. Er atmete auf, als er die Tür hinter sich schloss. Anas Wohnung lag in einem unscheinbaren Haus. Daneben standen schöne Altbauten, und am Ende der Straße gab es eine kleine Kapelle. Nichts Prunkvolles, eine Gebetsstätte für den Alltag. Alte Frauen mit Kopftüchern verkauften Blumen und Obst am Straßenrand. Der Blick auf einen der »Stalinfinger« wurde frei. Es gab sieben dieser Hochhäuser in der Stadt. Dieses musste das Hotel Ukraina sein, hinter dessen Fassade sich 5-Sterne-Luxus verbarg. Er stellte sich vor, wie Stalin mit einem Stift in die Pläne des Architekten hineinzeichnete, einen Seitenflügel durchstrich oder in letzter Minute eine Turmspitze anbrachte. Man erkannte sowohl eine russische Festung als auch eine gotische Kathedrale in dem Bau wieder. Zumindest hatte das in dem kostenlosen Reiseführer gestanden, mit dem er sich damals in den ersten Tagen durch die Stadt bewegt hatte. Er entfernte sich schnell von der Wohnung, Ana und ihr Mann würden wütend werden, sobald sie

bemerkten, was alles fehlte. Erst würden sie ungläubig die Köpfe schütteln, dann über eine Anzeige beraten, einsehen, dass das sinnlos wäre, und in Zukunft nie wieder einen Anhalter mit nach Hause nehmen.
Er lief weiter Richtung Kreml und folgte dem Touristenstrom, der den Roten Platz bei Sonnenaufgang sehen wollte. Der Himmel war von Blutergüssen überzogen, so wie sein Gesicht. Junge Pärchen starrten nach oben, aßen Brötchen, tranken Pepsi und Kaffee aus Plastikbechern und suchten nach der besten Position für Selfies. Auch die Souvenirverkäufer waren schon wach, winkten mit Schlüsselanhängern und Armbändern in Weiß-Blau-Rot. Er dachte an das YouTube-Video, in dem jemand an dem Turm eines Stalinfingers hinaufkletterte, um oben den Stern zu berühren. Der Kletterer blickte über die gesamte Stadt und dann in den Abgrund unter seinen Füßen, der auf den Flachdächern von Plattenbauten endete. Die russische Jugend kletterte auf schwankende Strommasten und Metrowaggons, sie suchte wohl das Adrenalin. Als Jugendlicher hatte er selbst schon auf dem beweglichen Gelenk zwischen zwei Waggons gelegen. Ziehharmonika spielen nannten das die Jungs aus Regensburg, mit denen er unterwegs war. Sie filmten die Fahrt mit dem Handy. Die Aufnahmen fingen ein Stück verwischten Wald und das Rauschen des Fahrtwindes ein. Sein Gesicht war auf dem Video grotesk verzogen, wie auf einem Munch-Gemälde.
Im Vorbeigehen steckte er sich einen Apfel aus der Auslage eines Obstladens in die Tasche und griff mit der anderen Hand in eine Schachtel voller Beeren, sie schmeckten sauer und färbten seine Finger lila. Auf den Umwegen

nach Russland hatte er für eine Weile in Griechenland Erdbeeren gepflückt, jeden Tag zusammen mit Erntehelfern aus Bangladesch viele Stunden auf Feldern verbracht und die Früchte danach in Kisten geordnet. Die Sonne hatte seinen Rücken verbrannt, die roten Flecken waren für Wochen geblieben. An den Abenden, nach den Trainingseinheiten am Strand, den er entlanglief, bis die Oberschenkel brannten, und den Stunden, in denen er aufs Meer schaute und Mädchen Liebesschwüre zuwarf, saß er mit Surflehrern in einer Bar in Thessaloniki, zugekokst, betrunken. Jeder Tag lief ebenso vorhersehbar auf den Abend in einer Bar zu, wie die Wellen auf den Strand trafen.

Nichts half gegen die Monotonie, nur die Erinnerung an das russische Internat, das von außen aussah wie eine Fabrik und in dem er die schönste Zeit seines Lebens verbracht hatte. Er wollte endlich nach Russland zurückkehren. Nach ein paar Wochen las man nichts mehr über ihn in den Zeitungen, und doch fühlte er sich immer noch wie auf der Flucht. In dem Handy, das mit seinem Rucksack geklaut worden war, waren viele Nummern von Lkw-Fahrern gespeichert gewesen, die ihn damals durch Europa mitgenommen hatten. Hassan, Stefan und wie sie alle hießen. In Moskau war bisher nichts besser geworden, er war noch immer auf der Suche nach dem Gefühl, angekommen zu sein, das ihn im Internat für kurze Zeit erfüllt hatte.

An seinen Wimpern schienen kleine Eiszapfen zu wachsen, die seine Augenlider nach unten zogen. Er durfte nicht einschlafen, sondern musste in Bewegung bleiben. Er spürte seinen leeren Magen. In Anas Kühlschrank hatte

er, außer Salat und fettreduziertem Käse, nichts gefunden. Seit vielen Jahren lebte er von der Hand in den Mund, mal besser, mal schlechter. Vor dem historischen Museum fiel eine Zigarette für ihn ab. Amerikanische Touristinnen mit Korkenzieherlocken pusteten Rauch in die Luft, bevor sie sich die Gemälde anschauten. Man konnte den Smog fast sehen, er spürte ihn auch in der Lunge. Er lief am »Propaganda« vorbei, einem Club, in dem er, wegen der großen Schwulenszene und den Technopartys, schon oft gewesen war, und landete irgendwann bei dem Bahnhof, in dessen Nähe Anas Fotos entstanden waren, er hatte ihn aus dem Kopf wiedergefunden. Vielleicht fand er in dem Zeltlager, das Ana fotografiert hatte, sogar einen Schlafplatz. Zumindest mussten dort Menschen leben, denen es ähnlich ging wie ihm. Auf den Treppenstufen vor dem Bahnhof saßen ein paar Obdachlose, die Geld in einer umgedrehten Basketballkappe sammelten. Tauben zerfledderten weggeworfene Brötchen. Sie pickten die Krümel vom Boden. Auf dem Vorplatz schob sich eine Gruppe von Kindern an den Spaziergängern vorbei. Die polyglotten Taschendiebe mussten sich im Gleisbett versteckt gehalten haben. Er sah ihnen dabei zu, wie sie eine Gruppe Touristen und ihre Kameras verfolgten. Erst spät würden diese merken, dass ihre Handys fehlten.
An einem Kiosk neben der Station kaufte er für wenige Cent einige Dosen Gin Tonic. Die Verkäuferin legte ihm zwinkernd einen Erdnussriegel dazu, den er verschlang, bevor er sich zu den Männern vor den Eingang setzte. Trotz der Wärme trugen sie Daunenjacken. Sie mussten frieren. Vielleicht waren es Entzugserscheinungen von irgendetwas. Leo wusste aus eigener Erfahrung, dass sie

zum Frösteln, zu Schweißausbrüchen und Zittern führen konnten. Über ihre Köpfe hatten sie Kapuzen gezogen, als müssten sie sich verbergen, die Beine waren in Schlafsäcke gehüllt. Es roch nach Rauch und lange nicht gewaschenen Haaren. Vielleicht wussten die Männer, wie man zu dem Zeltlager kam, Leo versuchte sein Glück.

»Was bist du denn für einer?«, nuschelte ein Mann in seine Richtung, während er sich aufrichtete, ihm eine der Getränkedosen aus der Hand nahm und in die Tasche seiner Jacke steckte. Durch seine Zahnlücke schoss eine Ladung Spucke in Richtung Boden. Leo verstand den Mann mühelos. Das Antworten fiel schon schwerer. Leider sprach er nicht gut genug, um sich als Muttersprachler auszugeben.

»Leo. Germanija«, sagte er und lehnte sich dann ebenso wie die Männer an eine der Treppenstufen. Touristen liefen an ihnen vorbei, um die opulente Metrostation zu fotografieren, bevor es wieder dunkel wurde. Dann kämen sicher auch mehr Sicherheitskräfte. Lange konnten sie hier nicht bleiben.

»Ein Deutscher«, antwortete einer.

»Geld muss er ja haben.« Die Gesichter der Männer waren gerötet. Er sah die grobporige Haut. Er drehte die Taschen seiner Jogginghose nach außen und zuckte mit den Schultern. Nur ein paar Rubel fielen heraus, in Anas Portemonnaie war kaum Geld gewesen. Jemand lachte.

»Ein Deutscher. Das hat uns hier noch gefehlt.«

»Der überlebt die Nacht nicht auf seinen dünnen Beinchen, schau dir sein Gesicht an.« Der Mann deutete auf seine Blutergüsse.

»Er zittert schon.« Einer trank den Gin Tonic in wenigen Zügen und zog sich die Wollmütze tief ins Gesicht. Die Männer wirkten wahnhaft, aufgewühlt, zugleich spöttisch und arrogant. Er suchte die grünlich geschuppten Verfärbungen auf ihrer Haut, die typisch für das Ersatzheroin, die Droge Krokodil, waren, konnte aber auf den ersten Blick nichts entdecken. Oft kam der Tod nach nur einem Jahr des Konsums. Schon lange zuvor waren die Menschen dann durch das löchrige Netz der Gesellschaft gefallen. Junkies waren die Parias Russlands, hatte ihm der alte Mann erzählt, bei dem er eine Weile gelebt und der ihn vor einem Rückfall beschützt hatte. Sie wurden vielfach als Vampire beschimpft, die nachts durch die Straßen zogen, Spritzen mit infiziertem Blut bei sich trugen und auf Gelegenheiten warteten, sie einem gesetzestreuen Bürger in den Arm zu rammen. Die Dealer wurden Kannibalen genannt, weil sie die fleischfressende Droge verkauften.

»Ich brauche einen Platz zum Schlafen. Kennt ihr das Zeltlager? Es muss irgendwo bei den Gleisen hinter dem Bahnhof sein.« Er zog eine Schachtel Zigaretten aus seiner Hosentasche und hielt sie allen hin.

»Er will wissen, wo wir schlafen, er will uns ausrauben.«

»Sein Haar ist so sauber«, sagte einer und rieb die Hände aneinander.

Er bedauerte es, bei Ana geduscht und ihr Shampoo benutzt zu haben.

»Eine Kartoffel, die uns ausrauben will.«

»Der kann den Hals nicht vollkriegen.«

Es war zwecklos.

»Ugly Alkogoliki«, sagte Leo und stand auf.

Hinter sich hörte er die leere Getränkedose klappern. Die Männer lachten ihm hinterher. Er lief Slalom um gestresste Schaffner, verlassene Schlafplätze aus Pappschachteln, Gerüste an Kioskruinen. Hinter dem Bahnhofsgebäude standen die Rangierloks und pausierende Züge, die Dmitrow, Dubna, Kimry oder Taldom ansteuerten. Er folgte stillgelegten Gleisen durch Brombeerbüsche. Neben ihm rauschten die Regionalzüge vorbei. Die Regelmäßigkeit, mit der die Signallichter von Rot zu Grün umschalteten, und die geschwungenen Gleise, an denen er entlanglief, ließen die Szenerie fast friedlich wirken. Er hoffte, dass die Zelte und der Güterwaggon, die Ana fotografiert hatte, noch da wären. Zerstörte Autos und Papiertaschentücher säumten die Strecke. Etwas Rotes leuchtete aus dem Dunkel zu ihm herüber. Vielleicht war es ein Zelt im hohen Gras? Er hatte unrecht. Kurz vor einer Unterführung kauerte eine Gestalt auf dem Boden. Ein Junge durchwühlte eine Reisetasche. Seine knallrote Weste war ihm viel zu groß, auf dem Rücken stand in weißen Buchstaben »OBEY«. Leo blieb stehen, versuchte, kein Geräusch zu machen.
Der Schraubenzieher traf ihn ohne Vorwarnung. Blind geworfen streifte das Werkzeug seinen Arm und landete im Gras zwischen den Gleisen. Der Junge drehte sich um, wollte sehen, ob er getroffen hatte. Er war älter als erwartet. Schmutzig blondes Haar hing ihm in die Stirn. Für einen kurzen Moment sahen sie sich direkt in die Augen. Dann stand der Junge auf und machte ein paar Schritte auf ihn zu, in seiner Hand hielt er einen Schlüsselbund. Die Schlüssel steckten zwischen seinen Fingern, als wäre er Superheld Wolverine. Vielleicht hatte auch er

verfeinerte Sinne, übermenschliche Stärke und Reflexe wie die Comicfigur. Leo ballte die Hände in den Taschen zu Fäusten, um keine falsche Bewegung zu machen. Ihm wurde klar, dass er mit seinen blauen Flecken und den Kratzern im Gesicht ziemlich gefährlich aussehen musste. Oder wie ein leichtes Opfer. Der Junge riss den Mund auf, sein Körper wurde starr und fest, wie ein Ausrufezeichen, während er einen hohen, schrillen Schrei ausstieß.

Ein Pfiff durchschnitt die Luft, in der Ferne bellte ein Hund. »Fuck!«, fluchte der Junge und flüchtete mit der Reisetasche auf dem Rücken. Er hustete beim Laufen und verlor gebügelte Hemden auf den Schienen. Das Echo aufgeregter Stimmen schallte aus der Unterführung, zwei Männer in Warnwesten liefen in ihre Richtung. Leo überholte den Jungen mit Leichtigkeit und nahm ihm die Tasche im Lauf aus der Hand. Sie rannten querfeldein durch das Dickicht der Sträucher und entsorgter Fernseher, Autoreifen, aufgeplatzter Matratzen. Halb Moskau schien hier seinen Schrott zu entsorgen. Der Junge atmete schwer, als sie endlich an einem Bahnwärterhäuschen haltmachten, und stützte seine Hände auf seine Oberschenkel. Niemand schien ihnen gefolgt zu sein, obwohl eine Spur aus Hemden, Socken, Unterwäsche den Weg säumte, den sie im Gleisbett zurückgelegt hatten. Zwischen der dreckigen Wäsche des Taschenbesitzers fand Leo einen Reisepass, in einem Sockenknäuel ein Bündel Geldscheine. Beides warf er dem Jungen zu.

»Kak tebja sowut?«, fragte er.

Der Junge zog einen Brustbeutel unter seiner Jacke hervor und verstaute die Scheine. Dann warf er einen Blick in den Reisepass.

»Dario«, schien er vorzulesen. »A tebja?«
»Leo.«
Dario zog eine Augenbraue hoch.
»Hast du Zigaretten?«, fragte er auf Deutsch.
Leo holte die zerdrückte Schachtel hervor, die er am Morgen in Anas Apartment eingesteckt hatte. Dario zog eine Zigarette mit den Zähnen aus der Schachtel und entzündete sie mit einem Streichholz. Sie fanden noch ein Handy mit zersprungenem Display zwischen den Schienen, das Prepaid-Guthaben darauf betrug 15 Euro. Dario steckte es sich in die Brusttasche. Mit einem Kopfnicken bedeutete er Leo, ihm zu folgen. Ein paar hundert Meter entfernt, von Bäumen und Sträuchern umwachsen, reihten sich ausrangierte Waggons aneinander. Die meisten von ihnen waren besprüht und ausgeschlachtet, Sitze waren herausgerissen, Fenster ausgebaut worden. Einige von ihnen waren bewohnt, zwischen ihnen waren Wäscheleinen gespannt, auf denen nasse Pullover und Socken hingen. Müll und Gerümpel wuchsen zu Bergen an. In den Zweigen der Bäume wehten Plastiktüten im Wind, unter ihnen boten verstreute Zelte Schutz vor Regen, Schnee und Hitze. Irgendwo stotterte ein Generator. Ein paar Männer kochten Kaffee über einem Bunsenbrenner, in ihren Mundwinkeln glühten Zigaretten. Aus der Feuertonne daneben stieg schwarzer Qualm auf. Frauen wuschen ihre Gesichter und Arme über einer Schüssel voll Wasser, die auf dem Boden stand, sie lachten und scherzten. Ein Mädchen, trotz der Wärme eingepackt in Kapuzenpullover, Schal und Mütze, kletterte auf einem der Bäume herum. Sie alle starrten Leo an.
»Kannst reinkommen«, sagte Dario.

Die Fenster des Waggons waren mit Brettern abgedichtet, die Wände kohlschwarz. Die Tür war weit geöffnet. Eine Glühbirne beleuchtete Matratzen und Schlafsäcke.
»Alter Druckermotor«, sagte Dario auf Leos fragenden Blick hin. »Der macht hier Strom für uns alle.«
Auf dem Boden saßen drei Jungs, die Chinanudeln aus Pappboxen aßen. Zwei von ihnen sahen aus wie Zwillinge mit ihren blassen Gesichtern voller Sommersprossen und aschblonden Haaren, sie trugen Jeans und Muskelshirts mit den Slogans »Just do it!« und »Straight outta my bed«. Der Dritte hatte sein dunkles Haar nach hinten gegelt und einen neongelben Netzpullover über ein weißes Langarmshirt gezogen, dazu trug er Adidas-Superstars. Er roch nach starkem Aftershave. »Pita, Aaron, Odekolon: Leo. Leo: Odekolon, Aaron, Pita.« Die Jungs nickten. Ihre Gesichter blieben grimmig. Dario warf ihm eine Wolldecke zu, die kratzte, statt zu wärmen. Er hüllte sich darin ein. Dario sammelte Reisig auf und entzündete in einem Topf, der in der Mitte des Waggons auf dem Boden stand, ein kleines Feuer. Schnell roch es nach Qualm. Sie saßen auf ausgebreiteten Hemden, aus einem Radio dröhnte Rihanna. Dario schlang die Butterbrote aus der Reisetasche herunter, seine Hände waren mit kleinen Tattoos bedeckt, die offensichtlich nicht mit der Maschine, sondern per Hand gestochen worden waren. Eine löchrige Madonna mit Kind umarmte einen Anker. Dario warf dicht beschriebene Zettel und eine Plastiktüte ins Feuer. Er schien sich an der blau schimmernden Stichflamme zu freuen, die entstand. Auch die anderen Jungs starrten gebannt ins Feuer. Dario steckte sich eine neue Zigarette zwischen seine erstaunlich guten Zähne. Sein

Körper unter der zu weiten Kleidung war hager, aber er wirkte zäh. Man hätte ihn hübsch nennen können. Leo hatte in ganz Europa junge Männer aus sogenanntem guten Hause kennengelernt, die aus irgendeinem Grund auf der Straße gelandet waren. Er wunderte sich nicht darüber, dass Dario gutes Deutsch sprach, vielleicht hatte er einmal Privatunterricht bekommen oder sogar studiert, bevor er hier gestrandet war. Leo nahm einen Schluck Bier und lehnte sich an die Metallwand. Ihm war schwindelig von den Dämpfen. Draußen hörte man jemanden fluchen und lautstark ausspucken.

»Gentlemen ...«

Dario trommelte auf dem Tisch. Aaron verdrehte die Augen.

»... mein Schwesterchen!«

Ein Mädchen stolperte in einem Minikleid in den Waggon, das die High Heels, in denen es schlecht laufen konnte, nicht eleganter aussehen ließ. Darüber trug es einen zerschlissenen Wollmantel. Ihr Gesicht war unter Make-up begraben, an ihren Ohren hingen Creolen, an ihrem Arm eine schlecht gefälschte Prada-Tasche mit einer goldenen Kette als Henkel. Das lange schwarze Haar war auf dem Kopf zu einem Dutt gebunden, der Leo an die besseren Tage von Amy Winehouse erinnerte. Er sah an den Schatten unter ihren Augen, dass sie kaum geschlafen haben konnte. Die Zigarette in ihrer Hand zitterte. Sie ließ sie in einer halbvollen Coladose erlöschen. Dann bückte sie sich zu Dario herunter und gab ihm einen Kuss auf die Wange.

»Käferchen, qué tal?«

Dario flüsterte ihr etwas ins Ohr. Pitas Mundwinkel zuckten, er starrte angestrengt in seine Bierdose, das Mädchen warf ihm eine Tüte mit Milchbrötchen in den Schoß, die in ihrer Handtasche zu kleinen Klumpen zusammengedrückt worden waren. Sie zog ihre Schuhe aus und ließ sie auf dem Boden liegen. Ihre Füße waren gerötet und ihre Zehen geschwollen. Pita und Aaron begannen sofort mit dem Essen. Sie steckten sich so viel von einem Brötchen in den Mund wie möglich.

»Tolstjak!«

Das alterslose Mädchen nahm sich selbst eins der Brötchen aus der Tüte und begann, es in Stückchen zu zerpflücken. Dann wendete sie sich Leo zu.

»Und du bist?«

Auch sie sprach Deutsch, allerdings mit starkem Akzent. Ihre Augen scannten sein Gesicht und blieben erst an den Schrammen an seinem Kinn, dann an seiner Zahnlücke hängen. Sie konnten sich gegenseitig nicht ausstehen, das wusste er innerhalb von Sekunden. Jetzt zog sie auch noch die Nase hoch und steckte sich gleichzeitig ein Stück Brötchen in den Mund. Ihm wurde flau. Gelangweilt kaute sie auf der Masse herum, wie auf einem Kaugummi.

»Leo«, antwortete er und streckte ihr die Hand entgegen.

»Ist der dir zugelaufen?«, fragte sie, noch immer kauend, und drehte sich zu Dario um, der mit dem Auspacken eines Rucksacks beschäftigt war. Sie ignorierte Leos ausgestreckte Hand.

»Kann man so sagen.« Dario warf Leo ein sauberes T-Shirt zu, das er zusammen mit ein paar Turnschuhen aus dem Rucksack zog.

»Ira, meine Schwester. Und jetzt zieh dir was Ordentliches an, du siehst scheiße aus.«

Mit einem Seufzer ließ Ira sich neben Leo auf den Boden sinken. Sie legte ihren Kopf auf ihrer Jacke ab, ihre Zigarettenschachtel bewegte sich mit ihrem Atem auf und ab.

»Dein Besuch stört mich beim Schlafen.«

»Mund halten, Engelchen.«

Dario kramte weiter in dem Rucksack. Odekolon nahm einen Schluck aus dem kleinen Flachmann in seiner Hosentasche. Vielleicht war der Geruch, den er ausströmte, auch scharfer Alkohol statt Aftershave gewesen. Zumindest hatte er wohl versucht, sich einen Bart wachsen zu lassen. Er trug feinen Flaum an Kinn und Wangen, um den herum Pickel sprossen. Sie schwiegen. Leo nutzte die Gelegenheit, um sich in Ruhe umzusehen. Der Boden des Waggons war mit Müll übersät: leere Pappschachteln, Dosen, Plastikverpackungen. Auf Matratzen ersetzten zusammengeknüllte Pullover die Kopfkissen. Daneben lagen die grauen Wolldecken und ein paar Schlafsäcke. Auch in weiteren halbvollen Coladosen schwammen Zigarettenstummel. Leo dachte an die Zimmer seiner ehemaligen Kunden, in denen das Chaos geherrscht hatte. Überfüllte Aschenbecher und Müllsäcke hatten neben der Bong auf dem Boden gestanden, Flaschen hatten sich in den Zimmerecken gesammelt. Oft waren die Zimmer aber noch regelmäßig von Putzfrauen oder Müttern aufgeräumt und gewischt worden, Stapel frischer Wäsche lagen auf den Betten, die übernächtigten Jungs mit ihren Dreadlocks und bunten Hosen bekamen regelmäßig Gemüse gekocht. Außer ihren unruhigen Händen wies körperlich noch nichts darauf hin, dass sie eine Droge konsumierten, die auf Dauer die Schleimhäute und

Zähne zersetzte, Haut und Immunsystem angriff. Viele von ihnen würden es schaffen, aufzuhören, sobald sich ernsthafte Schäden bemerkbar machten.
Die Zwillinge, die ihm schweigend gegenübersaßen, hatten helle Augen, die sie über lange Zeit auf einen Punkt richten konnten, ohne zu blinzeln. Odekolon nippte, die Unterarme auf die Knie gestützt, an seinem Flachmann. Sie alle schienen das Warten gewohnt zu sein. Nur Dario blieb ständig in Bewegung, durchsuchte Kisten, telefonierte. Ira tat, als würde sie schlafen. Er wusste, dass sie wusste, dass er ihren Körper musterte: die geschwollenen Füße, die kleinen, verwischten Tattoos auf den Knöcheln, Schmetterlinge, die ihre Beine hinaufflogen, Sterne, die ihre Schultern wie Orden zierten. Kleine Hände mit vom Nikotin gelb verfärbten Nägeln, punktförmige Narben auf ihren Armen, die darauf hinwiesen, dass sie ihre Zigaretten nicht immer nur in Coladosen ausgedrückt hatte und dass sie hart im Nehmen war. Wuchernde dunkle Augenbrauen, zerlaufene Wimperntusche unter ihren geschlossenen Augen, ein kleiner Mund, ein kleines Kinn und winzige Ohren.
»Kleine Schwestern, weißt du?«, sagte Dario, als er seinen Blick bemerkte. »Sie kleben an einem wie Kaugummi unter den Schuhen.«
Er schob sich den Brustbeutel mit Geld und Reisepass in den Bund seiner Jogginghose. Leo zog die Knie zur Brust und wickelte die Decke so eng wie möglich um seinen Körper. Rihanna lief noch immer. *Diamonds* in Dauerschleife. Er spürte Bewegung neben sich. Weitere Jungs kletterten in den Waggon, sie rochen nach Alkohol und Schweiß. Wie selbstverständlich rutschten sie an ihn

heran. Er lag mit einem von ihnen Rücken an Rücken. Das verbrennende Plastik roch beißend. Er träumte von der Familie aus Jakutien, die einmal mit ihm im selben Hostelzimmer gewohnt hatte. Sie waren mit einem riesigen Koffer angereist, in dem hauptsächlich Fleisch war, und hatten damit den Kühlschrank in der Küche vollgestopft. Jeder Morgen begann mit dem Kochen von irgendeinem Wildfleisch, Hirsch oder Reh. Der Geruch hing in der Küche, wenn er sich Frühstück machen wollte.

Der Junge neben ihm murmelte etwas, als er aufstand. Vorsichtig stieg er über die schlafenden Körper, die mit Decken und Kleidungsstücken bedeckt waren. Er nickte den Männern zu, die um ihre Feuertonne herumstanden und in die Flammen blickten. Sie grüßten zurück. Es schien, als wäre es nie richtig dunkel gewesen, als eine milchige Sonne aufging. Sie stand einfach plötzlich am Himmel und zerfloss zu einem gelben Klecks wie ein Spiegelei in der Pfanne.

Berlin, Juli 2019

Die Julitage schmolzen dahin wie Eis in der Sonne. In normalen Zeiten hätte ich alles gelesen, was mir über diese unklare Diagnose »psychosomatisch« in die Hände gefallen wäre. So machte ich es mit allem, was mich beschäftigte. Unter meinem Schreibtisch stapelten sich Bücher über die Psychoanalyse der Drogensucht, über die Pyromanie, die Schönheit Bayerns, Intensivpädagogik, die Verbreitung und Wirkungsweise von Crystal Meth, über den Klimawandel und das deutsche Asylrecht. Stattdessen erzählte ich nun immer wieder neuen Ärzten meine kurze Leidensgeschichte. Meist reagierten sie erst beschwichtigend und waren zuversichtlich, eine Ursache für meine Symptome zu finden. Mithilfe von Zeichnungen und Pantomime versuchten sie, mein Sprachverständnis zu testen. Als sich aber auch durch diese neuropsychologischen Tests nichts Auffälliges finden ließ, glaubten sie wohl, dass ich nur simulierte, und entließen mich mit skeptischen Blicken und dem Rat, autogenes Training zu machen. Als ich mir nicht mehr zu helfen wusste, ging ich in die Notaufnahme, saß ein paar Stunden zwischen jammernden Jugendlichen und Hitzeopfern, wurde, auf einem Bett liegend, von Raum zu Raum geschoben, untersucht, befragt und kopfschüttelnd entlassen. Da ich nun offiziell zum Stillsitzen und Abwarten

verdammt war, blieb mir nichts übrig, als aus dem Fenster zu schauen.
Die Sommerferien hatten vor einer Woche begonnen, und die Schüler besetzten Freibäder und Badeseen. Mit nassen Handtüchern über den Schultern und glänzenden Wangen von der Sonnencreme saßen sie nach dem Schwimmen vor dem Kiosk, den ich von meinem Küchenfenster aus sehen konnte. Sie beobachteten sich gegenseitig mit dieser typischen Gefühlsmischung von Fünfzehnjährigen aus Unsicherheit und Größenwahn. Der Wortführer gab nie jemandem eine Zigarette ab, war für die anderen deshalb ein Larsch - eine Neuschöpfung aus Lars und Arsch - und hatte laut den Jungs ein richtiges Schellengesicht, das zu Ohrfeigen einlud. Er ließ sie lächelnd gewähren. Alle wirkten ungelenk; mit langen Armen und Beinen, die nicht recht zum restlichen Körper passen wollten, zerlaufener Wimperntusche unter den Augen, Bikinistreifen auf dem Sonnenbrand. Sie aßen Kaugummi-Eis und lachten über den Kioskbesitzer, der grummelnd Zeitungen sortierte. Zwei Mädchen hielten unter dem Plastiktisch Händchen und teilten ihre Fanta. Weil ich nicht arbeiten konnte, zog sich die Zeit in die Länge wie das Gummitwistband der Kinder, die sich darin einwickelten, ihre Geschwister nervten und beim Springen immer wieder dieselben Verse riefen. Eine Atmosphäre aus Hitze, Limo auf dem Boden und den Kondensstreifen der Urlaubsflieger lag über den Tagen.
Gegenüber meiner Wohnung wurde ein altes Haus renoviert, vor dem über Jahre hinweg Protestbanner gegen »Monopoly mit Wohnraum« gehangen hatten und das immer wieder mal geräumt wurde, wenn jemand zu

lange in den leerstehenden Räumen sein Lager aufschlug. Jetzt wurde es doch noch verschlungen von dem Scheusal namens Gentrifizierung. Während die Fassade des Hauses mit Hochdruckreinigern gesäubert wurde, putzte davor ein Mann mit Latzhosen und Fischerhut sein Auto. Der Wagen sah aus, als hätte er ein Schaumbad genommen. Seifenblasen schwirrten durch die Luft und zerplatzten in den Ästen der Straßenbäume, die jede Woche von einer guten Seele mit einem Eimer Wasser gegossen wurden. Vor dem Haus wuchsen Buchsbäume zu einer dichten Hecke zusammen, die den Pöbel von der Baustelle fernhielt. Die bereits fertigen Carports glänzten vor sich hin. Auf einem Plakat vor der Tür klebten Bilder von den Eigentumswohnungen, die errichtet werden sollten. Noch konnte man sich die sanierten Bäder und Einbauküchen nicht vorstellen. Ganze Schubkarren voller Schutt wurden von den Bauarbeitern aus dem Keller gebracht und in einen Container geladen. Der Geruch von Staub und Seife mischte sich mit dem von Chlor, Ketchup und Vanilledeo und das Geräusch von Baulärm mit dem lauten Lachen der Jugendlichen. Die alten Menschen und die Familien zogen sich vor der Hitze in ihre Wohnungen zurück, der Rest Friedrichhains genoss die Sonne und war ganztägig angeheitert von der Bowle, die an Ständen vor den Bars verkauft wurde. Die Parks quollen über vor Goldregen, Anemonen, Ringelblumen, Milchkaffee trinkenden Studentinnen und dunkelbraun gebrannten Rentnern, die es liebten, stundenlang in der Sonne zu liegen.
In manchen Vierteln schliefen die Kinder zur Stimme des YouTubers Gronkh ein und sahen ihm, zwischen ihren vielen Verabredungen zum Tanzen, Reiten oder Englisch

lernen, beim Minecraft spielen und philosophieren zu. Sie suchten nach dem Gefühl der Leere, das dadurch endlich einmal in ihnen entstehen konnte. In anderen Vierteln fuhren die Kinder Rollschuh auf den Straßen und warfen Wasserbomben von den Balkonen in Richtung der Autos. Sie hingen auf Spielplätzen herum und trugen trotz der Hitze Prinzessinnenkleider. Viele von ihnen hatten blaue Flecken an Schultern und Bauch, weil sie einfach zu blöd und ungeschickt waren und dauernd gegen Schränke liefen oder vom Klettergerüst fielen. Sie konnten die Sonne nicht leiden und zahlten es ihr durch Leichenblässe heim. Sie wussten nicht, was mal aus ihnen werden sollte, und auch sonst hatte keiner irgendeine Idee, was sie für Talente hatten. Vielleicht würden sie irgendwann mal Bauschutt aus überteuerten Häusern schleppen und sich mit Bonzen über ihre Arbeitszeit streiten oder selbst viel Geld verdienen und Bücher darüber schreiben, dass erst ihre Kindheit sie zu diesen erfolgreichen Menschen gemacht habe, zu denen sie geworden waren.
Im Regierungsviertel, in dem ich zu der Zeit oft spazieren ging, schwirrte die Luft von den Gesprächen in überhitzten Büros und hastigen Mittagessen zwischen zwei Terminen. Abends saßen die Journalistinnen und Referenten in Liegestühlen an der Spree, tätschelten ihre Ledertaschen wie einen treuen Hund und redeten weiter über die Arbeit, die vielen anstehenden Projekte, für die sie bis in den Herbst hinein eingeplant waren, und den dringenden Überstundenausgleich, den sie zum Glück doch noch durchsetzen konnten, es gab schließlich seit Kurzem einen Betriebsrat, in dem sie sich auch so gerne engagieren würden, hätten sie doch endlich einmal

mehr Zeit. Im Radio hörte ich von einer Anschlagsserie in Syrien. Für die Menschen in Suweida sei die Gewalt schon so allgegenwärtig, dass sie bei einem solchen Ereignis innerlich abschalteten, um es überstehen zu können, sagte eine Psychologin zu einer aufgeregten Journalistin. Die Empfindungen würden in der Psyche eingekapselt und brächen in alltäglichen Momenten wieder hervor, die sie an das Erlebte erinnerten. So konnte der Geruch vom Rauch eines Laubfeuers die Menschen in den Moment zurückversetzen, in dem eine Explosion ein Gebäude vor ihnen zerfetzt hatte.
Ansonsten passierte den ganzen Juli über gar nichts, abgesehen von Harriets Umzug in eine größere Wohnung an der Sonnenallee, für den ich Kartons kaufte, einpackte, viele Treppenstufen nach oben trug und wieder auspackte. Harriets Sohn Marlon hing kreischend vor Freude über den Trubel an meinem Bein, das Baby Sara schlief in einem Tragetuch auf Jasmins Rücken, und Harriet verhandelte mit einem Nachbarn über das grüne Samtsofa, das bisher jeden Umzug mitgemacht und nun doch verkauft werden sollte. Eigentlich bekam man in Berlin keine bezahlbare Wohnung mehr, wenn man alleinerziehend mit kleinen Kindern war und wenig Geld hatte. Auch ausgerüstet mit allen Papieren und Bescheinigungen hatte man wenig Chancen. Harriet hatte jeden Morgen nach dem Aufwachen durch die Wohnungsanzeigen gescrollt und sie anschließend stündlich aktualisiert, doch auch wenn sie innerhalb der ersten Minuten, in denen ein Inserat online geschaltet wurde, darauf reagierte, erhielt sie keine Antwort. Sie war schon vor ein paar Jahren in den Hartz-4-Kreislauf geraten, aus dem es schwer war, wieder

auszusteigen. Die Mietzahlung, die vom Jobcenter übernommen wurde, reichte nicht, weshalb sie schwarz dazuverdienen musste. Zusätzlich musste sie sich regelmäßig auf Vermittlungsangebote bewerben, die sie auf keinen Fall annehmen wollte. Die Energie reichte dann nicht mehr, um in die Zukunft zu denken, und sie schaute jeden Tag neu, was auf sie zukam. Oft hing sie ab morgens neun Uhr in der Warteschleife der Jobcenter-Hotline, weil irgendein Sachbearbeiter wieder mit Sanktionen gedroht hatte.

Deshalb hatte ich ihr für die Besichtigung der Wohnung meine beste Bluse geliehen, und Jasmin hatte die Träne unter Harriets Auge überschminkt, sodass nur noch ein schwarzer Schimmer unter dem Make-up hindurchschien. Harriet sah stark und großartig aus, und wir beteuerten, dass sie sich ohne Mühe gegen die weiteren fünfzig Mitbewerber durchsetzen würde, die schon eine Stunde vor dem Termin vor der Tür standen, um einen guten Eindruck zu machen. Und es gelang Harriet tatsächlich, die grantige Hausbesitzerin für sich einzunehmen. Nach dem ersten Gespräch, das zwei Stunden dauerte und einmal durch Harriets geschönten Lebenslauf und die romantisierte DDR-Widerstandsbiografie der Vermieterin führte, sank Harriet mit erschöpftem und stolzem Lächeln neben mir auf die Bank vor dem Gold Thai und atmete tief durch. Sie legte den Mietvertrag auf den Tisch und ließ ihr Gesicht in die Hände sinken. Wir wussten alle, dass dieser Erfolg kein Zufall war. Jasmins Eltern unterstützten Harriet, seit sie sich kennengelernt hatten; auch dieses Mal hatten sie nach ihrer Trennung von Saras Vater ohne Umstände angeboten, eine Bürgschaft zu unterschreiben.

Außerdem waren sie gut vernetzt und hatten sie bei einer befreundeten Immobilienmaklerin für die Wohnung empfohlen.

Dennoch war Harriet sehr aufgeregt gewesen und würde ihr Leben lang nie die innere Ruhe von Jasmin empfinden, die das Erhalten von Miet- oder Arbeitsverträgen, von Geschenken und Sympathie für ganz selbstverständlich hielt und auf bezaubernd gelassene Weise die Kinder mit frittiertem Tofu und weichem Blumenkohl fütterte, die sie mit einem Löffel aus ihrer Suppe fischte. In der freien Hand hielt sie eine Zigarette, nach der Marlon immer wieder griff, weil er wusste, dass er Harriet damit ärgerte. Die Kinder ahnten nicht, dass sich ihr Leben vorerst um einiges verbessern würde und was eigentlich auf dem Spiel stand. Vor einigen Monaten hatte Harriet Besuch vom Jugendamt bekommen, weil Nachbarn sich mehrfach über den Lärm und das Kindergeschrei aus der Wohnung beschwert hatten. »Im Raum steht Kindeswohlgefährdung. Das ist ein sehr ernster Vorwurf, den Ihre Nachbarn da machen, der Konsequenzen haben kann. Gerade von Ihnen erwarte ich mir mehr Reflexion. Sie sind nun wirklich klug genug«, hatte die Sachbearbeiterin gesagt, skeptisch die Zimmer begutachtet und sich Notizen gemacht, die sie vor Harriet verbarg. Besonders mit Blick auf die improvisierten Kinderbetten neben dem Sofa hatte sie den Kopf geschüttelt und mit ernstem Blick gesagt: »Das sollte sich ändern, Frau Reid.«
Deshalb gab es in der neuen Wohnung nun mehrere Zimmer, in denen man sich aus dem Weg gehen konnte. Ein eigenes für jedes Kind, Harriet würde sich im Wohn-

zimmer einrichten. Es gab eine richtige – wenn auch sehr hässliche – Küche anstelle der ewigen Gasflasche, die an eine Kochplatte angeschlossen wurde und regelmäßig im Baumarkt aufgefüllt werden musste. Hierfür hatte Harriet die Flasche immer allein mit der U-Bahn bis zum nächsten Hornbach transportiert, obwohl sie besser nicht herunterfallen sollte, und uns nie um Hilfe gebeten, so wie sie uns auch immer erst über die Männer informierte, die auf der Matratze in einer Zimmerecke schliefen, wenn sie anfingen, Probleme zu machen. Harriet zog jungenhaft verträumte Männer mit schlecht gestochenen Tattoos auf den Oberarmen an, die sie liebte, verwöhnte und anschrie und bekniete, dass sie irgendwann ihr Abi nachholen sollten, wenn sie sonst schon nichts beitrugen.
Nachdem Sara zur Welt gekommen war und Harriet die meiste Zeit mit ihr zu Hause verbrachte, hatten Jasmin und ich oft übers Kinderkriegen gesprochen. Für mich war ganz klar, dass ich keine Kinder wollte, weil ich eine tiefe Ahnung davon hatte, dass das Ganze schlecht ausgehen würde. Jasmin hingegen hatte einen Kinderwunsch, nur keine Zeit, um über neun Monate hinweg schwanger zu sein, zu entbinden und das Kind dann auch noch zu erziehen, während sie durch die Welt reiste, Männer und sich selbst kennenlernte. Deshalb überlegte sie, einige ihrer Eizellen einfrieren zu lassen, um sich später zu entscheiden. Social Freezing sollte, laut den Kinderwunschzentren, die wir uns online ansahen, bei vielem helfen: Träume zu verwirklichen, Karriere zu machen, den Zeitdruck in der Rush Hour des Lebens zu mindern und trotzdem ein Kind zu bekommen. Vielleicht konnte es also auch dabei helfen, Jasmins Dilemma zu lösen. Sie

vereinbarte den ersten Beratungstermin bei einem Zentrum in Berlin-Mitte, das einen Storch als Logo hatte, der ein Baby in einem Tuch durch die Luft trug, das an seinen Schnabel gebunden war. Es ging also endlich aufwärts für uns alle. Zumindest dachten die anderen das, als wir uns nach der Fahrt mit dem Transporter in der neuen Wohnung auf den Boden setzten, uns an die ersten Kartons lehnten und Kaffee aus einer Thermoskanne tranken, die Jasmin mitgebracht hatte. Harriet wischte sich Make-up und Schweiß mit einem Taschentuch vom Gesicht und strahlte mich an. Sara schlief auf ihrem Schoß, Marlon schaute mit großen Augen aus dem Wohnzimmerfenster. Er pustete gegen die Scheibe und presste seine Lippen an das Glas. Jasmin goss Kaffee nach.
Ich sagte den beiden nicht, dass mein Alltag nur noch äußerlich dem Alltag ähnelte, den ich bisher kannte, und dass ich auch nur noch äußerlich der Nora ähnelte, die sie kannten. Seit ein paar Wochen erwachte ich morgens unter einer bleischweren Decke aus Gedanken, aß ein sinnentleertes Frühstück und machte mir vor, dass ich die Nachrichten verfolgte. Eine kichernde Beate Zschäpe, eine müde Angela Merkel, eine wütende Alice Weidel, Donald Trump, Brad Pitt, ein Mann mit langem Vollbart und viele kleine Jungen in einer Höhle mit rußverschmierten Gesichtern mussten alle etwas miteinander zu tun haben. Zumindest füllten ihre Bilder gemeinsam eine Zeitungsseite aus. Das Bildmosaik wurde von langen Buchstabenreihen unterbrochen, die ich im Juni noch mühelos überflogen hatte. Jetzt stand jedes der Zeichen ganz für sich allein, wie früher beim Lesenlernen in der Schule. Einem aus einem einzelnen senkrechten Strich

bestehenden Buchstaben folgte eine kleine Mondsichel oder eine gekrümmte Wimper – ich konnte mich nicht entscheiden. Daran schloss ein weiterer gerader Strich an, der sich ungefähr auf seiner Hälfte gabelte und in einer Schleife nach unten abbog. I c h. Normalerweise war ich immer früh in der Bibliothek angekommen, noch ausgekühlt von der Nachtschicht und dem vollen Bus, in dem der Atem übermüdeter Menschen die Scheiben beschlagen ließ, und das Schreiben hatte mich langsam aufgewärmt. Nichts konnte mir etwas anhaben, nichts bedeutete irgendetwas für die Zeit, in der ich an meinem üblichen Platz zwischen Bücherregalen und schwitzenden Studenten in dem kleinen Lesesaal mit den hellgrünen Wänden saß.

Wenn ein Sinn verlorengeht, werden andere Sinne durch synaptische Plastizität empfindlicher, hatte ich einmal gelesen. Nach dem Erblinden zum Beispiel verändert sich die Dichte von Neurotransmitterrezeptoren im Hippocampus, der wichtigsten Gedächtnisstruktur des Gehirns. In den folgenden Monaten verändert sich auch die Dichte der Neurotransmitter im visuellen Cortex, in dem die Informationen des Sehsinns eingehen, sowie in den Arealen der Großhirnrinde, die die Informationen der anderen Sinne verarbeiten. Wenn jemand erblindet, werden so der Tastsinn, das Gehör und der Riechsinn präziser. Ich bildete mir ein, dass es mir auch so erging. Das Umblättern von Buchseiten rauschte in meinen Ohren. Das Klappern der Tastaturen von fleißigen Studentinnen erinnerte mich daran, dass die Zeit ablief und ich nicht vorankam. Jemand trank so laut aus seiner Flasche, dass mein eigener Schluckreflex einsetzte, und ich

schluckte und schluckte und schluckte, bis meine Augen tränten.
Stoisch hielt ich die Stunden durch, schlenderte wie üblich zum Gold Thai an den Cocktailbars und Yogastudios vorbei, in denen sich schöne Menschen von ihren hochkomplizierten Bürojobs erholten und endlich lernten, richtig zu atmen. Sie ließen ihre Gedanken an fordernde Chefinnen und befristete Arbeitsverträge vorbeiziehen und konzentrierten sich auf die Empfindungen in ihren Körpern, egal ob es sich um Schmerzen im Kopf, die feinen Härchen in der Nase oder einen knurrenden Magen handelte. Alles verdiente die gleiche Beachtung, erklärten ihre Lehrerinnen, die selbst Mühe hatten, den Gedanken an steigende Mieten für ihre Studios und die Konkurrenz durch die Kurse in Fitnessstudios keine Beachtung zu schenken. Alles sollte gleichgültig werden in den anderthalb Stunden Yogapraxis und unverbunden nebeneinander stehen bleiben. Keine leichte Übung für die Schüler, wo doch eh schon alles fragmentiert war und ihre Zeitverträge sie alle zwei Jahre in einer neuen Stadt aussetzten, an die sie sich gewöhnen mussten.
In Zeitungsartikeln wurden sie als akademisches Prekariat bezeichnet, weil sie für diese unsichere Zukunft ziemlich lange studiert oder sogar promoviert hatten. Nun saßen sie in Teilzeitstellen an Universitäten, in sexistischen Werbeagenturen als Junior Texter oder hochpolitischen NGOs als Projektmanagerinnen herum und hofften, dass sich die unterbezahlte Arbeit, die kaum jemanden interessierte, irgendwann auszahlen möge. Sie waren schuldbewusst und zugleich schadenfroh, fanden doch die meisten ihrer Freunde gar keine Stelle, obwohl

sie sich angestrengt hatten, vielleicht nur ein bisschen weniger als diejenigen, die jetzt in dem schicken Yogastudio tief ein- und ausatmeten und nach innerer Ruhe suchen mussten. Schließlich gehörten sie noch zu den Gewinnern des Ganzen. Wie viel schlechter stand es doch um diejenigen, die hinter ihnen die Teebecher und Yogamatten wegräumten und die Böden wischten. Eigentlich ging es unter ihnen ständig darum, wer einen besseren oder schlechteren Platz im Gefüge einnahm und warum das so war. Ihre Gespräche und Gedanken kreisten darum und beruhigten sich nur langsam unter den Stimmen der Yogalehrer und dem Einatmen der Luft, die durch die Fenster hereinschwappte.

Ich konnte sie verstehen. Auch mich entspannten das Geplauder von Jasmin und Harriet, der saure Salat und die immer gleichen Rituale des Kellners, der uns Tee zubereitete. Er begann mit dem ersten Aufguss, der sehr intensiv schmeckte. Der zweite und dritte Aufguss ließ den Tee immer milder werden, bis zum Schluss nur noch leicht bitteres heißes Wasser übrig blieb. Meine Freundinnen waren mein Schweigen aus intensiven Arbeitsphasen gewohnt und ließen mich in Ruhe. Obwohl wir seit ein paar Jahren jede Woche Stunden hier verbrachten, war mir der Raum nie richtig aufgefallen, weil ich mich immer auf unsere Gespräche konzentriert hatte. Ergänzend zu den gelben Polstern der Sitzbänke war auf dem Boden ein hellblauer Teppich ausgelegt, den Joghurtflecken übersäten. An den Wänden hingen golden eingerahmte Bibelverse, in einer Ecke lag eine staubige Diskokugel, die wohl zu dem Pult gehörte, auf dem ein ebenfalls verstaubter Synthesizer und ein Logitech-Lautsprecher standen.

Ringsherum waren Spielzeug, Malbücher und Buntstifte verstreut. Daneben richteten wir uns mit den Kindern ein, wenn wir nicht draußen im Trubel auf den Bänken sitzen, sondern in Ruhe Tee trinken und aus dem Fenster schauen wollten. Immer wenn ich diesen Raum betrat, breitete sich über mir etwas aus, das sich wie eine warme Decke anfühlte. Ich hatte ihn lieber als meine fast leere Wohnung.

Nach dem Essen ging ich nach Hause, streckte mich auf dem Bett aus und tat so, als würde ich schlafen. Meine Augen starrten gegen die geschlossenen Lider. Für eine Weile nahm mich der Bus noch auf und trug mich durch das hell erleuchtete Industriegebiet. Das Tor der Werkshalle verschluckte mich und meine Augen suchten bis zum nächsten Morgen nach Fehlern auf Stahl und Lack sowie roten und grünen Lichtern auf einem Bildschirm. Unterbrochen wurde das von kurzen Zigaretten- und Schlafpausen, während, für jeweils fünfzehn Minuten, der Betrieb in der Halle zum Erliegen kam, alle Deckenlichter automatisch ausgeschaltet wurden und die Arbeiter ausgestreckt auf Liegen und Bänken ein Nickerchen machten. Ihre Körper waren es gewohnt, für eine Viertelstunde in den Schlaf zu versinken, dann wieder aufzustehen und weiter ihre Aufgaben zu verrichten. Ich wurde von der Dunkelheit zur Ruhe gezwungen, lag mit klopfendem Herzen und offenen Augen auf meiner Liege, betrachtete die Hallendecke und lauschte dem Summen und Knacken der wartenden Maschinen.

Auch ich wartete, doch es kam keine Antwort auf die Fragen, die ich einem Neurologen, dem Hausarzt und schließlich auch einer Psychiaterin stellte: Wie konnte man etwas verlernen, was einem genauso selbstverständlich vorkam wie das Atmen? Wie sollte ich weiterarbeiten? Wieso wurde es mit jedem Tag anstrengender, die Decke, die morgens auf meinem Körper lag, wegzuschieben und aufzustehen? Schlimmer als das Warten auf Antworten war nur die Frage, welche die spröde Psychiaterin des medizinischen Zentrums, in dem mittelschwere neurologische und psychiatrische Probleme behandelt wurden, immer wieder stellte, als wäre es eine der ganz großen Fragen und nicht nur eine unscharfe, völlig subjektive Momentaufnahme: »Wie fühlen Sie sich?«

Was sollte ich sagen. Der Alltag zerfiel. Da ich auf dem Bett kaum Schlaf fand, versuchte ich, auf dem Boden einzuschlafen. Um mich herum entstanden Wäscheberge, die ich nicht schaffte zu sortieren und nach unten in den Keller zu tragen. Die Kaffeetassen stapelten sich in der Spüle, ungeöffnete Briefe auf dem Küchentisch. Nach drei Wochen traute ich mich nicht mehr in die Bibliothek, weil mir die Produktivität der schreibenden Studentinnen unbarmherzig vorkam. Der Bus ins Werk fuhr ohne mich ab, die Maschinen warteten nach vielen Malen Zuspätkommen nicht länger auf mich. Ich, die immer alles richtig machte, war noch nie irgendwo gekündigt worden und hatte somit keine Erfahrung mit der Art von Ansprache, wie sie mir mein Chef in seinem kleinen Büro hielt, das vollgehängt war mit Fotos von teuren Autos, die er sich dank der vielen harten Arbeit leisten konnte. Seine Worte waren voll von Ärger darüber, dass ich seine Zeit stahl, und über meine Nachlässigkeit, obwohl ich doch nur eine der Aushilfskräfte war, die innerhalb weniger Tage würde ersetzt werden können. Er tat, als würde ich eine große

Chance verpassen, wenn ich mich einfach austauschen ließ.
Es war mir egal, was er oder die Kollegen dachten, ob das Geld im nächsten Monat knapp werden würde, weil ich mir nicht vorstellen konnte, dass überhaupt ein nächster Monat und mit ihm Abbuchungen von meinem Konto kommen würden, so sehr schienen mir die üblichen Regeln außer Kraft gesetzt. Seit ich nicht mehr arbeitete, lag ich oft staunend auf dem Fußboden meines Schlafzimmers und sah dem Morgen dabei zu, wie er anbrach. Als hätte jemand am Dimmschalter einer Lampe gedreht, entstand plötzlich irgendwo Licht und verstärkte sich langsam, bis es dann richtig hell wurde. Ungläubig sah ich den Bildern in der Zeitung dabei zu, wie sie sich von Tag zu Tag veränderten. Auf Seiten voller Bilder von verdorrten Feldern und trockenen Flussbetten folgten andere von wütenden Gesichtern zwischen Deutschlandfahnen und zerrissenen Plakaten. Ich konnte erstmals nachvollziehen, dass Jasmin oft resigniert den Kopf geschüttelt hatte, wenn ich ihr meine Zeitung anbot. Ich hatte nie verstehen können, was sie so verwirrte. Für mich erzeugten das politische Geschehen, die Trends, das Meer aus Stimmen, Einordnungen, Analysen ein Grundrauschen, das ich nicht besonders ernst nahm. Es kam doch eigentlich nur darauf an, sich zu zentrieren und auf ein überschaubares Gebiet zu blicken.
Ich vermisste die Granitfelsen meines Gebirges, die tiefen Schluchten, die Bergseen und Wälder. Ich hatte mich immer winzig gefühlt zwischen den Felstürmen und hohen Nadelbäumen. Für meine Arbeit musste ich überprüfen, auf welche Weise das Gebiet durch fal-

sche Nutzung oder Vernachlässigung geschädigt wurde und wie man es besser schützen konnte. Diese Untersuchung hatte mich verändert. Die Unruhe, die ich in mir trug, ging mit jeder Seite, die ich neu verfasste, jeder bestätigten Hypothese, sogar jeder neu auftauchenden Frage weiter zurück. Jeder Fehler ließ sich einfach absatzweise löschen, als hätte man mit einem Reinigungstuch über einen schmutzigen Tisch gewischt, zurück blieb nur das weiße Blatt. Ich liebte die fertiggestellten Seiten mit ihren sauberen Zeilen mit dem immer gleichen Abstand dazwischen. Den idealen Zwischenraum zwischen den Buchstaben, den ich niemals per Hand herstellen könnte, und die exakten Linien, die sich mit meinem Zeichenprogramm ziehen ließen.
Sogar die glatte Oberfläche meines Laptops liebte ich, weil sie untrennbar zum Arbeitsvorgang gehörte. Die Arbeit ging durch Wiederholung in mich ein, so wie es anderen Leuten mit ihren Kindern gehen musste, die sie täglich sahen und die einem zeitweise so nah waren, dass man sie von sich selbst nicht mehr unterscheiden konnte, zumindest sagte Harriet das immer mal wieder, wenn sie ein paar Tage allein mit den Kindern verbracht hatte. Die Kinder suchten ihre Nähe in allen möglichen und unmöglichen Situationen, Marlon hing beim Duschen an ihren Beinen, das Baby kotzte ihr beim Telefonieren auf die Schulter, beide schliefen in ihrem Bett ein und jammerten im Schlaf, sodass sie am nächsten Morgen abgeschlagen aufwachte, voller fremder Spucke und Schweiß. Oft gingen ihre eigenen Stimmungen auf die Kinder über, sie wurden unruhig, wenn sie angespannt war, und wenn sie lachten, erschien ihr plötzlich alles lustig und leicht.

Marlon hatte vor einem Jahr begonnen, alles, was sie tat, zu imitieren. Er machte ihre Art zu sprechen nach, ganz besonders dann, wenn er es nicht sollte, zum Beispiel, wenn sie schimpfte oder einen der Männer anschrie, die sie besuchen kamen. Er wiederholte Sätze aus den Streitereien in anderem Kontext ein paar Tage später und erschreckte sie damit. So unattraktiv das alles für Jasmin und mich klang, die totale Verbundenheit mit den kleinen Wesen, die fehlende Privatsphäre, der Verlust von eigenen Möglichkeiten, einer möglichen Karriere, von Freiheit und Schlaf, die Einengung auf einen kleinen Teil des eigenen Selbst, so sehr liebte Harriet diese Kinder und konnte sich ein Leben ohne sie nicht vorstellen. Und obwohl mich die Arbeit für eine lange Zeit so beanspruchte wie ein Kind, das ständig schrie und beachtet werden wollte, konnte auch ich mir ein Leben ohne sie nicht vorstellen.

Wenn ich abends mit Jasmin pünktlich zur Happy Hour in der Kohlenquelle Bier und Longdrinks bestellt hatte, hörte ich ihr fasziniert zu, wie sie über die ständige Überforderung durch all das, was sie bis Mitte dreißig erreichen wollte, sprach. Ihr Alltag schien gepflastert von unzähligen Entscheidungen, die es zu treffen galt und die ihre weitere Zukunft beeinflussen würden. Das schien überhaupt viele in unserem Alter umzutreiben, hörte ich immer wieder aus dem Subtext von Gesprächen heraus, die ständige Angst, sich falsch zu entscheiden, für einen langweiligen Partner, einen schlecht bezahlten Beruf, und es dann bitter zu bereuen, weil Chancen an einem vorbeigezogen waren, die man vielleicht einfach übersehen hatte, in seiner Trägheit oder Unaufmerksamkeit, und dann wäre es plötzlich zu spät, und alle anderen hätten einen überholt, mit ihrem Können und ihren Ambitionen, womöglich trotz schlechterer Ausgangsbedingungen, die selbstverständlich immer mitbedacht werden mussten, wie keiner in diesen Gesprächen jemals aufhörte zu betonen. Ich hatte mich vor ein paar Jahren für eine Landschaft entschieden und ihr alles untergeordnet, was mein Leben leicht gemacht hatte und dazu führte, dass ich die ständige Sorge der anderen, zu kurz zu kommen, fasziniert aus der Ferne betrachtete wie eine anrollende Tsunamiwelle, die an einem selbst vorbeirauschen würde. Es war mir für ein paar glückliche Jahre gelungen, das Chaos aus meinem Leben herauszuhalten, das wurde mir in den frühen Morgenstunden klar, in denen es langsam heller wurde. Mit dem Licht kehrten auch die Unklarheiten zurück, und Fragen bedrängten mich, über die ich sonst nie nachgedacht hatte.

Deshalb saß ich jede Woche wieder im Wartezimmer der Psychiaterin herum, in dem sich ansonsten noch ein paar Depressive mit blutleeren Gesichtern anödeten. Der Raum hatte abwaschbare Wände in Altersheim-Gelb, in der Mitte stand ein kleiner Tisch mit Malbüchern, falls jemand seine Kinder mitbrachte. Vor den Fenstern hingen Gardinen aus Spitze, die den Raum wohl gemütlicher machen sollten. In einer Ecke stand ein verkümmerter Gummibaum. Manchmal kam noch eine junge Frau mit bunten Flicken auf der Hose und einem Schulranzen auf dem Rücken vorbei, blickte sich im Wartezimmer um, ballte die Fäuste und schlich dann wieder davon. Zwei greise Psychotiker, die immer im Doppelpack ihre Rezepte abholten, starrten gebannt auf die Werbeanzeigen zu Nahrungsergänzungsmitteln auf einem Bildschirm an der

Wand, und ich fragte mich, was sie wohl in den abgebildeten Zitronen und Orangen sehen mochten.
Wie jede Woche hoffte ich auf einen klugen Satz, den die Psychiaterin sagen, oder ein wirksames Medikament, das sie mir verschreiben würde. Vor den Achtsamkeitsübungen, die sie mir zusätzlich zu den Gesprächen vorgeschlagen hatte, drückte ich mich, um Zeit zum Nachdenken zu haben. Die Therapeutin sah übernächtigt aus. Den ganzen Tag jammerten die Patienten, dass niemand für sie Zeit hatte, abends jammerten sicher ihr Mann und die Kinder, dass auch sie immer zu wenig wahrgenommen wurden. Ihren Beruf hatte sie sich anders vorgestellt, als sie mit der Ausbildung begonnen hatte. Einfach nur mit einem anderen Menschen in einem Raum sitzen und ihm zuhören, eine Insel der Ruhe in der Schnelllebigkeit bieten, das war ihr Ziel gewesen. Jetzt hatte sie die meiste Zeit schlechte Laune, wurde mit bürokratischen Neuerungen überhäuft, das Gesundheitssystem war kaum mehr auszuhalten, das Büro roch nach kaltem Rauch, und in einer Kaffeetasse auf dem Schreibtisch lagen immer ein paar Aschekrümel. Dem Rauchmelder unter der Decke schien das egal zu sein, ich fragte mich, ob er überhaupt eingeschaltet war. Sie sah mich freundlich an, und wir beide wussten, dass ich ebenso dunkle Schatten unter den Augen hatte wie sie. Vielleicht wusste sie auch, was ich gerade über sie gedacht hatte.
»Wie fühlen Sie sich?«, fragte sie. »Wie bekommt Ihnen die verstärkte Achtsamkeit?«
»Großartig«, sagte ich.
Draußen auf dem Gang zersplitterte Glas, wir hörten darüber hinweg. Nur unsere Augenbrauen zuckten. Mir fiel

auf, dass ich ihren Namen schon wieder vergessen hatte, und ich versuchte unauffällig, das kleine Schild an ihrem Revers zu entziffern, bis mir einfiel, dass das ja nicht mehr klappte.

»Ich wollte noch mal fragen, ob Sie mir nicht doch etwas verschreiben könnten? Zumindest etwas Stärkeres zum Schlafen.«

Sie hatte mir schon bei unserem ersten Treffen ausführlich erklärt, dass sie für eine sogenannte sprechende Medizin eintrat und nur Medikamente verschrieb, wenn es unbedingt sein musste.

»Nehmen Sie halt mal Baldrian«, sagte sie und zuckte mit den Schultern. »Sie stehen hier jetzt die vierte Woche vor meiner Tür und erzählen mir, dass es Ihnen sehr gut geht und dass Sie trotzdem dringend etwas brauchen, um einschlafen zu können. Vielleicht sollten Sie wach bleiben, um sich mit sich selbst zu beschäftigen. Haben Sie eigentlich Ihre Professorin schon zurückgerufen?«

Die Frau nervte mich.

»Sollten Sie nicht eigentlich neutral sein?«, fragte ich.

»Kurzwahltaste drei«, sagte sie. »Das erzählen Sie mir seit Wochen, dass ihre Nummer dort eingespeichert ist, direkt nach den Nummern ihrer Freundinnen. Als wir über wichtige Personen in ihrem Leben gesprochen haben, kam sie ganz am Anfang der Liste. Hören Sie mal in sich hinein.«

Ich hörte in mich hinein und erinnerte mich nicht mehr daran, dass ich so viel über Annette erzählt hatte. Nachdem die Praxistür hinter mir zugefallen war, zog ich das Handy aus der Tasche und strich mit dem Finger über das zersprungene Display. Ich wollte dieser Frau, die im

Akkord publizierte und auch mich nur fleißig und voller Energie kannte, nicht von meiner Dysfunktionalität erzählen. Zugleich freute ich mich darauf, ihre Stimme zu hören. Kaum hatte ich Annette begrüßt und eine wirre Entschuldigung gestammelt, schüchterte sie mich schon mit ihrer Tatkraft ein. Wie immer wollte sie alles ganz genau wissen: Sie fragte, wo mich ihre Nachricht erreicht hatte, warum ich mich nicht früher gemeldet hatte und wo denn bloß meine Freude über den Erfolg blieb.

Annette hatte uns gleich zu Beginn des ersten Mastersemesters einen Einführungsvortrag zum Thema Sichtbarkeit gehalten und klar gemacht, dass privilegierte Männer mit sympathischen Lockenköpfen und unsympathischen Ansichten in ihrem Unterricht keine Chance haben würden, sich in den Vordergrund zu drängen. Konsequent schnitt sie ihnen das Wort ab, wenn sie sich einmischten. Stattdessen förderte sie ehrgeizige Frauen wie mich, wie sie selbst einmal eine gewesen war, bevor sie den wütenden Kampf gegen den Stellenabbau im akademischen Mittelbau und die Benachteiligung von Frauen im Berufsalltag aufgenommen hatte. Genauso wie sie mich früher im Vorbeigehen auf dem Flur abgefangen und mit Arbeit versorgt hatte, streute sie jetzt beiläufig zwischen Glückwünschen und Zurechtweisungen ob meiner Unerreichbarkeit eine Einladung zum Abendessen ein, die ich unbedingt annehmen sollte. Ich hatte gleich zu Anfang meines Masterstudiums begonnen, für sie zu arbeiten, und auch die erste Einladung zum Essen hatte sie mir in meinem zweiten Jahr auf dem Flur zugeworfen.

Sie lebte in einer Villa am Stadtrand, gar nicht weit entfernt von dem Haus von Jasmins Eltern. Aus den Fenstern der Nachbarhäuser blickten einen gähnende Labradore an. Es war ein altes Haus, dessen Baujahr ich auf den Anfang des 20. Jahrhunderts schätzte und von dessen Fassade die Farbe abblätterte, es schien lange nicht renoviert worden zu sein. Tür und Fensterläden waren in einem hellen Blau lackiert und leuchteten mir den ganzen langen Aufgang durch den Garten entgegen. Schon an dem ersten Abend, den ich dort verbrachte, roch es im Flur nach Gemüse, gebratenen Zwiebeln und Brühe. Annettes Mann Helmut hatte Suppe gekocht. Er begrüßte mich und reichte mir eine Tasse Tee, um sich dann wieder in die Küche zurückzuziehen. Annette stellte ihre Aktentasche auf dem Wohnzimmertisch ab und zeigte mir die Räume. Wohnzimmer, Küche, Esszimmer, Badezimmer, gestrichen in Blau, Lachsrosa, Goldgelb. »Fühl dich wie zu Hause«, hatte sie gesagt und mich dann so selbstverständlich mir selbst überlassen, als wären wir lange befreundet. Nach diesem ersten Abend war ich einmal im Monat vorbeigekommen, hatte mit den beiden gegessen und über Bücher, die wir gelesen hatten, oder über die Arbeit im Institut gesprochen.

Dieses Mal musste ich mich gut vorbereiten. Nachdem ich panisch nach sauberer Kleidung gesucht, meine Schuhe geputzt und die komischen feinen Haare in meinem Nacken abgeschnitten hatte, die einfach immer wieder nachwuchsen, überschminkte ich die neuen Fältchen, die um meine Augen herum entstanden waren, und versuchte, mein leeres Gesicht wieder einigermaßen inspiriert aussehen zu lassen. Wie sah eine junge erfolgreiche Wissenschaftlerin aus, die es geschafft hatte? Ich band die Haare in einem bemüht lässigen Dutt auf meinem Kopf zusammen, wie ich es oft bei Jasmin gesehen hatte und was bei ihr immer kreativ wirkte, und entschied mich für einen weiten Blazer, der mich unabhängig und androgyn aussehen lassen sollte, zumindest hatte ich so einen »Boyfriend Look« mal in einer Zeitschrift für erfolgreiche Frauen gesehen. Dort hatte ein schöner junger Mann einer Frau seine Jeansjacke über die Schultern gelegt, man sah, dass sie gerade aus einem Club kamen, über die verregnete Straße liefen und sehr verliebt waren.

Nachdem Annette mir im Flur einen Vortrag über meine Unzuverlässigkeit gehalten und mir meinen Blazer und mit ihm jede Lässigkeit entrissen hatte, ließ ich mich in einen Sessel vor dem Ofen sinken. Annette half Helmut in der Küche, Tomaten zu schneiden, ich schaute in die Asche, die seit dem letzten Winter niemand mehr entfernt hatte, und trank gesüßten Eistee, der eine echte Wohltat war. Die beiden lachten über einen Film, den sie vor ein paar Wochen im Kino gesehen hatten, es ging um ein Paar, das sich entschied, in der Karibik eine verlassene Strandbar zu einem Erlebnispark umzubauen.

Ich überlegte, ob ich es mir zutraute, später selbst einmal in einer solchen Wohnung mit honigfarbenen Wänden und einer offenen Küche zu leben, mit einem Mann, der im Wohnzimmer ins Feuer schaute, während ich am Tisch saß und las und ihm zwischendurch einzelne Sätze zuwarf, die mir gut gefielen. Kurz stellte ich mir Boris' Augen vor, die er wachsam und konzentriert zu kleinen Kommata zusammenkniff, wenn er mir etwas vorlas. Ich konnte mir uns beide nicht in dieser alltäglichen Ruhe vorstellen. Ich war dafür zu bindungsunfähig und Boris zu illegal.

Während des Essens unterhielten wir uns. Vor seiner Zeit als Dozent an einer Hochschule war Helmut lange Zeit Musiker gewesen und mit einem Orchester herumgereist. Er war in einem Akademikerhaushalt in Hamburg aufgewachsen und für sein Studium nach Berlin gekommen. Hier hatte er Annette auf einem Punkkonzert kennengelernt. Aus dieser Zeit hatte sie noch die schwarzen Schnürstiefel, die mir im Seminar schon oft aufgefallen waren. Derzeit unterrichtete er Bachelorstudenten im Fach Klarinette und arbeitete mit Kolleginnen an einer historischen Darstellung des musiktheoretischen Denkens von der Antike bis zur Gegenwart. Während er mir höflich Selbstverständlichkeiten seines Forschungsgebietes erklärte und ich immer wieder dumme Fragen stellte, warf Annette mir einen Blick zu, den ich nicht richtig deuten konnte, und zog eine Augenbraue hoch. Ich fragte mich, ob sie mir weiterhin nachtrug, dass ich nicht gleich zurückgerufen und mich über die gute Nachricht gefreut hatte. Ich versuchte, demütig und beschwichtigend auszusehen. Derweil verlagerte sich das Gespräch, und ich spürte, dass sich die Diskussion weg von Helmuts Forschung unaufhaltsam auf mich zubewegte. Genauso unerbittlich, wie Annette unsere Arbeiten in Seminaren zu ihrer Ausgangsfrage zurückverfolgte und es verstand, uns selbst die Mickrigkeit der Argumentation und unsere eigene Faulheit erkennen zu lassen, lenkte sie auch Gespräche. Sie war jemand, die alles hinterfragen und verstehen musste.

»Der Preis ist eine große Chance«, sagte sie schließlich, als ich schon zu meinem aktuellen Freundeskreis, meiner Gesundheit und etwaigen Partnerschaften Stellung bezogen hatte, und legte ihre Hand auf meinen Arm.

»Du kannst mit deinen dreiundzwanzig Jahren schon mal eine erste Hürde nehmen, für die ich viel länger gebraucht habe, um sie zu überwinden. Wenn du dir diesen Preis in deinen Lebenslauf schreibst, dann wird man sich deine Ergebnisse und alles, was du weiterhin so vorhast, ganz genau ansehen. Deshalb war es mir auch so wichtig, dass du diese Möglichkeit bekommst.«
»Das ist wirklich toll«, sagte ich und nickte eifrig. »Ich danke dir sehr für deine Unterstützung.«
»Helmut und ich sind für dich da, das weißt du doch« sagte sie, und Helmut lächelte verlegen, als er sah, wie ich zu Boden schaute.
»Jetzt stoßen wir erst einmal an!«, sagte er und schenkte uns allen Wein ein.
»Auf Noras großartige Zukunft!«, sagte Annette und hob ihr Glas. Ihre Wangen glühten, als sie aufstand.
»Deine Eltern müssen sehr stolz auf dich sein, du hast das toll gemacht.« Sie umarmte mich. Kurz versank ich in dem Duft von teurem Parfüm wie in einem weichen Hotelbett: Zimt, Orange, Wüste. So schmeckte auch der Rotwein, teuer und trocken. Ich spürte, wie mir die Hitze ins Gesicht stieg und die vielen neuen Falten unter dem Make-up hindurchschimmerten wie die Adern durch ein vertrocknetes Herbstblatt. Ich wusste, dass die komischen feinen Haare, die ich immer abschnitt, schon wieder zu wachsen anfingen, und begann in meinem Nacken herumzufummeln, um sie daran zu hindern.
»Jetzt lass sie doch mal in Frieden, Anne«, sagte Helmut. Annette ließ mich los und rollte mit den Augen. Ihr Mund formte in schneller Lautfolge tonlos das Wort »typisch«. Zumindest glaubte ich das zu entziffern. Vielleicht wusste

sie auch, was ich gerade gedacht hatte. Manchmal gab es eine seltsame Übereinstimmung zwischen unseren Gedanken, die ich mir nicht erklären konnte. Ich war aber auch ziemlich betrunken, daran musste es liegen.
Ich bezog das Gästezimmer unter dem Dach, in dem ich immer übernachtete, wenn ich zu Besuch war, und das direkt neben Helmuts Arbeitszimmer lag. Ich vermutete, dass es ursprünglich mal als Kinderzimmer gedacht gewesen war, aber man konnte eben nicht alles haben im Leben. Noch so eine Weisheit, die vermutlich von der Therapeutin stammte. Vielleicht hatte ich sie auch mal auf einer Teepackung gelesen. Oder irgendjemand von Tinder ohne viel Stilbewusstsein hatte sie als Wandtattoo in sein Schlafzimmer geklebt. Ich hoffte, dass es nicht etwas war, das Boris dauernd sagte, konnte mich aber nicht daran erinnern. Wahrscheinlich hatte sie sich einfach irgendwann für die Karriere und gegen ein Kind entschieden.
Auf dem Bett lag zusammengefaltet das hellblaue Nachthemd, das Annette mir immer auslieh. Wahrscheinlich war es so teuer wie die Bluse, die Hose und die Schuhe, die ich trug, zusammen.
Helmut räusperte sich.
»Ich hoffe, dass ich dich nicht wecke, wenn ich heute Nacht mal nach unten gehe. Ich kriege oft noch Durst«, sagte er und zupfte an seinem Pyjama herum, auf den kleine Kakteen gedruckt waren. An den Füßen trug er Wollsocken in ausgelatschten Ledersandalen. »Dann schlaf mal schön.«
Ich nickte, strahlte mit meinem heißen Kopf um die Wette und hoffte, dass der Concealer noch seinen Job machte. Der Blick in den großen Spiegel neben der Tür

belehrte mich eines Besseren. Zusätzlich zu meinem roten Kopf hatte sich der Lidstrich noch unter den Wimpern abgesetzt, und ich schaufelte mir Unmengen Wasser ins Gesicht, bevor ich ins Bett sank, in dem schon ein Kirschkernkissen lag. Es hatte die Form einer Eule.
Ich freute mich, als ich gegen drei Uhr davon aufwachte, dass das Haus knirschte und knisterte und Zweige an mein Fenster klopften. Schlaftrunken und noch beschwipst verließ ich das Kinderzimmer und schlich die Treppenstufen hinunter in die Küche. Im Garten des Hauses wurde eine große Eiche durch einen Baumstrahler beleuchtet, das Licht fiel durch das Küchenfenster herein. Das schmutzige Geschirr vom Abendessen stand noch in der Spüle. Niemand von uns hatte Lust gehabt, es abzuwaschen. Ich nahm eine Packung Milch aus dem Kühlschrank und goss mir ein Glas ein. Sie war so kalt wie die Fliesen unter meinen Füßen. Der Kühlschrank surrte, ansonsten war alles still. Ich trank die Milch im Gehen, durchquerte das Wohnzimmer, berührte die Bücher in den deckenhohen Bücherregalen, am liebsten hätte ich jedes einzeln herausgenommen und mir Wort für Wort davon gemerkt. Doch sie blieben unzugänglich für mich. Ich atmete den Geruch nach Staub und Kaminasche ein und setzte mich an Annettes kleinen Schreibtisch vor dem Fenster. Natürlich hatte auch sie noch ein eigenes Arbeitszimmer in der oberen Etage, aber hier unten saß sie viel, um nachzudenken und dabei in den Garten zu schauen, in dem die Vögel an den Hagebutten herumpickten und die Eichhörnchen nach Nüssen gruben.
Ich lehnte mich in dem Stuhl zurück und streckte die Beine aus. So also fühlte sich Annettes Perspektive auf die

Welt an. Vor ihr stand ein Schreibtisch, der ihr gehörte, auf dem ein Notizbuch lag, in dem sie ihre Gedanken notiert hatte, die aus ihrem Wissen und ihrer Erfahrung heraus entstanden waren. Sie saß in dem Wohnzimmer eines Hauses, das sie von dem Geld gekauft hatte, das sie mit ihrer Arbeit verdiente. Vor dem Fenster lag ein Garten voller perfekt gepflegter Rosenbüsche und heimischer Sträucher, den sie nach ihren Vorstellungen gestaltet hatte, und drum herum standen Häuser, in denen Menschen wohnten, die ein ähnliches Leben führten wie sie. Sie hatte es wirklich geschafft, während ich nur so tat, als ob ich auch dahin auf dem Weg wäre. Wie so oft zweifelte ich daran, ob ich jemals zu diesen unzerbrechlichen Menschen gehören würde, zu denen ich Annette und Helmut zählte. Ich hielt es für wahrscheinlicher, dass alle irgendwann entdecken würden, dass ich in dieser heilen akademischen Welt nur zu Gast war. Eine Hochstaplerin voller Selbstzweifel. Ich schlug das Notizbuch auf und konzentrierte mich auf die kugelschreiberblauen Formen, denn natürlich verstand ich nichts von dem, was da stand. Ich folgte nur den Buchstabenreihen mit den Fingern und befühlte die kleinen Vertiefungen auf der Papieroberfläche. Am liebsten hätte ich es mit nach Hause genommen, als Talisman. Stattdessen vergaß ich mein Milchglas auf dem Tisch und schlich die Treppe wieder hinauf.
Vor dem Schlafzimmer von Helmut und Annette blieb ich stehen und öffnete vorsichtig die Tür. Da lagen die beiden mit offenen Mündern, träumten und wurden vom Mondlicht erleuchtet. Annettes Haare umrahmten ihr Gesicht wie ein Heiligenschein. Helmut sah viel älter aus, wenn er schlief. Unter der Schiebermütze, die er meist trug,

hatte er eine Glatze, von der ich nichts gewusst hatte. Im Traum erschienen den beiden sicher Lösungen für komplexe Probleme, die sich in ihrer Forschung stellten. Oder sie träumten von den Kindern, die sie nicht bekommen hatten, weil sie immer so viel gearbeitet hatten. Dafür stand in ihrer Schlafzimmertür ein Zombie in einem hundert Euro teuren Nachthemd und starrte sie an, als hätte er noch nie richtige Menschen gesehen. Am Morgen schimpfte Annette mit Helmut, weil er immer überall seine Gläser herumstehen ließ, wenn er sich nachts noch etwas zu trinken holte.

Ansonsten war im Juli wenig passiert, außer dass Boris sich nicht mehr bei mir meldete, seit ich ihn am See hatte liegen lassen und alle seine Anrufe weggedrückt hatte. Vielleicht war er weitergezogen, hatte Berlin hinter sich gelassen. Zumindest aktualisierte er seinen Status bei Signal noch wöchentlich, so schlimm konnte es also nicht sein. Irgendwann änderte er auch sein Profilfoto, auf dem zuvor das Brandenburger Tor bei strahlendem Sonnenschein zu sehen gewesen war, in ein Bild von sich und einer jungen Frau mit dunklen Locken. Sie trug ein Kleid und er eine Blüte im Knopfloch. Ich fand es gut, dass er sich von mir gelöst hatte und wieder konservativ geworden war, das passte besser zu ihm. Zuerst löschte er sein Profil bei Signal, dann auch bei OkCupid, wahrscheinlich kehrte er zu WhatsApp zurück, weil alle seine neuen Freunde und die Freunde seiner Freundin sich dort über Brautkleider und Kochrezepte austauschten. Obwohl wir bei OkCupid ein Match von 92 Prozent gehabt hatten, war er ein ziemlicher Idiot gewesen.

Ich besuchte Harriet, die ihre ersten Kartons ausgepackt

hatte. Jasmin half ihr, das Badezimmer zu renovieren. Wir öffneten eine Flasche Sekt. Harriet hatte Pizza bestellt, um sich für unsere Hilfe zu bedanken. Die Küche hatten wir streichen müssen, weil der Vormieter auf den Wänden alle seine Freunde mit Filzstift hatte unterschreiben lassen. Unter der ersten Schicht weißer Farbe sah man noch die Umrisse von Horusaugen und Penissen. Wir hatten alle Fenster weit geöffnet, um den Farbgeruch hinausziehen zu lassen. Draußen war es zwar laut, aber dafür schien die Sonne in den Raum und übergoss die Kinder, die selbstvergessen auf dem Boden spielten, mit Licht. Sie befanden sie sich auf einer Arche Noah aus Polstern und Decken. Harriet hatte ihnen oft religiöse Geschichten vorgelesen, als sie für ein paar Wochen im Frauenhaus an der Residenzstraße untergekommen waren, um sich vor einem stalkenden Exfreund zu schützen. Dort hatte sie eine Bibel und einen Koran in der Nachttischschublade in ihrem Zimmer gefunden. Die Kinder hatten alle ihre Kuscheltiere mit auf das Schiff genommen und fanden gerade heraus, welche Tiere sie selbst spielen wollten. Immer wieder unterbrach Harriet das Gespräch, um ihnen Anekdoten aus dem Zoo zu erzählen, in dem sie früher mit den Vätern der Kinder manchmal gewesen waren.

Marlon bellte, fauchte, bäumte sich auf, schwang seine langen, blau gefärbten Haare, riss die Arme in die Luft und fletschte die Zähne. Das Baby versuchte es ihm gleich zu tun, robbte unter Mühen unendlich langsam auf ihn zu, stieß kehlige Laute aus und schaffte es, die Händchen ein paar Zentimeter vom Boden zu heben. Jasmins Kichern schoss sofort aus ihr heraus und steigerte sich zu einem kleinen Lachanfall; sie steckte uns wie immer alle an. Harriet hielt sich den Bauch, ihr stiegen die Tränen in die Augen, und auch ich heulte fast vor Lachen. Sekt schwappte aus den Gläsern. Marlon sah begeistert aus und krähte immer lauter, das Baby versuchte einzustimmen, und auch Jasmin begann mit einer Art Wolfsgeheul, was den Jungen immer weiter anstachelte. Er trat gegen die Polster, die im Spiel Schiffswände gewesen waren, sodass sie durch den Raum flogen. Sein Gesicht wurde rot.

Irgendetwas kippte. Marlon rannte mit glitzernden Augen und fliegenden Haaren schreiend in unsere Richtung, als wollte er gleich abheben, vom Boden abspringen und auf uns zu fliegen. Er wirkte wie eine der Figuren aus den Animeserien, die an ihren eigenen Kräften zerbrechen. Marlon schien wirklich kurz den Boden unter den Füßen zu verlieren, als hätte er die Schwerkraft abgeschüttelt. Sein Gesichtsausdruck veränderte sich von Freude zu Wut. Ich glaubte zu spüren, dass in diesem Moment sein vergangenes Leben auf ihn zuraste. Stumme Erinnerungen an Väter, Wohnungen, Bedrohungen, Abbrüche und Einsamkeit schossen durch seinen Kopf. Marlon hielt abrupt an, als wäre er gegen eine unsichtbare Wand geknallt. Vielleicht waren es unsere erschrockenen Blicke, die ihn abbremsten. Er wandte sich seiner Schwester zu, riss den Mund weit auf und ballte die Hand vor ihrem Gesicht zur Faust, als würde er gleich zuschlagen.

»Lass das, mein Schatz!«, sagte Harriet laut, und ich sah die Furcht in ihren Augen. »Du machst Sara Angst.«

Das Baby lag gelassen auf dem Rücken und musterte seinen großen Bruder mit skeptischem Blick. Marlon fing an zu lachen. Die Wut verschwand so schnell, wie sie gekommen war, sein Gesicht bekam wieder weiche kindliche Züge. Er ließ sich auf den Rücken fallen, zog sich die Kapuze seines Pullovers über den Kopf und beobachtete erschöpft, wie das Sonnenlicht durch den Raum wanderte. Er hielt sich eine Hand vor die Augen und blinzelte durch seine Finger. Dann versuchte er, die Lichtstrahlen wie Schnee mit der Zunge zu fangen. Wir alle atmeten auf. Jasmin schüttelte sich und machte einen Witz, den wir dankbar annahmen, und der Schrecken löste sich, als wir Marlon so friedlich und erschöpft auf dem Boden liegen sahen.

»Ich mache mir so langsam echt ein bisschen Sorgen um ihn«, sagte Harriet, und ihre Stirn zog sich in Falten. »Ich meine, sein Vater war nicht gerade ein Engel. Ihr wisst ja noch, wie schnell wir damals umziehen mussten, als ...«, sie senkte die Stimme, »... er die Teller nach mir geworfen hat. Ich hoffe nicht, dass das irgendwie auf Marlon abgefärbt hat.«

»Ach Quatsch«, sagte Jasmin und schenkte Sekt nach, »mach dir mal nicht so viele Gedanken. Ich war auch ziemlich aggressiv als Kind.«

»Kann ich mir vorstellen«, sagte Harriet lächelnd. »Du hattest bestimmt einen starken Willen, du kriegst ja immer noch alles, was du willst. Aber das hier ist was anderes. Die ersten drei Jahre sind entscheidend für die Persönlichkeitsentwicklung, das hat auch die vom Jugendamt gesagt. Und wo war Marlon da mit mir? Bei dir auf dem Sofa, Jasmin.«

»Also, ihr hattet schon ein eigenes Zimmer, und es war auch nur für ein paar Wochen, das war ja wohl jetzt nicht

so schlimm, wie du das darstellst.« Jasmin rollte mit den Augen.
»Sein Vater ist so ein ...« Harriet flüsterte: »... Arsch. Schon wieder haben wir den ganzen Stress mit dem Unterhalt, als ob ein Jahr kämpfen nicht gereicht hätte.« Sie trank ihr Glas in einem Schluck aus.
»Sollen wir dir nicht endlich mal einen richtigen Anwalt besorgen?«, fragte Jasmin. »Und wollen wir nicht zu Wein wechseln? Ich habe einen mitgebracht.«
»Ich hab eigentlich schon gut einen sitzen«, sagte Harriet. »Aber was soll's, ich habe heute Nachmittag abgepumpt.« Sie stand auf und holte eine Flasche mit Milch aus dem Kühlschrank.
Jasmin goss uns Weißwein in die Saftgläser. »Das macht euch ja nichts aus, oder?« Ihre Wangen waren gerötet vom Alkohol. Ihre Locken knisterten, und sie strahlte Wärme aus. Mir fiel ein, wie wir uns vor ein paar Jahren einmal sturzbetrunken auf einer Party geküsst hatten, halb liegend auf einem Sofa in der Ecke, und dass das erstaunlich schön gewesen war. Danach hatten wir nie wieder darüber geredet. Auch Harriet wusste nichts davon.
»Es ist immer das Gleiche mit ihnen. Wisst ihr noch, Thomas? Anhänglich wie ein Baby. Kaum war ich mal einen Abend mit euch weg, wurde er stressig, der Penner«, sagte Jasmin und nippte an ihrem Wein.
»Flucht mal bitte nicht so viel vor den Kindern.« Harriet nahm Sara auf den Arm, um ihr die Flasche zu geben.
»Es ist nun mal die Wahrheit. Das werden sie noch früh genug merken.«
Harriet zog die Augenbrauen hoch, Jasmin grinste. »Boris ist auch so ein dummes Arschloch. Zuerst heulen, so tun,

als wäre man hilflos, man spricht ja die Sprache nicht gut und weiß auch sonst nicht, wo man herkommt und wo man hinsoll, wie man sein Essen bezahlt, wie lange das alles noch so geht. Dann abhauen, weil man es nicht mehr aushält. Alles ist so traurig und bitter, und niemand kann jemals verstehen, was er durchgemacht hat, der arme, arme Ausländer.«

Die beiden sahen mich mit großen Augen an.

»Wer ist denn jetzt Boris?«, fragte Jasmin.

»Und wie redest du überhaupt, Nora? Was ist das denn jetzt für ein Scheiß?« Harriet kniff die Augen zusammen. Ihre Haare standen wie Igelstacheln vom Kopf ab. Sie wiegte das Baby auf ihrem Arm und sah erschrocken und wütend aus.

Die Haustür schlug hinter mir zu. Die Straße klebte vor Eiscreme, Tomatensoße und noch mehr Dreck, sie würde nicht mehr richtig sauber werden, egal wie oft die Stadtreinigung sie mit riesigen Bürsten abschrubbte. Der Lokführer in der U7 hatte schlechte Laune und nutzte jede Gelegenheit, um die Fahrgäste zu beschimpfen. Irgendetwas geschah mit mir. Wahrscheinlich hatte es schon vor ein paar Wochen begonnen und beschleunigte sich jetzt. Alle Geräusche, das Schimpfen des Fahrers, die lärmenden Kinder, ein Typ mit Geige, traten zurück. Ihre Gesichter verschwammen. Alles, was ich noch wahrnahm, waren die Notausstiege, die leuchtenden Knöpfe an den Türen. Und ich erinnerte mich daran, wie ich auf dem Boden liegend über Mund und Nase eine Atemhöhle formte, während mein Vater mich mit Schnee bedeckte. Ich sollte vorbereitet sein für den Moment, in dem ich in den Bergen von einer Lawine überrascht wurde und unter der Schneedecke auf Hilfe warten musste. Ich vermied es, die Sitze oder Haltestangen zu berühren, stand schwankend in der Mitte des Ganges und sprang bei der nächsten Haltestelle auf den Bahnsteig, um endlich wieder richtig Luft zu bekommen.

Auf dem Weg zur Therapie hörte ich mit Achtsamkeit in mich hinein, wie die Psychologin es mir beigebracht hatte. Dort ließ sich nichts finden. Dafür leuchteten ihre Augen auf, als ich ihr von dem nächsten Mann in meinem Leben erzählte, der verschwand, ohne sich zu verabschieden, und nicht mehr wiederkehren würde. Genauso hatten ihre Augen geflackert, als ich während der Anamnese Leos Verschwinden erwähnt hatte. Sie hatte wohl schon in unserem ersten Gespräch bemerkt, dass dieses Ereignis mehr als eine Randbemerkung wert war, aber war zu taktvoll gewesen, um gleich nachzufragen. Jetzt hoffte sie auf eine Chance. Da war er endlich, der rote Faden, an dem sie ziehen konnte, um das Wollknäuel meiner Probleme zu entwirren. Das Knäuel sollte sich entrollen, bis nur noch ein roter Faden übrig blieb, an dem wir entlangdenken konnten: eine lineare Lebensgeschichte.

»Ich wusste ja gar nicht, dass Sie einen Partner haben«, tastete sie sich vor.

»Ich habe auch keinen Partner, das waren nur ein paar Dates«, antwortete ich und nahm an, dass die Frau noch nie etwas von Polygamie gehört hatte, obwohl sie in einer Großstadt lebte. Ich fragte mich, wie alt sie wohl war, wie man mit so wenig Alltagswissen Therapeutin werden konnte, und schüttelte den Kopf. Sie sah ein bisschen amüsiert aus. Das erkannte ich an ihren zuckenden Mundwinkeln. Die zuckten nur, wenn sie schmunzelte oder dringend eine Zigarette brauchte. In diesem Fall tippte ich auf Ersteres.

»Das höre ich sonst eher von Männern.«

»Da ist schon das nächste Klischee.« Jetzt glaubte sie auch noch, dass Männer Sex hatten und Frauen Gefühle. Ich hätte niemandem von Boris, dessen Namen ich immer wieder vergaß, erzählen sollen.

»Wie heißen Sie eigentlich noch mal?«, fragte ich.

»Welches Wort wäre Ihnen denn lieber? Lebensabschnittsgefährte?«

»Alles, bloß nicht Partner. Außerdem gibt es wirklich Wichtigeres. Ihre Arbeit wirkt nicht. Kein einziges Wort verstehe ich mehr. Buchstaben gehen manchmal, selten. Aber das kann doch nicht reichen. Sie wissen ja, dass die Verleihung bald ansteht. Spätestens bis dahin muss ich wieder fit sein.«

»Ohne Sie kann ich hier gar nichts machen, das muss Ihnen endlich klar werden. Sie müssen mitarbeiten.«

»Ich übe jeden Tag das Lesen«, sagte ich beleidigt, obwohl das nicht stimmte. Ich war froh, dass wir das gefährliche Gebiet verlassen hatten und sie Leos Verschwinden doch nicht ansprach.

»Vielleicht üben Sie ja an der falschen Stelle?«

»Was meinen Sie?«

Nachdem sie es mit Strenge versucht hatte, setzte die Psychiaterin nun ihr verständnisvolles Gesicht auf und sprach mit sanfter Stimme.

»10 000 Euro sind eine ganze Menge Geld«, sagte sie. »Was wollen Sie denn damit anfangen? Haben Sie sich schon Gedanken gemacht? Wollen Sie sich etwas kaufen? Freiheiten, Auszeit, Kleidung? Sie könnten auch etwas spenden oder zurückbezahlen, falls Sie noch irgendwo Schulden haben.« Ihre Augen wanderten über meinen Körper, die abgetragenen Turnschuhe, die löchrige Jogginghose und den Kapuzenpullover, den ich heute Morgen aus dem Wäschestapel gefischt hatte. Im Gegenzug musterte ich ihren Hosenanzug und die knittrige Bluse und fand, dass sie auch nicht besser aussah. Die Zimmerpflanze in der Ecke vergammelte. Mir fiel ein, dass ich nach Sekt riechen musste.

»Unsere Zeit ist jetzt vorbei. Wir sehen uns nächste Woche. Ich entlasse Sie heute einfach mal mit einer Frage«, sagte sie beschwingt, strahlte und ließ ihre Hand in meine fallen. Ich fragte mich, warum Therapeuten und Ärzte oft so einen laschen Händedruck hatten, obwohl sie doch lange studieren und sich durch Massen an Lernstoff quälen mussten, für ihren Beruf. Langsam taute ich wieder auf, nahm die kleinen Details im Wartezimmer wahr, die Mimik der Menschen um mich herum.

Ich wartete auf meine Chipkarte, die sich nicht einlesen ließ, und verfolgte auf dem Fernseher an der Wand die Löscharbeiten in Jüterbog. Die Wettervorhersage des Lokalsenders warnte vor starkem Wind, der das Feuer neu anfachen könnte. Die Sprechstundenhilfe sprach sehr langsam und geduldig in ihr Telefon. Ein Mann im blauen Overall kehrte kopfschüttelnd Scherben zusammen. Das Fenster in der Tür eines Sprechzimmers war zerbrochen. Jemand mit viel Wut im Bauch musste es zerschlagen haben. Ein Schulranzen hing vergessen an der Garderobe. Die psychotischen Greise rülpsten in wohliger Selbstbezogenheit vor sich hin, während meine Lieblingspatientin, die immer nach mir zu ihrer Stunde kam

und sehr freundlich grüßte, sich der Dissoziation ganz überlassen und ausgeklinkt hatte. Ihre Augen blickten ins Leere.
Die Brandenburger Alleen zogen sich endlos lang hin, neben mir erzeugten Autos mit Berliner Kennzeichen ein Rauschen, das mir nicht aus dem Kopf ging. Ich hatte mir Jasmins Auto geliehen, einen alten Mercedes, mit dem ich oft herumfuhr und die Musik laut aufdrehte. Diesmal hatte sie mir mit einem Schulterzucken den Schlüssel in die Hand gedrückt, mich nicht richtig dabei angesehen und mich auch nicht umarmt und geküsst wie sonst. Ich nahm an, dass sie beleidigt war, weil ich ihr nichts von Boris erzählt hatte und, ohne etwas zu sagen, verschwunden war.
Meist fuhr ich über die Autobahn nach Brandenburg an der Havel, aß Bratkartoffeln vor einem kleinen Imbiss am Bahnhof und fuhr wieder zurück. Diesmal ließ ich die Bratkartoffeln weg, das Konto war sicher schon überzogen. Dafür stand ich ein paar Minuten sinnlos auf dem Parkplatz vor dem Imbiss herum. Letzten Sommer um diese Zeit hatten hier Kirschkönigin und Bürgermeister von einer Pferdekutsche Bonbons in die Menge geworfen. Die Blaskapelle hatte gespielt, die Trommelgruppe getrommelt, und neben dem menschengroßen Modell einer Kirsche hatte eine Schülergruppe Capoeira getanzt. Alles war fotografisch festgehalten und in einem kleinen Glaskasten am Bahnhof ausgestellt worden. Im Takt nickende Mädchen liefen an mir vorbei, die nichts sahen oder hörten, weil Rihanna gerade jemanden mit Diamanten verglich und sie den ganzen Tag schon von Eltern und Lehrern zugetextet wurden, ohne sich wehren zu können.

Boris hatte nie mit mir hierherkommen wollen. Er fuhr grundsätzlich nicht ins Berliner Umland und hatte mir ein Portal gezeigt, das die momentan hier aktiven Neonazis zählte: 1450 Personen, von denen ich noch nie etwas mitbekommen hatte, wenn ich in Brandenburg war. Was für mich ein Ort der Ruhe war, den ich mit der nach Algen riechenden Havel, Bratkartoffeln und Überschaubarkeit verband, bedeutete für ihn Stress, Angst und im Zweifel Lebensgefahr. Zumindest sagte er das immer wieder.

Im Dunkeln fuhr ich zurück über die schmalen Landstraßen, die durch Kiefernwälder und kleine Dörfer führten. Nirgends klebte hartnäckiger Dreck, der nie wieder weggehen würde. Stattdessen war alles wie frisch gewaschen, obwohl es seit Wochen nicht geregnet hatte. Wahrscheinlich gingen hier Helmut und Annette im Sommer spazieren, rochen nach Wüste und Gemüsebrühe, hielten sich an den Händen und waren Glücksvorbilder aus einer anderen Zeit, in der Menschen nach einem langen Arbeitsleben ein Haus am Waldrand besitzen konnten, ohne etwas geerbt zu haben. So wollten Boris und ich nie werden.

Ich fragte aus dem Fenster in die Luft hinein, die intensiv nach Harz und Rauch roch: »Wie fühlen Sie sich?« In der Ferne hörte ich die Sirenen der Einsatzwagen. Irgendwo musste es wieder einen kleinen Brandherd geben. Ausgelöst von einer achtlos weggeworfenen Zigarette oder einer Campingkartusche, wie die anderen Brände zuvor. In Beelitz und Jüterbog waren Flammen die Stämme hinaufgeflohen und hatten die Wipfel in Brand gesetzt. Der Rauch machte mir Kopfschmerzen. Als ich in den

Innenspiegel schaute, starrte ein blasser rotblonder Geist mit dunklen Schatten unter den Augen zurück.

»Jetzt komm schon rein«, sagte Harriet, als ich spätabends bei ihr klingelte, ohne Jasmin das Auto zurückgebracht zu haben. Zum Glück war ihr Freund nicht da. »Aber sei leise, die Kinder schlafen. Ich leg dir ein Kopfkissen und eine Decke aufs Sofa. Hier ist noch genug zu tun.« Sie verdrehte die Augen und kickte mit dem Fuß gegen einen überfüllten Wäschekorb, der im Flur stand. Die Waschmaschine lief, davor stapelten sich Kinderhosen, Unterwäsche und dreckige Handtücher. Die Wolldecke kratzte auf der Haut. Das kalte Wasser, das mir Harriet hingestellt hatte, tat gut. Sie selbst trank Kaffee, um sich für die Nacht zu rüsten. Wenn sie nicht im Restaurant arbeiten oder Bewerbungen schreiben musste, nutzte sie die Stunden zwischen Mitternacht und drei Uhr morgens, in denen die Kinder durchschliefen, oft zum Lernen. Auf ihrem Schreibtisch lagen Lehrbücher der Dramaturgie für Erstsemester. Irgendwann, in ein paar Jahren, wenn die Kinder größer waren, wollte sie endlich Schauspiel studieren. Sara wimmerte im Nebenzimmer, und Harriet sprach tröstend mit ihr. Sie hatte sich wirklich verändert, seit die Sozialarbeiterin sie und die Kinder als Multiproblemfamilie bezeichnet hatte. Das Sofa roch nach Sekt und Spucke. Ganz Neukölln roch nach dem Rauch, der durch das gekippte Fenster hereinkam. Die Scheinwerfer vorbeifahrender Autos zogen helle Streifen über die Decke.

Auch im Traum steht das Haus in Flammen, mein Bruder Leo lehnt am Gartentor. Ich sehe ihm an, dass er die betroffene Miene, die er aufgesetzt hat, nur vortäuscht. Ich höre das Knirschen des feuchten Holzes und das Krachen der Balken, als sie aneinanderstoßen. Es beruhigt mich. Ascheflocken fallen vom Himmel wie Schnee und decken alles zu. Nur die grellen Sirenen der Feuerwehrwagen, die vom Tal aus nach oben drängen, stören mich. Ich liege auf Harriets Sofa und sehe dem Dachstuhl dabei zu, wie er in sich zusammenstürzt, als uns die Löschwagen erreichen. Eine knisternde Rettungsdecke aus blauer Wolle hüllt mich ein. Leo und ich müssen verunglückt sein. Ich lege den Kopf auf die verschränkten Arme und versuche, meine Gedanken zu beruhigen, die wie Wellen aufschlagen. Sie treffen mich mit Wucht, um sich dann wieder zurückzuziehen und nur noch das Rauschen des Fahrtwindes in meinen Ohren übrig zu lassen. Der Anblick der Flammen wird automatisch vom Knistern der feuchten Holzbalken getrennt. Die Treppe in Annettes Haus knackt, wenn jemand auf die vorletzte Stufe tritt. Ich schneide Leos Gesicht aus dem Ereignis heraus, berge meinen Kopf in der Armbeuge und versuche, eine Aufgabe zu exothermen Reaktionen zu lösen. Sein Haar umrahmt sein Gesicht wie ein Heiligenschein. Meine Hand schmeckt nach Eisen. Die nächsten Wochen über sind die Zeitungsseiten voller Bilder. Eine große Rauchwolke über einem Bauernhaus, verunsicherte bayerische Politiker und das Gesicht meines Bruders müssen alle etwas miteinander zu tun haben.

Moskau, Juli 2019

Die Sonne zündete den Raureif an. Alles glitzerte. Es roch nach giftigem Rauch. Glut glomm in den Feuertonnen. Jemand musste sie die Nacht über am Brennen gehalten haben. Als er die frische Luft draußen vor dem Waggon einatmete, begann Leo zu husten, wie nach einer üblen Bronchitis. Aus den Zelten hörte er murmelnde Stimmen. In der Ferne schossen die Schnellzüge vorbei. Von der Stadt, die nur ein paar Kilometer entfernt von ihnen aufwachte, ahnte man nichts.

Vor einem Jahr, als die Fußball-Weltmeisterschaft in Russland begonnen hatte, konnte es dieses Zeltlager noch nicht gegeben haben. Auch andere Treffpunkte, an denen sich Wohnungslose aufhielten, waren schon seit dem Herbst 2017 von den Straßen verschwunden. Die Menschen wurden nachts mit Bussen ins ländliche Umland gebracht, dort ausgeladen und sich selbst überlassen. Im Vorfeld des großen Spektakels wurden Bäume gefällt, Häuser plattgemacht, Straßenhunde zu Tausenden getötet. Zwei Monate später trieben die Bäume neu aus, die Straßenhunde und die Menschen kehrten in ihre alten Reviere zurück. Wohin sollten sie auch sonst gehen. Dennoch rechneten sie ständig damit, vertrieben zu werden, von der Polizei oder von Gruppen von Neonazis, deren Übergriffe in den letzten Jahren weiter zugenommen hat-

ten. Man hörte Gruselgeschichten von Folter an allen Ecken. Vielleicht waren es auch nur Geschichten, trotzdem sorgten sie sich. Jeden Tag konnte ein provisorisches Lager wieder geräumt werden.
Leo hatte diese Zeit hauptsächlich in Dörfern außerhalb von Moskau verbracht. Auch hier hatte er Gruppen herumziehen sehen, die davon redeten, Hunde mit Giftpfeilen zu beschießen. Sie hofften auf das Kopfgeld von 300 Rubel, das auf Flugblättern ausgeschrieben war. Anders als in der Großstadt hatte ihm hier kaum jemand Geld gegeben, wenn er an den Türen geklingelt oder mit ausgestreckten Händen auf der Straße gestanden hatte. Die Herzen der Menschen erschienen ihm hart wie die spanischen Pfirsiche, die sie unter der Hand in ihren Läden verkauften. Seit dem Importverbot für westliche Lebensmittel im Zuge des Ukrainekonflikts florierte der Schmuggel mit Milchprodukten, Obst und Gemüse aus EU-Staaten über Weißrussland, was zur Folge hatte, dass man für ein paar Kilo Grana Padano ins Gefängnis gehen konnte. Parmesan zu essen galt als Vaterlandsverrat, weshalb entdeckte Schmuggelware nicht an Bedürftige verteilt werden durfte, sondern vernichtet werden musste. Weil Käse schlecht brennt, wurde er tonnenweise gehäckselt und in Gruben verscharrt. Eine Frau, bei der er einmal übernachtet hatte, hatte ihm davon erzählt und gelacht, als ob sie schon lange nichts mehr überraschen könnte.
Nachdem Leo eine Weile vor dem Waggon herumgesessen und die Vor- und Nachteile davon abgewogen hatte, einfach weiterzuziehen, war er zu den anderen jungen Männern zurückgekrochen. Nichts zog ihn hin zu einem weiteren ratlosen Tag in Moskau und einer weiteren Nacht in

einem fremden Apartment. Als er selbst noch geschnieft und verkauft hatte, hatte er genau diese Orientierungslosigkeit geliebt. Er mochte es, unendliche Stunden, Tage, Wochen in Wohnungen zu verbringen, die er nicht kannte, und sich auf Kleinigkeiten zu konzentrieren. Immer und immer wieder konnte er die Blumenmuster auf einer Tapete mit den Händen nachzeichnen. Er schraubte stundenlang eine Kaffeemaschine auseinander und setzte sie wieder zusammen. Wohnungen waren es eigentlich nicht gewesen, in denen er übernachtet hatte, eher Schuhkartons, Wohnschachteln irgendwo in Tschechien oder Deutschland. Es lief immer gleich ab: Jemand schwitzte auf einem Hometrainer, jemand kochte Tütensuppe in einem Wasserkocher, jemand jammerte über seine Sehnenscheidenentzündung, die er sich beim Trommeln geholt hatte, jemand betete einen Dackel an, der entspannt auf einem Sessel schlief. Ein anderer lachte ihn dafür aus. Jemand saß mit jemand anderem am Fenster und hielt einen Monolog:

»Ich fühlte mich schon als Kind anders. Viele machten meiner Mutter Komplimente für meine langen Wimpern, und die anderen Kinder wollten wissen, was ich denn nun wirklich sei; ein Junge oder doch ein Mädchen. Ich wusste es selbst lange nicht. Aber ich wusste, dass ich nicht so war wie meine großen Brüder. Der eine war Fußballer, der andere Streber. Meine Mutter dachte, ich wolle es allen einfach nur schwer machen. Dann kam endlich Rafa, und es wurde richtig dramatisch, obwohl wir eine lange Beziehung hatten, über drei Jahre, bis er dachte, ich hätte ihm sein Armband geklaut, und mich verließ. Und da saß ich nun, und seit meinem Abitur waren fünf Jahre vergangen,

sie waren plötzlich weg. Alles, was ich jetzt brauche, ist eine spirituelle Erfahrung, und ich glaube, die könntest du sein.« Der andere nickte ergriffen.
Leo hatte die Zeit vergessen in Massen aus Körpern, die nackt und eintönig auf dem Fußboden herumlagen, und rastete aus, wenn ein altes Lied von Radiohead lief. In diesem Zustand verstand er endlich die Zusammenhänge zwischen den vielen absurden Einzelheiten, die er in seinem Leben gelesen hatte, politischen Entscheidungen und Alltagserlebnissen. Nach hellwachen Tagen, ohne Hunger oder Schmerzen, spürte er dann seinen Körper wieder. Der Magen rebellierte, er würgte das Wasser heraus, das er versuchte, herunterzuschlucken, schluckte und würgte und schluckte und würgte. Er war angefüllt mit Säure, die ihn von innen zersetzte, er spürte, wie sie an seinen Organen nagte. Die Menschen um ihn herum waren ihm fremd. Sie hatten plötzlich hässliche, hasserfüllte Gesichter, und er ahnte vage, dass er ihre Münder vor ein paar Stunden noch abgeleckt hatte. Jeder Zentimeter seiner Haut fühlte sich wund an, sein Unterleib brannte. Alles löste sich auf in Verwirrung, wie die Kopfschmerztablette in seiner Trinkflasche, die er an einem Strick aus Klebeband über seiner Schulter trug, um sie nicht zu verlieren.
Wenn er aus einer Wohnung taumelte, schlug ihm die Realität wie eine Woge Eiswasser ins Gesicht. Es war viel zu hell, er musste seine Sonnenbrille aufsetzen. Die Menschen um ihn herum waren beschäftigt, die Eile stand ihnen ins Gesicht geschrieben. Kleine Falten von Freude und Ärger überzogen ihre Gesichter und ließen sie klug aussehen. Sie kümmerten sich um jemanden, ihre Kin-

der oder Eltern, oder sie produzierten etwas, Texte, Möbel, Sandwiches, und bezahlten damit Wohnungen, Autos, Mitarbeiterinnen. Sie waren Teil eines großen Ganzen und ihre Leben folgten roten Fäden, an denen sie schon in der Jugend zu knüpfen begonnen hatten. An ihnen hangelten sie sich nun durch ihren Alltag. Sie glaubten, dass sie noch immer dieselben seien wie früher, als gäbe es in ihnen einen stabilen Kern, der sie ausmachte. Leo hingegen war nicht fest, sondern formte sich selbst wie ein warmes Stück Wachs. Er konnte alles sein, was er wollte.

Leo kletterte in den Waggon zurück und versuchte, sich noch ein bisschen auszuruhen, doch er war zu aufgeregt, um noch einmal einzuschlafen. Jedes Mal, wenn jemand stolperte, sich räusperte oder eine leere Coladose umstieß, öffnete Dario, der im Sitzen an der Wand lehnend schlief, seine Augen und scannte die Umgebung. Leo glaubte nicht, dass er dafür überhaupt aufwachen musste. Aus dem Metallboden des Waggons kroch die Kälte heran. Während alle anderen sich auf dem Boden ausstreckten und versuchten, sich so viel Platz wie möglich zu verschaffen, behielt Dario die Arme über der Brust verschränkt und winkelte die Beine an, als wolle er jeden Moment aufspringen. Niemand schien sich über sein Verhalten zu wundern.

Beim Aufstehen knackten ihre Glieder synchron. Dario taumelte in Richtung einer GUM-Einkaufstasche und zog löslichen Kaffee und ein Päckchen Waldpilzsuppe heraus. Er erhitzte alles in Töpfen über einem Campingkocher. Sie aßen auf einem umgestürzten Baumstamm mit Blick auf die Zelte, in denen jetzt auch die Kinder wach wurden, grummelten und kreischten. Waschschüsseln wurden nach draußen getragen, Kaffee wurde gekocht und Brei zubereitet. Vergnügt plantschten die Kinder in großen Eimern und ließen sich von ihren Eltern mit Wasser aus Plastikflaschen übergießen. Trauerweidenblätter rieselten auf sie herab. Ein junger Mann in dunkelblauem Adidas-Jogginganzug machte Klimmzüge an einem der Äste. Er hatte ein so entschlossenes Gesicht, als könnte er alles, was er erreichen wollte, auch schaffen.

Sie aßen schweigend, und die Suppe sprang ihnen immer wieder von den zitternden Löffeln, ihre Wangen waren kalt vom Schlafen auf dem Metall. Erst langsam tauten sie in der Sonne auf, und das Gespräch kam in Gang, stockend, von langen Pausen unterbrochen. Sie schlürften den Rest der Suppe aus ihren Schüsseln. So kühl, wie die Nacht gewesen war, versprach es trotzdem ein brütend heißer Tag zu werden. Kinder stolperten über den Zeltplatz. Sie schrien sich an, sie rauften, sie lagen sich in den Armen. Zwei Jugendliche hielten vor dem Waggon Wache. Mit düsteren Mienen saßen sie felsenfest und stolz auf einer Decke vor dem Eingang.

Odekolon hatte die Fahrräder für alle besorgt. Sie schoben die Räder über die stillgelegten Gleise, durch Gräser und zerbrochene Äste. Der Raureif durchnässte ihre Schuhe. Regionalzüge ratterten an ihnen vorbei über schlecht verschweißte Schienen. Zu fünft fuhren sie die Straßen in Richtung Arbat entlang, der berühmten Einkaufsmeile im einstigen Intellektuellenviertel im historischen Zentrum von Moskau. In seinem Kopf wurde die Fahrt von einem Soundtrack untermalt. Jeder, der sie ansah, wollte zu ihnen gehören, das spürte er an den Blicken.

Die Zwillinge verabschiedeten sich am Smolenskiplatz. Linker Hand glänzten die Fenster eines großen Krankenhauses, rechts die Moskwa und die Leuchtreklame an der Brücke, die beide Flussufer miteinander verband. In der Ferne ragten die gläsernen Türme aus dem Finanzdistrikt in den Himmel. Der Evolution-Tower war am beeindruckendsten, er war der Form eines DNA-Strangs nachempfunden und hell erleuchtet. Auf vier Spuren entlang der Moskwa schob sich eine Kolonne aus Autos, Bussen und Lkws im Berufsverkehr. Sowohl protzige Sportwagen als auch Kleinwagen mit vor Dreck blinden Fenstern drängelten sich dort entlang, um zu den Bürokomplexen in Moskau City zu gelangen. Die Fahrer hupten nervös, weil es nicht voranging. Im Arbat selbst war es stiller. Junge Frauen mit hochgetuschten Wimpern füllten ihre Taschen mit Feinkost und Rotweinflaschen. Polizisten patrouillierten auf den Straßen; ein hilfloser Versuch, dem Problem der Kleinkriminalität in der Großstadt Herr zu werden. Dario steuerte auf einen Shop zu, in dessen Schaufenster Matroschka-Puppen und Pelzmützen auslagen. Als sie eintraten, läutete eine Kopie der Zarenglocke. Ein paar Touristen drängten sich um einen Postkartenständer, am Verkaufstresen lehnte ein junger Mann mit langen Haaren, die in einem Zopf zurückgebunden waren. Vor ihm stand ein Teller mit Samsa, die in den Nebenstraßen aus riesigen Säcken heraus verkauft wurden.

»Ciao!« Odekolon begrüßte ihn per Handschlag und mit Wangenküssen. Unverkennbar wehte seine Alkoholfahne zu Leo herüber. Er hatte sich offenbar am Morgen einen Drink genehmigt. Sie verschwanden hinter der Tür mit der Aufschrift »Staff Only«. Dario bot Leo eine der fettigen Teigtaschen an, die auf dem Tresen standen. Ziegenfleisch in Teig eingebacken, das früher Kraft für Touren durch die Wüste gegeben hatte. Kauend verließen sie den Laden und standen rauchend vor der Tür, bis Odekolon zurückkehrte.

»Nicht schon wieder.« Dario schnippte seine Zigarette auf den Boden. Dann gab er Odekolon einen Klaps auf den Hinterkopf.

»Schaut mal, da hinten.«

Leo folgte ihren Blicken. Touristen betrachteten die Schaufenster, ließen sich porträtieren oder aßen Blinis auf den Terrassen der Restaurants. Am Ende der Straße schlängelte sich eine Gruppe von fünf Kindern an den Spaziergängern vorbei, eines von ihnen ließ sich zurückfallen, um dann wieder aufzuschließen, die Gruppe trennte sich und fand wieder zusammen. Ihre Augen saßen wie blaue Murmeln in den blassen Gesichtern, die Haare waren von Kappen oder Tüchern bedeckt. Sie bewegten sich schnell und geschmeidig wie ein Schwarm Fische. Manche von ihnen trugen Turnbeutel auf dem Rücken, ein Junge hielt einen Strauß roter Rosen in der Hand.

»Yallah«, sagte Dario.

Sie bogen in eine kleinere Straße ab, die in einen Innenhof führte. Dario nahm einen Schlüssel aus der Hosentasche und öffnete das verriegelte Tor, das die Hofeinfahrt versperrte. Dann verschloss er das Tor wieder hinter ihnen. Der Kinderschwarm huschte vorbei. Odekolon zog ein Handy aus der Hosentasche und hielt es Dario hin. Beide nickten. Sie verließen den Hinterhof, kletterten über einen Bauzaun und zogen weiter durch die Stadt. An jeder Ecke kannte Odekolon jemanden. Sie besuchten Restaurants, Souvenirshops, Gemüsehändler, zwei große Supermärkte und einen Gebrauchtwarenhandel. Dario schien eine Checkliste abzuarbeiten. Nach jedem Termin ließ er sich ein Foto auf dem Handy zeigen. Dann wurde es dunkel, und sie liefen den Twerskoi-Boulevard entlang, bis zu einer der usbekischen Teestuben in der Nähe der Puschkinskaja-Station. Auf dem Boden der Räume lagen dicke Teppiche, die Wände waren holzvertäfelt und mit Tüchern verhängt. Dazwischen hingen Familienfotos. Odekolon schien auch hier die Besitzer, ein älteres Paar, gut zu kennen. Die Frau brachte ihnen schwarzen Tee auf einem Tablett. Der Mann verschwand mit Odekolon in der Küche.

Dario ließ sich auf ein rotes Polstersofa fallen und atmete tief ein. Er zog eine Tüte Kekse aus der Tasche und schüttete sie auf den Tisch. Kokosraspeln verteilten sich überall. Dann rührte er ein paar Löffel Zucker in seinen Tee und drehte sich eine Zigarette.

»Sag mal, Junge, was willst du in Moskau? Hier ist es fast das ganze Jahr über scheißkalt und voll mit finsteren Menschen, die besoffen Auto fahren. Du könntest auch in Berlin oder Paris in der Sonne liegen und Croissants essen, oder was weiß ich.«

Leo nahm einen Schluck von dem Tee.

»In Paris war ich oft. Es ist dort genauso wie in Berlin oder London. Die westeuropäischen Städte sehen eigentlich alle gleich aus.«

Darios Augenbrauen tanzten belustigt auf und ab.

»Wie bist du überhaupt hergekommen?«

»Per Anhalter durchs Baltikum. Dort gibt es vor allem lange Straßen, die durch Wiesen und Wälder führen, bis man dann irgendwann in der nächsten kleinen Stadt ankommt. Alle Hostels gehören Australiern, die ihre Surfbretter über die Tresen hängen. An der Grenze habe ich in einem Lkw geschlafen, der Bettwäsche an Hotels liefert. So war es kein Problem rüberzukommen. Dann Nowgorod, Twer, Moskau.«
Er redete zu viel. Der schwarze Tee bestand zur Hälfte aus geschmolzenem Kandis und erzeugte süßliche Wärme.
»Und du?«
Dario verzog das Gesicht und zog an seiner Zigarette.
»Ich? Ich bin schon sehr lange hier.«
»Hast du hier Familie?«
»Ira ist ja bei mir.«
Odekolon und der Besitzer der Teestube kehrten zu ihnen an den Tisch zurück. Leo nahm all sein Russisch zusammen, um zu verstehen, worüber sie redeten. Es musste um einen Transport gehen. Er fühlte die Blicke des Mannes auf dem Bluterguss unter seinem Auge ruhen. Dario rauchte schnell, die Zigarette war schon fast weg. Er schien nicht zu merken, dass sie bis zum Filter heruntergebrannt war. Sie würden sich in den nächsten Tagen wieder hier treffen, so viel verstand er. Wahrscheinlich am Mittwoch oder Donnerstag, und alles vorbeibringen, was gebraucht wurde. Dario gab dem alten Mann die Hand. Odekolon trank seinen Tee im Stehen und stopfte sich die Kokoskekse in den Mund, als hätte er seit Tagen nichts gegessen. Leo entschloss sich, einfach nachzufragen.
»Könnte ich in den nächsten Nächten noch bei euch bleiben? Ich brauche eine Pause von der Schlafplatzsuche.«

»Du kannst bleiben. Wir werden aber heute Abend nicht mehr da sein. Es gibt viele Kontrollen momentan, und wir schlafen bei Wlad. Die anderen haben schon gepackt. Ich sag Bescheid, dass du kommst und dass sich niemand einnisten soll. Könnte aber sein, dass sie dich heute Nacht mit dem Besen rauskehren.«
»Danke.«
»Du kannst auch was für mich tun.« Dario nahm das kleine Paket, das auf dem Boden neben seinem Rucksack stand, und stellte es auf den Tisch.
»Das hier muss zu dem Imbiss an der Majakowskaja-Station. Wir haben heute noch was vor, und die Jungs können dich nachher abholen und zum Bahnhof fahren.«
»Geht klar«, sagte Leo und wunderte sich, dass Dario ihm so schnell etwas anvertraute.
Das Paket war in weißes Packpapier eingeschlagen und mit blauer Schnur umwickelt. Gerne hätte er es geöffnet, um zu sehen, was er da transportieren sollte. Er tippte nicht auf Drogen. Vielleicht waren es Dokumente, die nur für den Empfänger von Wert waren. Er klemmte sich das ziemlich schwere Paket unter den Arm. Auf der Straße war nichts los. Alle arbeiteten noch ihre letzten Stunden vor dem Feierabend ab. Nur ein paar anonyme Autos rauschten vorbei.
Der Imbiss lag in einem Hinterhof neben einem Laden für Künstlerbedarf, der geschlossen hatte. Drinnen drehten sich Fleischstücke auf einem Spieß. Niemand schien da zu sein, wahrscheinlich machten die Besitzer gerade Pause vor dem Abendgeschäft. Er pfiff vor sich hin und drehte sich eine Zigarette. Es lief ganz gut. Kaum war er wieder ein paar Monate in der Stadt, hatte er das Vertrauen einer

Gruppe gewonnen und einen vielversprechenden Schlafplatz gefunden. Davon hing alles ab, das hatte ihn seine jahrelange Erfahrung gelehrt. Vertrauen war das größte Gut. Er schloss die Augen und war mit sich zufrieden. Die Wand hinter ihm war noch warm von der Sonne.

Wie so oft träumte er von Essen. Richtigem, frisch gekochtem Essen, das auf einem großen Tisch mit einer weißen Tischdecke stand, in großen Schüsseln angerichtet. Er träumte mit offenem Mund von Schlaf in einem frisch bezogenen Bett. Dann verflossen die Träume in ein seltsames Nichts, das Leos Kopf oft füllte, wenn denn ein Nichts etwas ausfüllen kann. Aber doch, sein Nichts konnte das tatsächlich, es war eigentlich eher ein trübes Dunkel, das ihm durch den Kopf waberte, als wäre er in einem See tief untergetaucht, dann in Richtung Licht nach oben geschwommen, hätte den vielen kleinen Partikeln zugesehen, die aufstoben, als er sich der Wasseroberfläche näherte, um nach Luft zu schnappen.

Es knallte ohne Vorwarnung. Leo hatte gerade einen tiefen Zug von der Zigarette genommen, sich auf seine Knie gestützt und den Rauch in seinem Mund umherfließen lassen wie kaltes, klares Wasser, als ihn etwas Hartes im Nacken traf. Er spürte den Luftzug an seinen Ohren, bevor er sich heftig auf die Zunge biss und seine Zähne aufeinanderschlugen. Er schmeckte Blut und fand sich selbst am Boden wieder. Ein tiefer, dumpfer Schmerz dröhnte in seinem Bauch. Er betrachtete seinen Körper, der verdreht auf dem Boden lag, von weit oben aus den Wolken. Wie eine Drohne schwebte er über der Szene. Der Mann, der von hier oben so hilflos aussah, schien er selbst zu sein. Sein Mund formte in schneller Lautfolge tonlos

das Wort »typisch«. Zumindest glaubte er das erkannt zu haben.
Er drehte sich einmal um sich selbst, wie bei einer misslungenen Breakdance-Bewegung, und versuchte die Angreifer von sich wegzuschieben. Kurz dachte er, er würde es schaffen, sie von sich fernzuhalten, doch sie wichen ihm einfach aus. Kleine Hände rissen an seiner Kleidung, zogen an seinen Schnürsenkeln, durchwühlten seine Hosentaschen. Eine Gruppe von Kindern stand über ihn gebeugt und sah auf ihn herunter. Helle Augen starrten ihn an, eine Taschenlampe leuchtete in sein Gesicht. Zwei von ihnen hielten Baseballschläger in den Händen. Sie waren auf die Mauer hinter ihm geklettert, um seinen Hinterkopf zu treffen. Ein Junge mit zerschrammten Knien und buntem Strickpullover schien der Wortführer zu sein und gab die Kommandos. Er spuckte einzelne Worte aus, während die anderen Leos Taschen durchsuchten, die Schuhe und seinen Hosenbund. Sie steckten sein Taschenmesser und ein paar lose Geldscheine ein, ein Mädchen klemmte sich das Paket unter den Arm. Dann formierten sich die Kinder wieder, bevor sie abzogen. Sie wirkten perfekt aufeinander eingespielt, jedes kannte seinen Platz und das Tempo. Schweigend verschwanden sie aus dem Hinterhof und ließen ihn allein.
Die Ratten, die zwischen den Müllcontainern umherliefen, nach Essensresten suchten und dabei leise Schreie ausstießen, lachten über ihn. Fluchend suchte er auf dem Boden nach der Zigarette, die zerquetscht worden war. Der Tabak hatte sich auf den Pflastersteinen verteilt. Er suchte nach den Zähnen in seinem Mund. Seine Zunge lag schwerfällig dazwischen und ließ sich kaum

bewegen. Wohin sollte er verschwinden? Er scrollte in seinem Kopf durch die Möglichkeiten. Irgendwo unterkommen in Tschechien, Griechenland, in Deutschland, nichts davon kam in Frage. »Du bist ein Idiot. Einfach nur ein Idiot. Ein richtiger Idiot«, lamentierten die Ratten lakonisch und trugen große Stücke Schaschlikfleisch in ihr Versteck. Irgendwo weit weg stieß jemand einen spitzen Schrei aus, der ihm in die Knochen fuhr und den er dann gleich wieder vergaß. Ein Gemüselaster, auf dem überdimensionierte Auberginen und lachende Kartoffeln abgebildet waren, fuhr auf den Innenhof und hielt ein paar Meter von ihm entfernt auf dem Parkplatz. Drake nuschelte rhythmisch aus den offenen Fenstern. Dario öffnete die Fahrertür. Er sah gut aus mit seinen weißen Turnschuhen und der grauen Jogginghose.
»Ouch«, sagte Odekolon, als er Leo auf dem Boden liegen und sich den Bauch halten sah. Er verkniff sich ein Grinsen.
»Leber«, sagte Dario. »Dermo. Diesmal haben sie uns halt erwischt. Gde ty byl, pridurok?«
Odekolon nickte mit dem Kopf in Richtung des Imbisses und warf seine Haare zurück. Er nuckelte an einer Dose von billigem Gin Tonic, den er in winzigen Schlucken trank. Anders konnte man den auch nicht runterbekommen. Leo musste an den Jungen denken, der von dem Zeug richtig krank geworden war, weil es jemand gestreckt oder etwas reingeschüttet hatte oder so, das war aber schon ewig her, und er wusste nicht, warum es ihm jetzt wieder einfiel. Er befühlte seine Zunge mit den Fingern, danach waren sie blutig. Er wischte sie an seiner Hose ab. In seinem Kopf dröhnte es, als würde ein Güterzug hin-

durchfahren. Dario lachte im Hof. Drake klagte sein Leid. Leo wusch sich in dem kleinen Badezimmer neben der Restaurantküche das Gesicht. Er fletschte die Zähne: alles heile. Nur das Blut lief noch immer aus seinem Mund.

Berlin, August 2019

Im Radio, das in Harriets Küche lief, hörte ich, dass es schon August war. Es war weiterhin zu heiß. Rund um die Welt brannte es. Boreale Nadelwälder in der Arktis, Regenwald im Amazonasgebiet. Schlauchboote sanken vor Griechenland. Wie sollte es auch anders sein. Schuld wurde abgeschoben, Hilfe zugesichert. Irgendeine Twitterblase war wieder einmal geplatzt und hatte Politiker zu vorschnellen Äußerungen verleitet, die in den nächsten Tagen zurückgenommen werden würden. Empörung breitete sich aus. Das Wetteifern um die schärfste, völlig bedeutungslose Analyse begann. Nichts würde auf die Worte folgen, die Journalisten, Wissenschaftler und Aktivisten in den Talkshows verloren. Es würden weiterhin Wälder, Häuser und Dörfer verbrennen und Schlauchboote voller Menschen sinken. Es schien, als wäre es das Wichtigste, dass die Gesten der Empathie an der richtigen Stelle ausgespielt wurden, damit niemand von einer wütenden Menge auf Social Media outgecalled wurde. Ich blieb noch etwas auf dem Sofa liegen und kämpfte mit meiner Machtlosigkeit.

Lawinenschnee wird hart wie Beton, sobald er zur Ruhe kommt. Das hatte mir mein Vater eingeschärft, bevor wir das erste Mal gemeinsam in die Berge gegangen waren. Er zeigte mir die Schwimmbewegungen, mit denen ich versuchen sollte, mich oben zu halten, wenn ich einmal von Schneemassen überrascht werden sollte. Die Lawine bringt ihre Opfer in eine Rotationsbewegung. Während sie mitgerissen werden, werden die Menschen hin und her geschleudert und um die eigene Achse gedreht. Sie verlieren jede Orientierung. Die größte Gefahr entsteht, sobald die Lawine langsamer wird. Je länger sie ruht, desto mehr sackt der Schnee zusammen und erhöht dadurch sein Gewicht. Sollten wir verschüttet werden, wären schon dreißig Zentimeter Schnee über uns genug, um zu ersticken. Wir wären dazu verdammt, bewegungslos unter der dünnen Schneedecke liegen zu bleiben, erklärte er mir. Fortan achtete ich auf jedes Geräusch, auf jede Instabilität, wenn ich mit meinen Skiern die Pisten hinunterfuhr, Gesteinsproben und Werkzeug im Rucksack.

Es fiel mir schwer aufzustehen, mir das Gesicht zu waschen und die Haare zu kämmen. In der Küche zerbröselte Harriet ein Aufbackbrötchen auf ihrem Teller, Marlon stopfte ein Müsli in sich hinein, als müsste er einen Wachstumsschub ausgleichen. Sara schlief, in ein Tuch gewickelt, auf dem Sofa. Ich setzte mich mit meiner Kaffeetasse in der Hand zu ihr und betrachtete ihren weit geöffneten Mund mit dem durchbrechenden Schneidezahn. Ein bisschen beneidete ich sie darum, dass sie noch keine Vergangenheit hatte, an die sie sich erinnerte.

Vor meinen Augen flimmerte Leos Gesicht. Ich dachte an den jungen Mann, der vom Himmel in den Pool gefallen war. Vielleicht war er ein böses Omen gewesen, und bald würden sich Höllen öffnen und endlose Plagen über mich hereinbrechen. Sara formte mit ihren Lippen einen Laut, jammerte ein bisschen und öffnete ihre Augen. Es kam mir so vor, als beobachtete sie meinen Kehlkopf, wenn ich den Kaffee herunterschluckte, meinen Mund, wenn ich Harriet antwortete. Sie fragte, warum ich nicht bei der Nachtschicht gewesen war, und ich murmelte etwas von einem kranken Kollegen, dessen Schicht ich später übernehmen würde. Harriet akzeptierte das schweigend, zog aber eine Augenbraue hoch. Sara schien die Bewegungen meiner Lippen nachzuahmen, als wüsste sie etwas über mich, das sie mir sagen wollte, doch aus ihrem Mund kamen nur die unkontrollierten Laute eines Säuglings. Marlon wollte sich nicht anziehen, sondern für immer im Unterhemd bleiben. Wir umarmten uns an der Tür, bevor der alltägliche Familienkampf um das Tragen von Socken losging.

Mit einem schlechten Gewissen fuhr ich zu Jasmin, um ihr das Auto zurückzubringen. Die Auffahrt zu dem Haus ihrer Eltern war mit bunten Lampions geschmückt. Wahrscheinlich von einer Sommerparty, auf denen die Frauen bescheidene Leinenkleider trugen und Crémant d'Alsace ausgeschenkt wurde. In den Beeten, die den Weg säumten, standen Sonnenhut und Astern in voller Blüte. Jasmins Vater kniete oberkörperfrei und mit einem Laubsauger in der Hand unter einem großen Kastanienbaum und verscheuchte Eichhörnchen. Er winkte mir fröhlich zu, als ich mit dem Auto den Weg hinauffuhr. Er rief etwas, das wie »Bonjour!« klang. Vermutlich war Jasmins Mutter bei der Kosmetikerin, jeden Montag verbrachte sie dort eine Stunde und ließ sich »das Gesicht machen«, wie sie es nannte. Jasmin stand vor der Haustür und sah mich erwartungsvoll an. Ihre Locken waren zu einem Zopf auf dem Kopf zusammengebunden, sie trug noch ihren

Schlafanzug und Hausschuhe, die aussahen wie kleine Löwen. Rote Flecken wuchsen an ihrem Hals, als ich ihr schweigend den Autoschlüssel in die Hand drückte. Sie schien immer noch wütend zu sein, und ich versuchte, sie zu beschwichtigen.

»Das mit Boris hatte keine Bedeutung«, sagte ich. »Es waren nur ein paar Treffen. Wir kennen uns von der Arbeit.« Fassungslos sah Jasmin mich an und schloss ihre Faust um den Autoschlüssel. »Es geht doch nicht um den Typen.« Sie schüttelte den Kopf, und ihre Haare lösten sich aus dem Zopf und fielen auf ihre Schultern. »Ich erkenne dich nicht wieder. Seit wann redest du so über andere Menschen? Die Kinder haben sich auch erschreckt. Was ist denn los mit dir?«

Ich versuchte Mitgefühl für Jasmin zu empfinden, die aufgelöst vor mir stand und der plötzlich die Tränen aus den Augen liefen, als wäre etwas sehr Wichtiges geschehen. Das letzte Mal, das ich sie so hatte heulen sehen, war am Tag der Geburt von Sara gewesen, als wir gemeinsam an Harriets Krankenhausbett gesessen hatten und das Baby nach vielen Stunden mit graublauem Gesicht und diesen winzigen Händen auf die Welt gekommen war. Ich wusste, wie Mitgefühl sich anfühlte. Früher hatte es mich manchmal überkommen, wenn ich von irgendeinem traurigen Schicksal in der Zeitung gelesen hatte, dann hatte es mich ein paar Tage verfolgt und war wieder verschwunden. Es war eine Mischung aus Erschrecken, einem ziehenden Schmerz und versteckter Freude, weil man selbst nicht die Leidtragende war. Ich hatte es lange nicht mehr empfunden, und auch diesmal gelang es mir nicht.

»Ich hätte dich einbeziehen sollen«, sagte ich und hob die

Stimme, um den Lärm des Laubsaugers zu übertönen. »Die ganze Sache mit dem Preis hat mich ziemlich mitgenommen. Du weißt ja, wie viel Arbeit ich in das Ganze gesteckt habe. Ich bin einfach sehr aufgeregt momentan.« Jasmin sah mich skeptisch an. Sie nickte nur mit dem Kopf, um unsere Freundschaft nicht zu demolieren, das sah ich ihr an. Zwischen uns standen der verbeulte Mercedes und eine Mauer aus Unverständnis. Ich wusste selbst nicht, warum ich so reagiert hatte, als ich über Boris gesprochen hatte. Die Worte waren aus mir herausgebrochen, benebelt von Sekt und Ausgelassenheit. Irgendwas schien ins Rutschen gekommen zu sein und versteckte Seiten von mir freizulegen. Wie bei einer Welle, die flach heranrollt und dann doch eine starke Kraft entwickelt, sobald sie auf den Strand trifft. Vielleicht war das ein weiterer Vorbote der Verrücktheit, die über mich gekommen war und die mich verschlingen würde, wenn es mir nicht endlich gelänge, mich wieder zusammenzureißen. Die Sorge ließ mein Gesicht altern, und ich sah, dass Jasmin es bemerkte. Sie schaute mich erstaunt an. Meine Pupillen weiteten sich, Panik ergriff mich, umklammerte mein Herz. Der Boden zitterte. Ich konnte niemanden warnen, weil ich wie festgefroren stehen bleiben musste, obwohl ich sah, was auf uns zukam. Also schaute ich auf den Boden. Jasmin kam näher, legte mir die Hand auf die Schulter und zupfte an meinem T-Shirt herum.

»Hey«, sagte sie. »Sorry. Ich bin durcheinander.« Sie nahm mich in den Arm. »So schlimm es ist jetzt auch wieder nicht.« Ich versuchte mich zu sammeln, mit dem Zittern aufzuhören. Jasmins Haare rochen nach Kaugummi, das man gerade frisch aus der Verpackung geschält hat.

»Alles gut«, sagte ich. »Ich muss mich entschuldigen, dass ich so komische Sachen gesagt habe. Ist alles wieder okay zwischen uns?«
Jasmin sah mich an und schüttelte den Kopf. »Ja ja ja, ist okay.«
Ich nickte und ließ sie los. Sie klopfte mir auf den Rücken und drückte meine Hand. Sie ließ sie gar nicht mehr los. Ich nahm meinen Rucksack vom Beifahrersitz und schloss die Autotür.
»Ich wollte dich noch was fragen. Im Dezember ist zwar die Preisverleihung, aber bis dahin bin ich ziemlich knapp. Kannst du mir vielleicht ein bisschen was leihen? Ich gebe es dir gleich zurück, sobald das Geld da ist.« Ich hob die Stimme, damit sie mich trotz des Lärms richtig verstand. Noch einmal würde ich mich nicht trauen, zu fragen.
»Ist schon okay. Ich überweis dir was«, sagte Jasmin und schniefte.
»Dann sehen wir uns später.«
Wir umarmten uns noch einmal, und ich lief mit wackligen Knien die Straße in Richtung der Bushaltestelle entlang, zu der mich Helmut manchmal am Morgen gebracht hatte, nachdem ich bei Annette und ihm übernachtet hatte. Manchmal war ich auch nach langen Abenden in Jasmins Garten, an denen ihr Vater uns Zigarren und Whiskey angedreht hatte, dorthin getaumelt, betrunken und nicht mehr ganz zurechnungsfähig. Ich war froh, dass das Ganze mit Jasmin erst mal erledigt war, und schickte per WhatsApp ein Herz. Sie antwortete nicht, obwohl zwei Häkchen anzeigten, dass sie die Nachricht bekommen hatte. Wahrscheinlich telefonierte sie, saß auf der Terrasse und rührte konzentriert in ihrem

Milchkaffee, wie oft, wenn sie über etwas nachdachte. Ich nahm mir vor, nicht mehr an unseren Streit zu denken und auch die Panik zu vergessen, die mich wieder erfasst hatte, ohne dass ich wusste, was sie mir sagen wollte.
Um mich abzulenken, probte ich zu Hause die Rede für die Preisverleihung und sprach Satz für Satz in ein Diktiergerät, das Tom vor unserer Trennung bei mir vergessen hatte. Es verstaubte seit einem Jahr in meiner Schreibtischschublade. Als Journalist hatte er mit vielen Menschen gesprochen und die Interviews aufgenommen. Um seine Gesprächspartner zu schützen, hatte er nie sein Handy für die Aufzeichnungen benutzt, weil er sich sorgte, dass es gehackt werden könnte. Nach einer Recherche zum Thema Überwachung war er damit sehr vorsichtig geworden. Er überprüfte jedes Hotelzimmer, in dem wir übernachteten, auf Kameras und ließ mich nicht mehr allein auf Clubtoiletten gehen. Nach unserer Trennung hatte er nach dem Gerät gesucht und mich andauernd deswegen angerufen. Ich gab nie zu, dass es noch bei mir lag. Stattdessen hörte ich mir an, wie er diese Menschen ausfragte. Tom wollte immer alles wissen, blieb hartnäckig, und die meisten Leute redeten tatsächlich irgendwann wirklich über alles, wenn sich jemand genug für sie interessierte. Oft hatten Tom und ich uns gestritten, weil ich ihm nicht so viel von mir erzählen wollte, wie er es gerne gehabt hätte. Trotzdem hatte er weiter nachgefragt. Bis heute rief er regelmäßig an, um zu hören, wie es mir ging. Nachdem ich mir seine Aufnahmen in Dauerschleife angehört hatte, löschte ich sie schließlich doch.
Meine Stimme klang leise und heiser auf dem Tonband. Ich übte zuerst den Teil der Rede, in dem ich die Arbeit

vorstellen musste, bevor ich zu dem noch schwierigeren Selbstlob und den Danksagungen übergehen wollte. Ich wollte erklären, dass die Schutzzone um das Riesengebirge an der Grenze von Tschechien und Polen angepasst werden musste. Es brauchte ein größeres Areal, in dem es keine Eingriffe durch den Menschen geben durfte. Das Gebirge musste vor dem anwachsenden Tourismus in der Region, vor Skipisten, Abholzung und Straßenbau und vor allem vor der größten Bedrohung, dem Klimawandel, geschützt werden. Die Fichtenmonokulturen wuchsen viel zu schnell durch die langen Sommer, mangelnde Abkühlung verkürzte ihren Verholzungsprozess, und die letzten Laubbäume wurden schwach und zerbrechlich, sie stürzten auf kleinere Gehölze und hinterließen mit der Zeit kahle Lichtungen. Die Waldgrenze verschob sich weiter nach oben, und mit ihr veränderten sich auch die Lebensräume von Pflanzen und Tieren. Die Waldbrände, die gerade in Brandenburg wüteten und deren Rauchschwaden über die Berliner Bezirke zogen, würden auch dort zunehmen. Ich sprach Assoziationen in das Diktiergerät: »Die Mummel, die Elbe und Weißwasser fließen durch das Gebiet. In den höchsten Lagen gleicht das Klima dem vor der Küste Grönlands. So idyllisch das klingt: Diese Landschaft ist in Gefahr.«
Ich rollte mit den Augen und löschte die Aufnahme, obwohl mich ja niemand gehört hatte. Es fiel mir immer schwer, von meiner Arbeit zu erzählen. Ganz selten war das mit Boris gegangen, wenn wir nach dem Abendessen in seinem WG-Zimmer auf dem Bett lagen, eingewickelt in eine Wolldecke. Seine Mitbewohner sangen verkatert und ironisch in der Küche Robbie Williams, und es

machte keinen Sinn mehr einzuschlafen, da wir bald zur Arbeit mussten. Dann hatte ich ihm im Halbschlaf von dem Gebirge erzählt, das ich so gut von früher kannte und das für mich einer der schönsten Orte war, die es gab. Er schwieg und ließ mich reden.
Das Riesengebirge oder auf Polnisch Karkonosze hatte ich schon als Kind bei winterlichen Ausflügen mit meiner Grundschulklasse kennengelernt, die aus endlos langweiligen Wanderungen bestanden. Ein Bergführer beschrieb uns die Pflanzen und Insekten und zeigte uns die Markierungen an den Bäumen, die uns den Weg durch die Felsen wiesen. Wir übten das Spurenlesen und lernten, was sie über die Nahrungssuche der Tiere im Winter erzählten. Der schwarz gesprenkelte Schnee unter einem Baum musste entstanden sein, nachdem Vögel die Samenstände des Baumes geplündert hatten und Samenkörnchen herabgefallen waren. Eine feine Rille führte zu einem dunklen Loch im Schnee. Wir warteten davor auf die Wühlmäuse, die sich nicht nach draußen trauten. Nach einer Weile begannen meine Mitschüler sich zu langweilen und verteilten sich zwischen den kahlen Bäumen, um Fangen zu spielen. Ihre Mützen und dicken Daunenjacken leuchteten in Neongrün und Himmelblau. Ich ärgerte mich, weil ihr Geschrei die Tiere fernhielt, und versuchte, mir alles zu merken, was mir der Mann erzählte, der neben mir kniete und auf kleine Mulden in der Schneedecke zeigte. Meine Hände waren taub vor Kälte, aber vor lauter Konzentration vergaß ich, sie in die Taschen zu stecken. Abends malte ich schwarze Zeichen neben die Namen der Tiere in mein Notizbuch. Die Größe der Abstände zwischen den Spuren sollte zeigen,

wie schnell sie sich bewegt hatten. Die anderen Kinder nervten mich, weil sie nicht den Mund halten konnten, während sie in ihren Stockbetten herumkletterten und über den Unterschied zwischen McDonald's und Burger King redeten. Die meisten von ihnen durften nur an Kindergeburtstagen Fastfood essen und schwärmten von Burgern, Pommes und Cola in XXL-Bechern. Wenn ich sagte, dass wir jedes Wochenende mit meinem Vater dorthin fuhren, machten sie große Augen und glaubten mir nicht.

Ich hasste die Pommes in den rotgelben Pappschachteln mittlerweile genauso sehr wie die ewigen Nutellabrötchen, die unsere Mutter uns für die Schule schmierte. Nachdem meine Eltern sich getrennt hatten, war ich anfangs ganz aufgeregt gewesen, wenn Leo und ich auf dem Rücksitz des Autos gesessen hatten und die Ausfahrt in Richtung Regen auftauchte. Hier lebte mein Vater in einem Häuschen auf den Hügeln ganz in der Nähe vom Aldi und dem McDonald's-Restaurant. Wenn wir bei ihm waren, durften wir Chicken McNuggets und Eis im Überfluss essen und auf einer Ronald-McDonald-Figur herumklettern. Er starrte währenddessen in seinen Kaffee und wies ab und an Leo zurecht.

Während ich in den ersten Wochen noch den Geschmack der knusprigen Panade der Chicken McNuggets liebte und die Cola mit einem Strohhalm bis zum letzten Tropfen aus dem Becher saugte, wurde ich nach einer Weile müde von dem fettigen Essen. Träge saßen wir drei uns gegenüber, vor uns stand ein Tablett mit halbvollen Schachteln. Mein Vater fragte, wo denn der Hunger abgeblieben sei. Ich sagte nichts und trank wenigstens die Cola aus.

Zerstreut wie immer suchte mein Vater in seinen Taschen nach dem Autoschlüssel, während wir lustlos Pommes in Ketchup zerdrückten. Seine Brille saß schief auf dem Kopf, die roten Haare standen wirr zu allen Seiten ab, an seiner alten Lederjacke klebte Schlamm vom Herumkriechen im Bayerischen Wald. Er merkte nichts davon, hatte den Kopf voller wichtiger Einfälle, trommelte ungeduldig auf dem Lenkrad herum, bis wir endlich im Auto saßen, und fuhr nach Hause. Mit vollen Bäuchen lagen wir auf dem Sofa, während er seine Dokumente durcharbeitete. Mit dem Kopf auf dem Schreibtisch schlief er ein. Wir träumten vor uns hin, schauten lange MTV, krochen dann irgendwann nachts ins Bett, erzählten uns etwas, murmelnd, ohne Struktur, vergaßen es gleich wieder.
Später als Jugendliche hatten Leo und ich alleine Ausflüge ins Riesengebirge unternommen. Wir fuhren mit der Bahn bis nach Prag, ruhten uns im Café Globe aus und blätterten in dem angeschlossenen Buchladen in den englischsprachigen Ausgaben tschechischer Bücher. Ich aß Rührei von Leos Teller und hörte den Expats zu, die über die Wohnungssuche, Second-Hand-Läden oder ihren neuen Job sprachen. Sie verkauften ihre Doc Martens oder suchten über Aushänge am Schwarzen Brett nach einem Kühlschrank. Leo rauchte mit ihnen eine Zigarette vor der Tür, und ich schlürfte den Rest Kakao aus einer riesigen Tasse. Vom Karlsplatz aus liefen wir zum Fernbusbahnhof und verbrachten die Stunden bis nach Karpacz lesend mit einem Buch von Jáchym Topol. Leo las mir vor und ließ mich raten, wie die bittere Geschichte von den Brüdern Ondra und Kamil weiterging, bevor ein neues Kapitel begann. In Karpacz angekommen, stiegen

wir schweigend aus dem Bus, liefen ein Stück am Fluss Łomnica entlang und ließen das ausgestorbene Skigebiet hinter uns. Es roch nach Harz, und die Bäume spendeten Schatten. Wenn ich in der Łomnica untertauchte und unter Wasser die Augen öffnete, sah ich nur Dunkelheit. Luftblasen stiegen aus meinem offenen Mund Richtung Wasseroberfläche. Ich übte, so lange wie möglich mit leeren Lungen unter Wasser zu bleiben. Wenn ich hustend wieder auftauchte, saß Leo mit nassen Locken vor unserem Zelt am Ufer, eine Zigarette klemmte in seinem Mundwinkel, und er goss uns Tee ein. Er schaute ab und zu rüber, wenn ich von den großen Steinen ins Wasser sprang, aß ein Brot nach dem anderen, rauchte und las. Ich fühlte mich beschützt in der menschenleeren Landschaft, in der außer uns nur Felsen, Wasser, Wald und Wiesen existierten.

Ich zog mir die Kapuze von Toms Pullover über den Kopf. Er hatte ihn in meinem Wäschekorb liegen lassen, als er seine anderen Sachen, Bücher, eine Regenjacke, seine Lieblingstasse und seinen zweiten Wohnungsschlüssel abgeholt hatte. Deshalb trug ich ihn jetzt oft, wenn ich auf der Fensterbank saß, um zu rauchen. Es kratzte schon nicht mehr im Hals, so leicht war es, nach ein paar Jahren wieder damit anzufangen. Kaum dass ich die Zigarette in einem Flaschendeckel ausgedrückt hatte und in eine Flasche fallen ließ, die schon zur Hälfte mit Kippen gefüllt war, fand ich es eklig. Ich dachte darüber nach, Tom zu fragen, ob er mir dabei helfen konnte, Leo zu finden. Als wir noch zusammen waren, hatte er für Harriet die aktuellen Wohnsitze ihrer Exfreunde recherchiert und für Jasmin die private Telefonnummer eines exzentrischen Videokünstlers herausgefunden, mit dem sie unbedingt mal sprechen wollte. Auf Partys gab er mit den zehn Gramm Crystal an, die er mal für eine Recherche auf einer Online-Plattform im tiefschwarzen Darknet gekauft hatte. Er wusste ja nichts von Leo und seinem Umsatz an der bayrischen Grenze. Ich nahm mir vor, ihm eine Sprachnachricht zu schicken, sobald ich mich dazu überwinden konnte. Zunächst einmal sah ich aber den welken Kräutern in den blauen Plastiktöpfen auf dem Fenstersims dabei zu, wie sie Blätter verloren. Sie rochen nach nichts, wenn man sie zwischen den Fingern zerrieb. Briefumschläge stapelten sich auf dem Fußboden neben der Haustür. Ich erinnerte mich nicht daran, wie lange es dauerte, bis einem wirklich der Strom abgestellt wurde, weil man die Rechnungen nicht bezahlt hatte. Ich sehnte mich nach Schlaf und Ruhe.

Zweimal waren Leo und ich im Dorf eine Woche lang eingeschneit gewesen. Nasse, schwere Flocken fielen die Tage über vom Himmel. Nachts stürzten unter der Last des Schnees die ersten Bäume um. Sie versperrten die Straßen, sodass niemand mehr das Dorf verlassen konnte. Ich mochte es, so von der Außenwelt abgetrennt zu sein. Ich versackte in der Stille, die sich unter der dicken Schneedecke ausbreitete. Keine Autos fuhren mehr vorbei. Clara lag mit zwei Wärmflaschen im Bett. Die Drogensüchtigen schlugen sich nach Tschechien durch und blieben dort so lange wie möglich bei irgendwelchen Bekannten. Ich vermisste sie nicht. Leo, der normalerweise immer am Handy hing, wurde weniger angerufen als sonst. Er fuhr auch nicht raus zu der Werkstatt des arbeitslosen Glasmachers, bei dem er seine erste Line gezogen hatte und bei dem

er oft herumsaß und über ehrliches, längst vergessenes Handwerk philosophierte. Wenn er gerade nicht konsumierte, redete er gern über den Konsum. Die Eiszapfen an unseren Fenstern erinnerten ihn an große Kristalle. So große Crystal-Stücke stünden für die beste Qualität faselte er, während ich versuchte, aus dem letzten Sellerie und zwei Möhren eine Suppe zu kochen.
Mein Handy klingelte und riss mich aus dem Schlaf. Erst nach ein paar Minuten fiel mir ein, dass ich die übliche Verabredung zum Mittagessen mit Harriet und Jasmin vergessen hatte. Schon wieder fiel ich unangenehm auf. Kaum hatte ich eine Woge des Misstrauens geglättet, benahm ich mich wieder daneben und machte alles zunichte. Ich ließ mir keine Zeit aufzuwachen, sondern zog mir Schuhe über die nackten Füße und lief einfach los, ignorierte rote Ampeln, hupende Autos und irritierte Blicke alter Männer, bis ich beim Gold Thai ankam. Harriet und Jasmin saßen drinnen auf den gelben Bänken. Vor ihnen standen drei Suppen, ihre Teller waren schon halb leer. Sie musterten mich und ich erinnerte mich daran, wie ich aussah: Toms Pullover war voller Zahnpastaflecken, die Haare hingen mir ins Gesicht, und ich war ungeschminkt, normalerweise deckte ich wenigstens die Augenringe ein bisschen ab. Es war offensichtlich, dass sie über mich geredet hatten. Unschlüssig stand ich vor ihnen, immer noch verschlafen, mit den Gedanken bei Crystal, Schnee, Bayern, Leo.
»Setz dich doch mal hin, Nora«, sagte Jasmin und schob mir einen Teller mit Suppe hin. »Hey«, sagte ich und ließ mich auf die Bank neben sie sinken. »Es ist etwas Seltsames passiert.«

»Das dachten wir uns schon fast.« Jasmin rollte mit den Augen. Sie schien sich wieder gesammelt zu haben, denn sie schüttete Chiliöl in ihre Schüssel und löffelte es vermischt mit den Suppenresten, wie immer, wenn es ihr gut geschmeckt hatte.

»Ich bin eben gerade einfach eingeschlafen, auf der Fensterbank, beim Nachdenken mit Blick auf den Kiosk gegenüber. Das ist mir auch noch nicht passiert. Wahrscheinlich liegt es an der vielen Arbeit.«

Jasmin sah mich skeptisch an. Harriet zeichnete mit dem Finger Kreise in den Staub auf dem Tisch. Schlieren von verwischter Sojasoße überzogen die Platte, ich hatte das Bedürfnis, sie abzuwischen, riss mich aber zusammen. Wir schwiegen. Teller klapperten auf dem Tablett des Kellners. Ein junger Mann am Tisch neben uns schlürfte lautstark seine Nudelsuppe. Es roch nach Hühnchen und Koriander. Ich dachte daran, wie ich an den verschneiten Tagen, an denen ich so froh war, dass er zu Hause blieb, die Möhrenstücke für Leo immer extra klein geschnitten hatte. Ich hatte die irrationale Befürchtung, er könnte sich daran verschlucken und hätte dann zwar jahrelangen Drogenkonsum überlebt, aber nicht meine schlecht geschnittenen Karotten, die ja potenziell in seiner Luftröhre stecken bleiben konnten, ohne dass irgendein Rettungswagen zu uns durchdringen würde. Dann dachte ich daran, dass ich Jasmin und Harriet nie zu mir nach Hause eingeladen hatte. Unruhig rutschte ich auf der Bank hin und her und hoffte, dass das Thema, dass sie sich aus meinem Leben ausgeschlossen fühlten, jetzt nicht wieder aufkam, weil ich den Blick aus meinem Küchenfenster erwähnt hatte. »Es reicht jetzt«, sagte Jasmin. Sie war offensichtlich voll konzentriert, während ich immer wieder abdriftete, an absurde Details dachte, wie an die ungenießbaren Selleriestücke, die ich in unsere Suppe geworfen hatte. Ich dachte an die Bewegungen von Leos Kehlkopf, als er auf den Möhren herumkaute, und an meine Erleichterung, als nichts passierte, er nicht erstickte und es einen weiteren Tag durchhielt, nicht loszufahren, den verirrten Glasmacher nicht zu besuchen, nicht auf dem Asiamarkt einzukaufen, keine Line zu ziehen.

»Harriet traut sich nicht, es dir zu sagen, weil sie glaubt, dass wie immer alles irgendwie an ihr liegt, aber ich weiß, dass mit dir was nicht stimmt«, sagte Jasmin entschieden. »Ich weiß nicht, was ihr meint«, erwiderte ich und versuchte, in die Gegenwart zurückzukehren, indem ich mich an der Tischplatte festhielt. »Also klar, es verändert sich gerade viel, dadurch bin ich vielleicht ein bisschen anders als sonst.« Ich nickte mit dem Kopf, um das auch vor mir selbst zu bekräftigen. »Du bist eigentlich gar nicht so anders. Das hat nicht erst jetzt angefangen, das ist schon lange so. Es ist einfach nur schlimmer geworden«, sagte Harriet leise und rieb mit einer Serviette an dem Tisch herum. Das weiße Papier klebte an den Soßenflecken fest.

Draußen vor dem Fenster knallte die Sonne auf den Asphalt. Die Leute freuten sich über Kokoseis am Stiel von irgendeiner neuen Berliner Manufaktur. Liebespaare stichelten. Wir schwiegen. Der Kellner tat so, als würde er den Tisch neben uns putzen, und wischte mit einem nassen Lappen darüber. Ich sah ihm an, dass er uns zuhören wollte. Wir mussten den seltsamen Eindruck von

Menschen machen, die sich eingestehen müssen, trotz allem Bemühen in einer Sackgasse gelandet zu sein. Unpassende Gedanken schossen durch meinen Kopf: Menschen, die länger als fünf Jahre vermisst bleiben, gelten als verschollen. Diese Definition ist wichtig, damit sie nach einer gewissen Zeit für tot erklärt werden können.

Harriet sagte nichts, sie wich meinem Blick aus und zerdrückte die Serviette mit dem Gold-Thai-Logo in ihrer Hand. Jasmin hingegen sah mir in die Augen. Sie presste die Lippen zusammen, als würde mir ihre nächste Frage sonst gleich entgegenspringen. Es war offensichtlich, dass sie mir nicht glaubten. Ich wusste, dass Jasmin nicht lockerlassen würde, bis sie herausgefunden hatte, was sie wissen wollte. Ich versuchte, die Flecken auf meinem Pullover hinter den verschränkten Armen zu verbergen und trotzdem freundlich auszusehen. Wahrscheinlich wirkte mein Lächeln verkrampft.

Bisher hatte es immer gut geklappt, bei den Geschichten von dem Leben, das ich geführt hatte, bevor ich nach Berlin gekommen war, möglichst vage zu bleiben. Ich nannte die Schlagwörter Bayern, Berge und Langeweile. Leo verschwieg ich aus Gewohnheit. Zumindest redete ich mir das ein. Es gab keinen Grund mehr, über ihn zu sprechen. Ich hatte genug Menschen von ihm erzählt: den Sanitätern, die mich ausfragten und mir gleichzeitig Wasser einflößten, einem Polizisten, der bei dem Rettungseinsatz dabei gewesen war und mich bei der alten, resoluten Frau namens Elisabeth besuchte, bei der ich untergekommen war. Er war klein, blond und übereifrig, saß auf meiner Bettkante und notierte meine Aussage hinter Spiegelstrichen auf einem Formular, das er nach jedem unserer

Treffen in einen Ordner voller anderer Formulare heftete. Auf dem Ordner stand in großen Buchstaben »Protokolle«. Elisabeth, die mir von einem jungen Sozialarbeiter als »sehr erfahrene Kraft« und ehemalige Krankenschwester vorgestellt worden war, als ob ich damit irgendetwas hätte anfangen können, beobachtete ihn streng und schickte ihn weg, sobald sie das Gefühl hatte, dass ich Ruhe brauchte. Dann klappte er den Ordner zu, seufzte, schüttelte den Kopf über unseren Starrsinn und stand auf.

Draußen auf dem Flur stritten währenddessen Kinder. Sie schlugen immer wieder gegen die Tür, lachten über den Polizisten, als er an ihnen vorbeiging, und holten sich Elisabeths Schimpftirade ab. Mit einem Cityroller rasten sie durch das Haus. Wenn sie sich langweilten, schmissen sie ihn die Treppe hinunter, bis er ihnen weggenommen wurde. Sie sollten alle in ihre Familien zurückkehren, wenn sich die Umstände gebessert hätten, und bis dahin selbst lernen, besser mit dem Stress um sie herum umzugehen. Die Sozialarbeiter, die manchmal in der Küche herumstanden, Elisabeths Kaffee mit Schlagsahne tranken und Zwetschgendatschi aßen, sprachen von schlechter Emotionsregulation, die ein riesiges Problem sei. Die wenigsten ihrer Sorgenkinder hielten heute noch eine Ausbildung durch. Alle rasteten bei kleinsten Konflikten gleich aus. Die Kinder und Jugendlichen seien zu leicht kränkbar, daran würde auch die kurze Zeit bei Elisabeth nichts ändern. Danach ginge es weiter, in die nächste Pflegefamilie, ins nächste Heim, wo sie wieder nicht zurechtkommen würden. Rosige Aussichten also für die anderen.

Ich erfuhr, dass Elisabeth nie beim Jugendamt nachfragte, warum jemand zu ihr geschickt wurde. So konnte sie ohne Vorurteile auf alle zugehen, sagte sie. Elisabeth brauchte gute Nerven. Die meisten meiner Mitbewohner waren sehr laut. Tag und Nacht schrien sie herum, schimpften, zerschlugen Teller. Am nächsten Tag waren sie ganz zerknirscht, aber das hielt nur ein paar Stunden lang. Andere schwiegen die meiste Zeit. Schwarz gefärbte Haarvorhänge verbargen ihre Gesichter, während sie morgens am Frühstückstisch ihre Brötchen aßen. Ich galt als Streberin mit geflochtenen Zöpfen und guten Schulnoten. Wir waren also alle ziemlich unterschiedlich. Polizisten und Sozialarbeiter mochte jedoch niemand von uns besonders, das verband uns miteinander.
Elisabeth sagte mir, sie hätte mit den Jahren, in denen sie Kinder aufnahm, ein Gefühl dafür bekommen, was mit ihnen los war. Manchmal saß sie abends ein paar wenige ruhige Minuten vor dem Fernseher, und in ihrem Kopf tauchten Bilder davon auf, was ihnen passiert sein konnte. Sie hätte da einen siebten Sinn, sagte sie. Bei mir hatte sie es noch leichter, denn sie konnte nicht daran vorbeihören, was geschehen war, da das ganze Dorf über mich sprach. Oder besser über Leo und darüber, warum er abgehauen war. Das sagte sie mir gleich am ersten Abend, als sie nachschauen kam, ob ich auch wirklich im Bett lag. Sie sagte, dass ich gar nicht erst versuchen sollte, sie deshalb anzulügen. Sie hielt mich an den Schultern fest, damit ich sie ansah. Sie wüsste schon jetzt alles und würde es immer wissen, egal, was ich mir ausdenken mochte, um sie davon abzulenken. Ich nickte, war froh, dass ich noch nicht nach draußen musste, ließ mich in

mein Kopfkissen sinken und aß die Suppe, die Elisabeth mir brachte. Dabei betrachtete ich ein Spinnennetz an der Zimmerdecke. Eine riesige Spinne saß darin, fett und wunschlos, sie webte nur, während ich schlief. Ich sah sie niemals in Bewegung. Das Netz wurde über die Nächte immer größer.

Meistens waren Harriet und Jasmin zufrieden, wenn ich ihnen ein bisschen von meiner Schulzeit erzählte, davon, dass ich damals schon Wissenschaftlerin werden wollte und dass mich das spießige Umfeld zu sehr eingeengt hatte, um in dem kleinen bayerischen Dorf zu bleiben. Ich versuchte, diese Zeit als so langweilig und unspektakulär wie möglich zu beschreiben, und tat so, als hätte mein Leben eigentlich erst richtig angefangen, nachdem ich nach Berlin gezogen war. Ich hatte immer angenommen, dass sie mir alles abnahmen. Jetzt schien es fast so, als ob sie nur auf einen Anlass gewartet hätten, um endlich nachzufragen. Wenn ich daran dachte, was sie alles nicht wussten, wurde mir ein bisschen übel. Leos Gesicht war ganz glatt geblieben, wenn er gelogen hatte. Nur ich hatte gewusst, wenn er nicht die Wahrheit sagte. Mich hätte er auch nie angelogen, wenn es nicht gerade um Drogen ging. Zumindest glaubte ich das bis zu dem Tag, an dem er aus meinem Leben verschwand.

Mein Talent zu lügen war kleiner, als ich erwartet hatte, und längst nicht so ausgeprägt wie das von Leo. Obwohl alle immer gesagt hatten, dass ich die Begabtere von uns beiden sei, stimmte das vermutlich nicht. Zumindest kam es mir unter Jasmins Blick so vor, als würde ich zusammenschrumpfen. Vielleicht hatte es auch damit zu tun, dass ich meine besten Freundinnen diesmal ganz direkt belog.

Nicht nur Dinge verschwieg oder versuchte, von der Wahrheit abzulenken. Ich wunderte mich, dass mir das trotz all der Übung so viel ausmachte. Mir wurde heiß, und ich glaubte, dass alle Menschen, die um uns herumsaßen, mir das ansehen konnten. Das Paar, das sich gegenseitig knallgrüne Matcha-Macrons in den Mund schob, der alte Herr, der auf dem Tisch am Eingang seine Zeitung ausgebreitet hatte, der gelangweilte Kellner mit dem Silberohrring – sie alle schienen ihre Augen auf mich zu richten.

»Was ist denn jetzt?«, fragte Jasmin ungeduldig. »Was ist los mit dir?«

»Ist ja gut«, sagte ich. »Ich erzähle euch von Boris.« Meine Wangen brannten, und ich suchte nach unverfänglichen Sätzen, um das Ganze so schnell wie möglich hinter mich zu bringen. Es fühlte sich an, als müsste ich wieder dem jungen Polizisten Rechenschaft ablegen. »Er kommt aus Bosnien, okay? Obwohl, ist auch egal. Es hat eigentlich überhaupt nichts damit zu tun. Keine Ahnung, warum ich euch das erzähle. Wir haben uns auf der Arbeit kennengelernt. Er ist als Aushilfe da, und es ist nicht sicher, wie lange er in Berlin bleibt. Wahrscheinlich ist er bald wieder weg, er kommt aus Tuzla und hat dort Familie.« Meine Stimme hatte einen genervten Unterton, den ich mir nicht erklären konnte. »Und warum bist du dann so sauer auf ihn, wenn dir das alles egal ist?«, fragte Jasmin und zeigte dem Kellner auf der Karte, dass sie einen Becher Sake bestellen wollte. Er nickte und räumte zwei Schüsseln ab. Ich dankte ihm und schob mir einen Löffel mit Suppe in den Mund.

»Ja, und warum nennst du ihn einen dummen Ausländer? Ich weiß, dass du oft schlecht drauf bist, auch wenn du

es nicht zeigst. Aber mich hat das Ganze echt geschockt. Gerade von dir«, sagte Harriet. »Das war so ... Na ja, out of character nennt man das wohl.«
»Stimmt«, sagte Jasmin. »Gerade du, mit deinen festen Standards und Werten, auf denen du immer herumreitest. Normalerweise kritisierst du doch immer mich. Nicht andersrum.«
Ich registrierte die Temperatur meiner Suppe. Sie war schon zu kalt geworden. »So ein Quatsch«, sagte ich, ohne zu wissen, wie mein Satz enden würde. »Das mit dem Ausländer war nicht so gemeint. Es ist mir rausgerutscht. Ihr wisst doch, wie das war mit der Trennung von Tom, das hat mich so lange beschäftigt, vielleicht wollte ich mich einfach ablenken und habe Boris deshalb gedatet. Ich weiß nicht.«
»Du lenkst dich nie ab, Nora«, sagte Jasmin bestimmt und schüttelte den Kopf. »Wenn du eins nicht machst, dann ist es, dich abzulenken. Ich lenke mich ab. Harriet vielleicht auch manchmal, wenn sie jemals dafür Zeit findet. Aber du doch nicht.«
»Genau!«, sagte Harriet. »Du bist immer konzentriert. Denk mal an deine Berge. Du hast uns ständig deswegen abgesagt. Auch an Geburtstagen oder Silvester. Deshalb verstehe ich auch nicht, warum du plötzlich nicht mehr zur Arbeit gehst.«
Jasmin sah sie irritiert an.
»Wie kommst du denn jetzt darauf?«, fragte ich und beschloss, in die Offensive zu gehen: »Nur weil ich heute mal zu spät war. Ich hatte dir doch erzählt, dass ein Kollege krank ist und ich seine Schicht übernehmen muss.«
»Ja okay, aber die wäre ja jetzt«, sagte Harriet.

»Du bist aber hier«, sagte Jasmin.
»Stimmt«, sagte Harriet.
Der Polizist, der mich befragt hatte, war nur ganz am Anfang nett gewesen, hatte mich bedauert und seine Schultern hilflos hängen lassen, um mir zu zeigen, dass es ihn auch bedrückte, dass Leo weg war. Wenn ich nichts sagen wollte oder einfach irgendwas erzählte, von der Schule oder den Verbrennungen an meinen Beinen, klappte er seinen Ordner zu, seufzte und stand auf. Bald war die Befragung immer mehr zum Verhör geworden. Immer drängender hatte er nachgehakt, ob ich wisse, wo Leo sei, wohin er gegangen sein könnte, was er vorhatte. Er hielt mir Fotos und Zeitungsartikel über ihn vors Gesicht, als ob ich nicht mehr wüsste, wie mein eigener Bruder aussah. Gute Lügner blieben immer nahe an der Wahrheit, hatte ich mal gelesen. Je weiter sich eine Lüge von der Wahrheit entfernte, desto leichter war es für andere, sie zu erkennen. Außerdem musste man sich weniger merken, wenn man sich nicht jedes Mal etwas komplett Neues ausdachte.
»Ihr habt ja recht. Ich war heute wirklich nicht bei der Arbeit. Mich nimmt das Ganze mit der Preisverleihung ziemlich mit, und ich muss mich vorbereiten. Heute Vormittag habe ich die Rede geübt und mich dabei ziemlich überfordert gefühlt.«
»Die Rede, die du dann über deine Arbeit halten wirst?«, fragte Harriet.
»Es ist gar nicht so einfach, sich selbst zu loben.«
Harriet lächelte in Richtung Tischplatte. »Kenn ich.«
»Ich versteh wirklich nicht, was daran so schwer ist, uns einfach die Wahrheit zu sagen«, sagte Jasmin. Ich sah ihr

an, dass sie immer wütender wurde. In meinem Magen brannte es.
»Was willst du denn hören?«
»Hast du dich mal angeguckt?«, fragte Jasmin. »Dauernd trägst du diesen Pullover von Tom. Und da sind übrigens Flecken drauf.« Sie deutete auf einen Fleck in Brusthöhe. Der Kellner pirschte sich leise heran, stellte den Becher mit Sake vor ihr ab und entfernte sich eilig. Ich nippte an dem Becher.
»Du erzählst nichts mehr von deinen Bergen. Harriet sagt, dass du nicht mehr zur Arbeit gehst. Du siehst total fertig aus. Das liegt doch nicht an irgendeinem Boris. Nach der Trennung von Tom ging es dir, jetzt mal ehrlich, schon nach ein paar Tagen wieder gut.« Sie konnte es nicht lassen. Ich kniff die Augen zusammen und atmete laut aus.
»Ja, das mit Boris war eigentlich nur ein Auslöser. Die Wahrheit ist, ich habe seit Jahren mal wieder etwas von meinem Bruder gehört. Das ist alles.«
Ich wusste nicht, warum ich das gesagt hatte. Es stimmte ja nicht. Ich hatte in den zehn Jahren, die Leo weg war, nur eine Nachricht von ihm erhalten. Einen Anruf auf meiner Mailbox, zwei Jahre nach seinem Verschwinden. Danach hatte ich nicht mehr an ihn gedacht, bis alles durcheinandergekommen war. Vielleicht hatte es etwas mit dem Brennen in meinem Magen zu tun, das immer stärker wurde. Vielleicht kam es aber auch vom Sake, den ich Jasmin wegtrank. Sie nahm mir den Becher aus der Hand und trank selbst einen Schluck.
»Du hast einen Bruder?«, fragte Harriet ungläubig. »Wo lebt er?«

»In den USA. New York momentan, glaube ich. Er ist viel unterwegs. Kundenbetreuer bei einer Bank. Er hat große Kunden, die Häuser kaufen wollen, oder Firmen oder so etwas. Er fährt mit seinem Auto im Land herum. Tatsächlich verstehe ich gar nicht wirklich, was er eigentlich macht. Ihr wisst ja, dass ich keine Ahnung von Geld habe und auch mit meinen eigenen Sachen beschäftigt bin. Ihn interessiert Wissenschaft und der ganze Unikram nicht, über den ich die meiste Zeit rede. Deshalb hören wir uns auch nicht so oft. Seltsam, dass man so unterschiedlich sein kann, obwohl man verwandt ist, oder?«
»Nein. Aber wie heißt er denn?« Harriet blockte mein Ablenkungsmanöver ab.
»Leonard«, sagte ich und merkte, dass ich Leos Namen seit zehn Jahren nicht mehr ausgesprochen hatte. Seinen Spitznamen brachte ich nicht über die Lippen, nur die Langversion, mit der die Erwachsenen, die Lehrer, Sozialarbeiter und Seelsorger ihn immer angesprochen hatten, ging einigermaßen. Kaum hatte ich seinen Namen gesagt, sah ich ihn mir gegenüber auf dem billigen Plastikstuhl aus unserem Garten sitzen, auf dem er immer saß und rauchte, wenn ich morgens die Gardinen aufzog und aus meinem Zimmerfenster in den Garten schaute. Leo hatte die Kapuze ins Gesicht gezogen, eine Tasse Kaffee in der Hand, eine Zigarette in der anderen. Um ihn herum stand der ganze Sperrmüll: alte Fahrräder, modrige Holzkisten, durchnässte Papierstapel, die wir eigentlich an der Feuerstelle verbrennen wollten. Doch dafür war alles zu nass und trocknete nicht richtig. Leo legte den Kopf in den Nacken und schaute in die tiefgrünen Äste der Kiefer, unter der nichts mehr wuchs. In ihrem Schatten war es

zu dunkel für die meisten Pflanzen. Im Gold Thai saß er also plötzlich vor mir und sah genauso aus, wie ich ihn in Erinnerung hatte: ein riesiger siebzehnjähriger Junge mit zerwühlten schwarzen Locken, einem perfekt symmetrischen Gesicht und diesem schiefen, ironischen Grinsen, wenn er sich über etwas lustig machte, und das tat er eigentlich meistens. Oft handelte es sich dabei um mich.

Mit einem Löffel rührte er in meiner Suppe herum, schüttete Sojasoße und Chili hinein. Er saß breitbeinig da, in einer kaputten Jeans und einem ausgeleierten T-Shirt, das so schwarz war wie seine Augen. Natürlich sah er mir sofort an, wie schlecht ich log, und ich wurde ganz klein unter seinem Blick, so wie früher. Manchmal zählte er auf, was ich bei meinen nicht besonders schwierigen Aufgaben für Fehler gemacht hatte. Er verstand nicht, wie man beim Haareschneiden und Crystalverpacken so viel falsch machen konnte. Meist saßen wir gemeinsam an seinem Schreibtisch, er dahinter, ich ihm gegenüber, und er schrieb alles Punkt für Punkt auf, damit wir, oder besser gesagt ich, mich verbessern konnte. Manöverkritik nannte er das. Ich wusste nicht, wie er es schaffte, immer recht zu haben. Mir wurde schlecht unter seinem Blick, und zugleich freute ich mich so sehr, ihn meine Suppe essen zu sehen. Obwohl sie mittlerweile zu scharf sein musste, zerkaute er gelangweilt die Brokkolistücke, als wäre es unter seiner Würde, ein so fades Gericht zu sich zu nehmen. Wo er wohl so lange gewesen war?

Im Gegensatz zu mir war er überhaupt nicht gealtert. Ich sah mich selbst, wie ich ihn anstarrte und dabei ganz anders aussah, als ich gedacht hätte. Normalerweise blickte mir morgens eine junge Frau aus dem Spiegel entgegen, mit langen roten Haaren, ein bisschen zu blass, ein bisschen zu dünn und zu ernst, aber relativ hübsch. Tatsächlich sah ich im Vergleich zu Leo jedoch alt aus und irgendwie verhärmt. In meinen Ohren rauschte es. Die Wände des vertrauten Gold Thai vibrierten.

»Ich glaub dir das alles nicht«, sagte Jasmin, und ihre Unterlippe zitterte, so wie der Raum um mich herum. »Warum sagst du nicht einfach, was los ist?«

»Nein, es stimmt wirklich«, antwortete ich, und die Lüge bohrte sich noch tiefer in mich hinein, sodass ich sie fast schon selbst glaubte.

Moskau, August 2019

Ira versorgte ihn in einer Wohnung in einer Straße gesäumt von grauen Betonhäusern. Korobki, die in grauen Himmel übergingen. Ein großer Teil schien nicht fertiggestellt worden zu sein, Ziegelstapel und Zementsäcke lagen vor den »losen Zähnen«, wie Dario sie nannte, als wäre die Baustelle gerade erst verlassen worden. Die Stadt war voll solcher Investitionsruinen, um die sich endlose Konflikte rankten. Aus dem Auto heraus hatte Leo einen Supermarkt zwischen den Häusern leuchten sehen. Davor verkaufte ein Mann Sandwiches und Zigaretten aus einem provisorischen Zelt an die Autofahrer. Eine Gruppe Jugendlicher stand rauchend vor dem Wohnblock, vor dem sie anhielten, und kickte eine halbleere Wasserflasche hin und her. Ihre schwarzen T-Shirts flatterten im Wind. Vor der Wohnungstür im zweiten Stock schlief ein alter Hund ausgestreckt auf einer Decke, schreckte immer wieder aus seinen Träumen hoch und ruderte mit den dünnen Beinchen.

Die Nationalflagge Kasachstans bedeckte eine ganze Wand des Zimmers, in dem Leo sich ausruhen sollte. Daneben hing ein Foto vom brennenden Wahrzeichen Astanas, dem Ministerium für Transport und Telekommunikation, genannt »Feuerzeug«. Asche regnete auf den umliegenden Gebäudehalbkreis des Energieriesen Kas

Munai Gas, den sogenannten »Aschenbecher«, herab. Leo hatte schon gehört, dass die Zwillinge bereits vor Jahren aus Kasachstan nach Moskau gekommen waren, sich aber noch immer zurück nach Astana wünschten, das kürzlich in Nur-Sultan umbenannt worden war. Sie sprachen von Astana und seinen goldenen Dächern wie von einem verlorenen Paradies.
Nasse Handtücher hingen über einer offenen Zimmertür. Ein Ventilator surrte an der Decke. Das Badezimmer, in dem Leo sich das Blut vom Kinn wusch, war vollgestellt mit Shampooflaschen und Parfumflakons, ein Firnis aus Staub überzog die Fliesen, der Duschvorhang, auf dem Eisbären mit Rentieren kämpften, verschimmelte. Ein Spiegel mit goldenem Rahmen war von Lippenstift-Kussmündern übersät. Es schienen noch andere Leute in der Wohnung zu leben, die gerade nicht zu Hause waren. Im Flur stapelten sich Schlittschuhe, Sneakers, Kindergummistiefel.

Auch die Jungs waren noch nicht wieder zurück, sie hatten ihn nur kurz bei Ira abgesetzt und waren dann wieder losgefahren. Ira hatte ihm eine Packung Erbsen aus dem Eisfach geholt und eine Flasche Wasser und einen Eimer neben das Sofa gestellt, in den er hineinspucken sollte, sobald sein Mund wieder voller Blut gelaufen war. Leo hatte seinen Mund zuvor schon mehrfach ausgespült, die Zunge mit einem Tuch aus der Küche des Restaurants umwickelt und fest zugedrückt. Die Küchenhilfen hatten über ihn gelacht, während er mit dem Tuch im Mund zwischen den schmutzigen Tellerbergen herumstand. Die Zunge lag noch immer dick wie eine Nacktschnecke vor

seinen Zähnen, und er nuschelte bei jedem Satz. Außerdem schmerzte sein Kopf. Er drückte sich die Erbsenpackung auf den Hinterkopf und versuchte, auf dem unbequemen Sofa zur Ruhe zu kommen.
Ira kauerte in einem rosa Jogginganzug auf einem Sessel ihm gegenüber, hatte die Beine angewinkelt und starrte auf ihr Smartphone, vielleicht spielte sie irgendwas. Ihre Daumen bewegten sich schnell auf und ab, und manchmal riss sie die Augen auf und zog die Luft scharf ein, als wäre sie überrascht davon, was auf dem Bildschirm geschah. Sie hatte sich abgeschminkt, und obwohl ihr Gesicht von vielen kleinen Pusteln überzogen war, stand ihr das gut. Sie hatte warme Augen, was ihm vorher nicht aufgefallen war. Er erinnerte sich an die spontane Abneigung, die er empfunden hatte, als er sie zum ersten Mal sah, und atmete laut aus. Sie schaute zu ihm herüber und schüttelte den Kopf. »Du siehst noch so fertig aus.«
Sie stand auf und verließ das Zimmer. Mit einer Packung Aspirin in der einen und einer Packung Eiscreme in der anderen Hand kehrte sie zurück. Sie zerdrückte zwei Tabletten in einer Tasse und streute die Krümel über den Löffel mit Plombir – sehr süßem Vanilleeis –, das in einer Waffel zerschmolz. Ira flößte ihm die Mischung ein. Leo redete nur, um sich von den Schmerzen abzulenken. »Wo habt ihr die Wohnung her?«, nuschelte er.
Ira nickte mit dem Kopf. »Hier wohnt Wlad, der Onkel von Pita und Aaron. Ich weiß nicht, wie lange wir bleiben können. Aber du bist ja ein schlimmer Fall, da tun wir der Oma leid, vielleicht dauert es diesmal etwas länger, bis wir rausfliegen.«

Sie tätschelte die Beule auf Leos Kopf und sprang dann wieder auf, um ihr Handy zu holen. Er rutschte zur Seite und machte ihr Platz auf dem Sofa. Ihre Knie berührten sich. Das Eis schmolz zu einer milchigen Pfütze zusammen und lief seine Hand herunter. Er lutschte an der Waffel. Ira spielte Tetris auf Level 15 und saß angespannt neben ihm, während sie die Blöcke auf dem Bildschirm zu Reihen zusammensetzte, bis sie sich mit einem Klirren auflösten. Nach jedem Level lösten ihre Hände kurz die Umklammerung. »ADHS«, sagte sie und kicherte. »Mich beruhigt das voll.«
Ein Hund bellte und jaulte. Jemand schimpfte im Flur und schloss die Tür hinter sich. Eine männliche Stimme, die nach Kettenrauchen und Erschöpfung klang. Dann rauschte das Wasser im Bad. Er hörte lautes Schnäuzen und Keuchen, jemand fluchte vor sich hin. Vielleicht war der Onkel nach Hause gekommen. Leo fragte sich, wie spät es wohl war. Draußen wurde es schon dunkel, das Neonlicht an der Decke leuchtete grell. »Blin. Da ist wieder einer über den Hund gefallen«, sagte Ira, »Pita muss sich drum kümmern.«
Dann wandte sie sich ihrem Bildschirm, zu und Leo dämmerte zu dem Klirren und Surren des Spiels vor sich hin. In der Küche wurde Fleisch gebraten, es roch nach verbranntem Fett. Nebenbei lief der Fernseher. Eine Nachrichtenstimme erzählte etwas von dem G7-Gipfel in Frankreich und dass Donald Trump sich dafür aussprach, Russland im kommenden Jahr wieder in die Staatengruppe aufzunehmen. Seit Putins Wiederwahl im letzten Jahr waren die Fernsehmeldungen noch widersprüchlicher geworden. In den folgenden Tagen würde sicher

ganz anders über denselben Gipfel berichtet werden. Oft bekam dieselbe Information innerhalb weniger Wochen eine völlig andere Färbung, je nachdem, was gerade am besten in die große Erzählung von einem zugleich starken, aber unterdrückten Land passte. Zu den Hochzeiten der Krim-Krise hatte er auf jedem Kneipenfernseher, an dem er vorbeilief, die blutigen Bilder aus der Ukraine sehen können. Von einem durch die ukrainische Armee gekreuzigten Kind hatten russische Journalisten berichtet, während sie vor zerstörten Häusern standen. Er erinnerte sich noch an den Namen der Sendung, weil er klang wie der Titel einer Geschichte aus dem 19. Jahrhundert: »Eine geflüchtete Frau aus Slowjansk erinnert sich, wie vor ihren Augen der kleine Sohn und die Frau eines Milizsoldaten hingerichtet wurden«. Von da an war die Geschichte in der Welt, trotz aller Dementis ukrainischer, aber auch anderer russischer Medien und Politiker. Verschwörungserzählungen entstanden und mit ihnen neue Varianten der Ereignisse.

Leo blieb ein Moment aus einer der politischen Talkshows in Erinnerung, die derzeit im Wochenrhythmus aus dem Boden gestampft wurden. Wahrscheinlich war es auf Rossija 1 gewesen, als ein ukrainischer Experte sich dazu bekennen sollte, dass die Krim schon immer russisch gewesen sei. Als er sich weigerte, stellte der Moderator ihm einen vorbereiteten Eimer mit Scheiße vor die Füße, das Studiopublikum klatschte begeistert. Die Sendungen wurden schriller. Die Menschen saßen in den Restaurants, Kneipen, Wohnzimmern zusammen und sahen dabei zu. Nachdem das Einfuhrverbot für europäische Lebensmittel verhängt worden war, zeigten die Nachrichten, dass an russischen Grenzkontrollpunkten Feuer loderten oder Bulldozer aufgefahren wurden. Im Gebiet Orenburg an der Grenze zu Kasachstan sollten zwanzig Tonnen Käse vernichtet worden sein, in Samara an der Wolga und in St. Petersburg Schweinehälften. Der Landwirtschaftsminister Tkatschow erklärte, dass die Schmuggelware von zweifelhafter Qualität sei und die Gesundheit der Bürger gefährde. Dennoch gab es Proteste, was Leo bei politischen Entscheidungen sonst so kaum wahrgenommen hatte. Die Menschen, die er kannte, schüttelten resigniert die Köpfe, wenn wieder etwas Neues, eigentlich ganz und gar Unmögliches, Unlogisches oder Widerwärtiges entschieden wurde.

Wieder andere, wie Dario, hatten Möglichkeiten gefunden, sich das Chaos zunutze zu machen. Er hatte Leo erzählt, dass er die Lieferanten für Lebensmitteltransporte schon 2014 auf dem Maidan kennengelernt hatte. Es waren Abenteuertouristen, die im Zuccotti-Park zusammen mit unterbezahlten Akademikern gegen korrupte Banker demonstriert und in Thessaloniki mit Baseballschlägern auf Polizeischilde eingeschlagen hatten. Junge Männer aus Athen, halbfertige Physiotherapeuten, Studienabbrecher, die sich zusammengefunden hatten und die Dario schnell für sich gewinnen konnte. Sie waren in der Ukraine auf der Suche nach einem Tahrir-Moment gewesen und hatten in der Menschenmenge auf der Hruschewskyj-Straße direkt neben Dario gestanden. Er hatte Leo die verwackelten Handyaufnahmen gezeigt, die es so ähnlich tausendfach auf Twitter gab. Man sah Menschen, die Autoreifen in Feuer rollten, aus denen dicker Qualm aufstieg. Der Rauch bildete eine schwarze

Wand, von der die Steine des Kiewer Pflasters und die Brandflaschen verschluckt wurden. Keine zehn Schritte entfernt, hinter der Mauer aus Qualm, stand die Sondermiliz Berkut. Zwanzigjährige, Schild an Schild, im Hagel der Geschosse auf Befehle wartend. Manchmal flog von ihrer Seite aus eine Gasgranate durch die Wand. Dario erzählte, dass die Revolution im Schichtsystem geplant gewesen war: Die Swobodas bauten Waffen, die Ultras bauten Barrikaden. Wochentags waren es weniger Menschen als am Wochenende, nachts noch weniger. »Ni schagu nasad – keinen Schritt zurück«, schrieb die Berkut, Männer mit schwarzen Gesichtsmasken, die auf Darios Aufnahmen nur ein paar Sekunden lang zu sehen waren, mit Kohle an die Hauswände. Die Menschen sangen, beschworen die Gerechtigkeit, verfluchten Putin, die Regierung, die Korruption, schrien nach Ärzten und Essen.

Dario brachte ein volles Handy mit nach Hause. In ihm waren die Aktionspläne für die nächsten Monate gespeichert. Die »dunkle Gefahr« würde den Brandspuren nach Odessa folgen, so viel hatte er herausgefunden. Euromaidan war ein Glücksfall und die kriminellen Hippies die ideale Informationsquelle: Die internationale radikale Linke war gut vernetzt, sie hatten Bekannte im Donbass, in Odessa oder Mariupol und ahnten im Voraus, wo es knallen würde und die Schlupflöcher entstanden, in denen sich Geld verdienen ließ. Sie arbeiteten mit Familien zusammen, die nahe der Landesgrenze in Belarus lebten, dort kleine Restaurants oder Läden besaßen und die westlichen Produkte neu etikettierten. Dank ihnen gab es auf russischen Großmärkten plötzlich belarussischen Lachs, der in dem Land ohne Meereszugang umdeklariert worden war und aus Norwegen stammte. Die Familien luden die Kartons in Lieferwagen ein, und Darios Bekannte fuhren bis nach Moskau, wo die Waren an Supermärkte, Imbisse und Restaurants verkauft wurden. Mittlerweile wurde im ganzen Land kontrolliert, und Polizisten durchsuchten auch kleine Läden nach Schmuggelware. Noch immer lief es gut, aber das Geschäft war schwieriger geworden, seit die Lebensmittelpreise immer weiter anstiegen und mehr Menschen sich mit Schwarzarbeit über Wasser halten mussten.

Eine Tür wurde zugeschlagen, und der Fernsehton klang dumpfer, sie hörten nur noch leises Stimmengewirr und das Geräusch von Flugzeugen, ratternde Gewehrsalven, Explosionen. Wahrscheinlich hatte jemand die Tür zum Wohnzimmer geschlossen. Neben dem Onkel musste noch jemand im Raum sein, mit dem er sich unterhielt. Leo glaubte, eine Frauenstimme zu hören, die zeterte und schimpfte und die Schussgeräusche übertönte.

Irgendwann kamen dann die Jungs, Dario, die Zwillinge und Odekolon, und brachten Hähnchen und Chipstüten mit. Sie sahen aus, als hätten sie eine lange Wanderung durch den Wald hinter sich. In ihren Haaren hatten sich kleine Äste verfangen, ihre Wangen waren rot, die Schuhe schmutzig. Sie hatten großen Hunger und rissen das Hähnchenfleisch mit den Zähnen von den Knochen. Ira zerdrückte Leo ein paar Chips zu kleinen Bröseln und schob sie ihm mit dem Löffel in den Mund. Alles schmeckte nach brutal überwürzter Paprika, und er konnte die trockenen Krümel kaum schlucken. Dario schüttelte immer wieder den Kopf, wenn er Leos zerschla-

genes Gesicht betrachtete. Die Zwillinge hatten knallrote Augen und wirkten nervös, der Hund lief hektisch zwischen ihren Beinen herum. Dario hing am Handy, Odekolon nuckelte an seiner Bierflasche.
Dario deutete auf den Sitzsack in einer Zimmerecke und telefonierte weiter. Zwischen seinen Fingern zerdrückte er Chips. Er öffnete das Fenster und schaute auf die Straße. Gehorsam ließen sich die Zwillinge in den Sitzsack sinken. Der Verkehr schob sich lautstark ins Zimmer. Scheinwerferlichter rasten über die Decke. Ira schimpfte über den Hund, Pita nickte beruhigend mit dem Kopf und kümmerte sich nicht weiter um sie. Er tätschelte dem Hund den Kopf, der sich an ihn schmiegte. Im Flur kreischten Kinder, und eine wütende Frau schimpfte vor sich hin, die ganze Wohnung schien zu klappern und zu knirschen. Dario atmete tief ein und aus.
»Wie war euer Tag?«, fragte er.
»Kannst du dich mal hinsetzen?«, fragte Ira. »Es nervt voll.«
»Nur wenn du das Handy weglegst, Saitschik.«
Er reichte ihr eine Zigarette. Sie rollte sie zwischen den Fingern hin und her.
»Leo hat richtig draufbekommen.« Sie rutschte in seine Richtung und drückte auf die Beule an seinem Hinterkopf.
»Aua.«
»Siehst du?«
»Ich weiß, ich war quasi dabei. Hättest ihn mal da liegen sehen sollen. Die verdammten Kinder.«
Ira zündete ihre Zigarette an und zog den Rauch ein. Sie schien sich etwas zu beruhigen. Zumindest entspannte

sich ihr Gesicht, und sie drehte sich in Leos Richtung, als hätte sie jetzt endlich die Kraft, ihm zuzuhören. Dario klopfte seine dreckigen Turnschuhe am offenen Fenster aus und zupfte sich die Äste und Blätter aus den Haaren.
»Ich habe noch nie so hohe Schreie gehört«, sagte Leo.
»Das sind ihre Waffen. Sie haben keine Messer, aber ihre Schreie foltern dich. Sie finden sich so überall wieder. Aber daran kannst du sie auch erkennen, wenn sie so blöd sind und schreien, bevor sie in deine Nähe kommen«, sagte Dario lakonisch und zuckte mit den Schultern.
»Tut mir leid, dass ich es nicht hingekriegt habe.«
Dario beachtete ihn nicht. Er beobachtete die Straße, als ob er auf etwas warten würde. Die Zwillinge sahen skeptisch aus. Sie sprachen leise miteinander. Odekolon nahm einen großen Schluck aus seiner Flasche. Leo versuchte zu lächeln, er spürte, wie sein Mundwinkel zuckte.
»Ich brauche keine Entschuldigung, nur der, dem das Paket gehört«, sagte Dario schließlich. »Der weiß noch nichts davon. Mal sehen, wann er es herausfindet.«
»Fuck«, sagte Leo.
»Ja, wirklich fuck.« Ira wirkte eher amüsiert als beunruhigt.
Odekolon und Pita verließen das Zimmer. Ein Mann in einem roten Bademantel, auf dem in großen goldenen Lettern das Wort KING gedruckt war, lief schimpfend durch den Flur. In der Hand hielt er eine Flasche Eistee. Drei kleine Kinder mit blonden Locken folgten ihm wie Entenküken ihrer Mutter. Pita hielt den Mann am Arm fest und schob ihn vor sich her in Richtung Küche, vermutlich war die Entenmutter sein Onkel Wlad. Auch Dario und Aaron standen auf.

»Was macht ihr?«, fragte Leo.
»Kurz Priwet sagen.«
»Ich komme mit.«
Ira streckte sich auf dem Sofa aus und hielt das Smartphone dicht vor ihr Gesicht, als würde sie in den Bildschirm hineinschlüpfen wollen. Leo folgte den anderen und sah zum ersten Mal den Rest von der Wohnung, in der er den Tag verbracht hatte. In der Küche schwamm Wäsche in der Spüle, ein winziger Fernseher flimmerte vom Schrank herunter, es roch nach Kohl und Fleisch. Eine alte Frau saß unter einer dicken Decke in einem Rollstuhl und kommentierte krächzend das Geschehen: die kleinen Kinder, die zwischen den Stühlen umherliefen, ihren Sohn Wlad im Bademantel, der ein Glas pfirsichfarbene Flüssigkeit herunterstürzte, die teure Miete, ihre schmerzenden Füße, die Gruppe junger Männer, die zur Tür hereinkam, Leos dicke Lippe und seine schlechte Aussprache. Sie schien ihn dafür zu bemitleiden. Sie sprach einfach weiter, obwohl niemand ihr antwortete. Wlad, der Onkel der Zwillinge, schob sie grummelnd nach draußen auf den Flur, schloss die Tür hinter sich und goss allen Eistee ein.
Es war brütend heiß in dem Raum. Leo ließ sich auf den Stuhl sinken und versuchte, sich umzusehen, ohne Wlad dabei aufzufallen, der ihn kaum wahrzunehmen schien. Er schielte an ihm vorbei, sein Blick wanderte über die Gesichter der anderen. Die Sprache des Mannes war verwaschen und grob. Seine Hände sahen zerfurcht aus, wie die eines Handwerkers, der schwere Arbeit erledigte. Er schien kaum zu bemerken, dass die Zigarette in seiner Hand herunterbrannte, die Haut an Zeige- und Mittel-

finger war sichtbar an Glut und Asche gewöhnt. Die Asche fiel ihm auf die Schlafanzughose, es störte ihn nicht. Die anderen Jungs hörten ihm aufmerksam zu, während er mit erhobenem Zeigefinger dozierte und dabei immer wieder in ein Glas spuckte, das er vor sich hingestellt hatte. Er breitete einen Stadtplan von Moskau auf dem Tisch aus, auf dem mit einem Filzstift verschiedene Straßen markiert waren. Daneben legte Dario eine handgeschriebene Liste mit Namen und Telefonnummern. Pita und Odekolon sahen konzentriert aus und nickten seine Worte ab. Zurückgelehnt saßen sie auf ihren Stühlen, die Arme vor der Brust verschränkt. Wlad klopfte nervös mit der Handfläche auf die Tischplatte.
Leo verstand, dass es um eine weitere Fuhre aus Belarus ging, die in den nächsten Tagen abgeholt und verteilt werden sollte. Er wusste noch nicht, was genau sie transportieren sollten, aber es würden Lebensmittel sein, die bereits umetikettiert waren und zu Abnehmern in Supermärkten und Lebensmittelläden gefahren werden mussten. Von dem Lager hatte er schon gehört, es sollte eine Garage in einem Gewerbegebiet sein, in das die Hippies die Waren bringen würden. Da hatte die Lieferung bereits eine lange Reise im Lkw aus Spanien hinter sich. In Polen wurden sie in kleinere Pakete geteilt und neu verpackt. Gestern waren sie in Belarus abgeholt worden, um nach Russland gebracht zu werden. Ira sollte bei dem Transport nicht dabei sein, das machte Wlad klar. Ihr Drama konnte man dabei nicht gebrauchen. Die ewigen Aufs und Abs, die den Charakter von Frauen ausmachten. Man brauche jemanden, der die Hände fest am Steuer halten konnte, der zielstrebig war und genau wisse, wohin

er fahre, lallte er und spuckte in sein Glas. Die Zwillinge nickten zustimmend, sie waren froh, einmal nicht Zielscheibe seiner Worte zu sein. Leo versuchte, selbstsicher dazusitzen und zu verstehen, worum es ging. Er spürte, dass sich Blut in seinem Mund sammelte. Odekolon würde sich um das Auto kümmern, das dauernd kaputt ging, weil ein Slabak am Steuer gesessen hatte, ohne zu wissen, was er tat. Pita senkte den Blick, seine Augen funkelten. Am morgigen Abend würde die nächste Fuhre in Moskau ankommen und mit ihr eine neue Chance, sich zu beweisen.

»Du wartest am Jesipowo«, sagte Dario und legte Leo die Hand auf den Arm. »Ich mach die Fahrt mit Pita.« Leo nickte, als würde er alles verstehen. Er wollte nicht schon wieder etwas falsch machen. Eigentlich kapierte er gar nichts und hoffte, dass das niemand merkte. Möglichst unauffällig stand er auf und spuckte etwas Blut in den Abfluss. Mit seiner schmerzenden Zunge befühlte er einen Schneidezahn. Er fühlte sich etwas zu locker an. Wlad schenkte immer wieder Eistee nach. Leo nahm einen Schluck von dem kalten Getränk und merkte, dass es mit starkem Schnaps verlängert worden war. Alle, bis auf Wlad, schüttelten sich und stöhnten, nachdem sie ihr Glas heruntergestürzt hatten. Aus Aarons Handy schepperte Musik. Leo verstand die Texte kaum, sie wurden zu schnell gesprochen, aber er glaubte, dass es um einen entgleisten Metrowaggon ging, der langsam aus seinen Schienen rutschte. Eben hatten Menschen noch gelesen, gejammert, dann war alles entgleist, murmelte der Sänger.

Die Zwillinge bekamen rote Wangen. Sie schlugen mit den Händen auf den Tisch, johlten. Dario bekreuzigte

sich ironisch gen Zimmerdecke. Diesmal würde alles so großartig werden, wie sie es in ihrem kleinen Leben noch nie erlebt hätten, predigte der Onkel. Geld würde es regnen. Viele große Scheine würden vom Himmel fallen, mit denen sich jeder von ihnen zudecken könnte, wenn er es wolle und das Glück endlich in seine eigenen Hände nähme. Man müsse es an sich reißen, niemand würde es einem schenken. Leo sah die Augen der Jungs blitzen, ihre Wangen glühten vom Alkohol. Auch Dario hatte mittlerweile sein T-Shirt ausgezogen. Er war so dünn, dass seine Beckenknochen hervortraten. Seine Rippen zeichneten sich ab, der Bauch war eingefallen. Feiner blonder Flaum zog sich über seine Brust. Leo hatte nie verstanden, warum man in diesem homophoben Land unter Männern ständig halbnackt sein musste, wenn man sich in der Gruppe traf. Man schlug sich nach dem Saunagang mit Birkenzweigen auf die nackten Rücken und fing nur in Badehose Karpfen, um sie in eine Handykamera zu halten. Dann machte man Schwulenwitze und ging nach Hause, um seiner Frau zu zeigen, wer der Herr im Haus war. Es machte keinen Sinn.
Sie spielten Durak, Verlierer und Gewinner mussten immer beide trinken, Leo verstand die Regeln nicht richtig, aber es war auch egal, der Schnaps zog ihn hinter sich her, an seiner Leine, und seine Zweifel zerstreuten sich. Seine Zunge hörte auf zu bluten. Er liebte den Rausch einfach. Er war unglaublich gerne zugedröhnt oder betrunken, es fühlte sich an wie sein natürlicher Zustand. Alles, was ihn bedrückte oder glücklich machte, verlor an Bedeutung, auch die Kälte, der Hunger, oder die Fragen danach, wie es später einmal werden sollte, wenn er irgendwann älter

wurde und es keinen Platz für ihn gab, an dem es warm und trocken und alles halbwegs vorhersehbar war. Das Einzige, was zählte, war der Moment, das Wohlgefühl, das ihn in seinem Körper verankerte und alles zurechtrückte, sodass sich seine Arme plötzlich genau richtig lang anfühlten und seine Schultern genau richtig breit. Der Augenkontakt zu Dario gelang ihm leicht. Sie verständigten sich wortlos darüber, wie bescheuert sich Wlad eigentlich aufführte, wie dumpf und hohl und laut und wie gut es war, dass sie selbst nicht so waren, sondern den Stumpfsinn durchschauten: die frauenfeindlichen Sprüche, die Sticheleien gegenüber den Zwillingen. Trotzdem spürten sie auch beide, dass sie sich gerne mitziehen ließen, von der Begeisterung, die er ausstrahlte. Die Euphorie gab ihnen Kraft, selbst durchzuhalten.

In der Wohnung wurde es ruhiger, die Kinder und die alte Frau waren wohl ins Bett gegangen. Unendlich hungrig vertilgten Dario und Leo einen Teller fettiger Kohlsuppe. Pita wankte in Richtung Badezimmer, sie hörten ihn würgen und keuchen. Odekolon trank Wlad mühelos unter den Tisch, er hob nicht mal eine Augenbraue, als der alte Mann eine weitere Flasche Schnaps aus dem Küchenschrank zog. Die beiden würden sitzen bleiben, bis sie mit den Köpfen auf der Tischplatte einschliefen, so viel war sicher. Dario schubste Leo in Richtung Schlafzimmer. Ira hatte sich mit einem bunten Halstuch die Augen bedeckt und lag regungslos auf dem Bett, als sie zurückkehrten. Sie schien zu schlafen, obwohl der Bass der Musik durch den Raum dröhnte.

Manchmal gab es Phasen, in denen Ira mit niemandem sprach, dann schwirrte sie wieder zwischen ihnen umher

und überschüttete alle mit Zuneigung. Diese Zustände wechselten fast stündlich, das hatte er bereits in den wenigen Tagen bemerkt, die er sie nun kannte. Ira zog ihn auf seltsame Weise an und stieß ihn zugleich ab. Er wusste nicht, was es war, aber er wollte gern mit ihr reden, ihre Stimme hören, dieses aufgedrehte Kichern, das sie ständig begleitete. Ihre Finger fanden keine Ruhe. Selbst wenn sie still dasaß, krabbelten sie über ihre Knie und Oberschenkel wie Ameisen. Vielleicht war es auch nur der Alkohol, der seinen ganzen Körper heiß werden ließ und ihn zu ihr auf die Matratze zog. Es war seltsam. Statt dem Impuls nachzugeben und sich neben Ira zu legen, rollte er sich auf einem Sitzsack neben der Couch zusammen und fiel bis zum nächsten Mittag in einen unruhigen Schlaf.
Als er aufwachte, war ihm hundeelend. Er trank ein großes Glas Wasser, das er sich am Wasserhahn in der Küche auffüllte. Odekolons Speichel lief wie ein Bächlein über den Tisch, er schlief noch immer und schnarchte laut. Wlad war verschwunden, mit ihm die vielen Kinder und seine Frau. Dario und die Zwillinge auch. Ihre Schuhe fehlten. Die Großmutter jammerte in ihrem Bett im Wohnzimmer und hustete grollend. Aus ihrem Monolog wurde deutlich, dass sie ihren Sohn für einen absoluten Versager hielt, der ihr noch immer die Haare von Kopf fraß und nichts geschafft hatte in seinem Leben. Der Fernseher lief schon, und sie schien sich mit dem Moderator einer Quizsendung zu unterhalten, der schlüpfrige Witze machte. Leo hoffte einmal mehr, dass er selbst niemals alt werden würde. Er hatte kein Konzept dafür, das ihm gefallen hätte. Am liebsten würde er die

Zeit anhalten und alles um sich herum einfrieren. Dann würde er durch eine friedliche, unbelebte Welt laufen und hätte endlich einmal die Ruhe, sich alles anzusehen, die Menschen, die Städte, die Straßen, ohne ständig von Ereignissen überrascht und zum Reagieren gezwungen zu werden. Stattdessen sah er die feinen Linien, die sich seit einiger Zeit auf seiner Stirn abzeichneten, die für die vorbeifliegenden Tage standen und ihn dieser ungeliebten Existenz im Fernsehsessel näher rücken ließen, die sich im Wohnzimmer nebenan abspielte. Ira untersuchte Leos blaue Flecken und rieb die Schürfwunde an seinem Arm mit einer Salbe ein. Dann band sie sich vor dem Spiegel im Flur einen Zopf. Sie trug Lippenstift auf und trank Cola mit einer Scheibe Zitrone aus einem Plastikbecher. Zum Glück saß sie entspannt neben ihm, als sie am späten Nachmittag zu der Garage fuhren, in der die Waren zwischengelagert werden sollten. Sie war weder hyper noch todtraurig, sondern einfach nur ruhig und in sich gekehrt. Sie schwiegen und teilten die Kopfhörer ihres MP3-Players, um Robyn zu hören. Jedes Gespräch hätte ihn wahrscheinlich überfordert, ihm war noch immer schlecht. Ihre Gesichter spiegelten sich in den Fenstern der Metro. Ira trug rosa Lippenstift, aber sonst kein Make-up, und ihre schwarzen Haare glänzten wie frisch gewaschen. Er betrachtete ihre geschlossenen Lider und die Augenbrauen, die sie wohl erst seit Kurzem nicht mehr zu einem dünnen Strich zupfte, zumindest zeichneten sich die Schatten feiner Härchen darunter ab. Er fragte sich, ob die Brauen wohl bald in der Mitte zusammenwachsen würden. Ira hatte sich trotz der Hitze eine Lederjacke angezogen, und doch schien sie noch immer zu frösteln. Zwischen ihren Fingern steckte eine Zigarette für den Moment, in dem sich die Türen öffnen und sie auf den Bahnsteig springen würden. Kaum hatten sie die U-Bahn verlassen, spitzte sie ihre Lippen, nahm die Zigarette in den Mund, zog gierig daran und stieß den Rauch, nachdem sie inhaliert hatte, in die Luft. Ein kurzer, rasselnder Husten folgte, als sie die Treppen zum Ausgang hinaufgingen. Niemand sonst war mit ihnen ausgestiegen. Ira spuckte auf den Boden. Sie hörte weiterhin Musik, jetzt wieder mit beiden Kopfhörern, und lief etwas voraus.

Vor ihnen lag eine verdorrte Wiese, gelber, vertrockneter Rasen. Eine Horde Krähen kämpfte um ein Stück Baguette mit Schinken und schlug wütend mit den Flügeln. Leo schulterte den Rucksack, und sie schlenderten über das Gras in Richtung des Gewerbegebietes. Die Garage lag neben vielen anderen Lagerräumen in einem Ziegelbau, vor dem Autos standen. Noch war die Garage leer, und sie warteten drinnen im Halbdunklen auf die Ankunft der Lieferwagen. In dem Gewerbegebiet gingen die Laternen aus, die Tore der Lagerräume wurden heruntergelassen, die Feuerzeuge der Arbeiter klickten. Heiseres Lachen erklang. Ein paar nette Worte wurden ausgetauscht, die Familien gegrüßt, bevor sich die Menschen auf den Weg nach Hause machten. Von den beiden Kühltransportern, die Käse und Bananen, Austern und Fleisch über Belarus anliefern sollten, war noch nichts zu sehen.

Berlin, August 2019

Ich schloss die Tür des Gold Thai hinter mir und sah dem Verkehr dabei zu, wie er sich beruhigte, während ich weiterhin aufgewühlt die Straßen entlanglief. Als ich einige Wochen nach Leos Verschwinden zum ersten Mal wieder nach draußen gegangen war, war ich ebenfalls mit gesenktem Kopf durch die Dorfstraßen gehastet. Ich hatte meine Kapuze aufgesetzt und die Schleichwege genommen, über das blöde anachronistische Kopfsteinpflaster, das die Touristen romantisch fanden, vorbei an den Gärten, in denen bayerische Flaggen wehten und die Leute ihre Skier reinigten und deshalb nicht auf die Menschen achteten, die vorbeiliefen. Natürlich wurde ich trotzdem erkannt. So viel passierte in dem Dorf normalerweise nicht, und das Wort Crystal hing schon so lange als Damoklesschwert über den Familien, dass Leos Verschwinden jetzt endlich einen Anlass bot, alle Ängste nach außen zu kehren. Ich setzte meine Kopfhörer auf und schirmte mich von ihren Fragen ab.

Alle wussten, wer ich war. Sie kannten mich entweder aus der Schule, vom Bäcker oder aus den Artikeln in den Lokalzeitungen. Manche versuchten wegzuschauen und beobachteten mich nur heimlich, viele redeten aber auch ganz offen über uns: über meinen Vater, von dem viele glaubten, er sei ein erfolgreicher Wissenschaftler, Geschäftsmann, Schnösel, der sich für etwas Besseres halte als die anderen aus dem Dorf und deshalb abgehauen war. Sie glaubten, dass er uns nur hin und wieder besuchte, um das Geld vorbeizubringen, das meine Mutter nicht verdienen konnte. Michail sei ja schließlich kein Unmensch gewesen. Man hatte doch mal zusammen das Gemeindehaus renoviert, da sei er noch ganz normal gewesen. Aber man konnte den Menschen schließlich nur vor den Kopf gucken. Sicher sei eine Frau schuld, die er kennengelernt habe. Sie sprachen auch über Leos Vater, der ein Mysterium war. Über unsere Mutter, die bekannt war für ihre Männerbesuche, die ausschweifenden Partys und zerrissenen Dolce-&-Gabbana-Taschen, mit denen sie durch den Supermarkt schlich. Plötzlich waren wir für manche »die Russen«, weil mein Vater einen russischen Vater hatte, den sie einmal auf einem Dorffest kennengelernt hatten.

Elisabeth hatte mich darauf vorbereiten wollen, was draußen los war. Sie wartete abends auf den Treppenstufen vor ihrem Haus auf mich, während die anderen Kinder im Garten Fußball spielten. Sie saß da mit einer Tasse in der Hand, in der ein Teebeutel schwamm, und drückte sie mir in die Hand, sobald ich eintraf. Dann sollte ich mich neben sie setzen und vom Tag erzählen. Ich hatte immer den Kopf geschüttelt und gedacht, dass sie übertrieb. Schließlich war eigentlich gar nichts passiert. Wir lebten ja alle noch, und Leo würde bald zurückkehren.
Berlin rauschte vorbei, ich schob die Gedanken beiseite und beobachtete die üblichen grantigen E-Bike-Fahrer in Leggings, die glänzenden weißen Autos am Ku'damm. Ich

hatte Leo nicht verraten, obwohl ich Harriet und Jasmin von ihm erzählt hatte. Bisher hatten sie wohl stillschweigend angenommen, dass ich Einzelkind war, jetzt wussten sie von meinem großen Bruder, ohne jedoch zu ahnen, was für ein Mensch er war. Oder wie ihn alle sahen. Einen Dealer nannte ihn das Dorf, einen schlechten Umgang, eine Zeitbombe. Ich hätte erleichtert sein sollen, dass ich mal wieder ganz gut mit meinen Ablenkungsmanövern davongekommen war, doch ich fühlte mich anders als sonst. Bedrückt und müde.

Ich setzte meine Kopfhörer auf und sprach mit Siri. Sie sollte mir erklären, wie lange es dauerte, ein Visum für die Russische Föderation zu beantragen. Ich wusste, dass mein Reisepass ganz weit unten, neben Impfpass und Organspendeausweis, in einem Karton schlief. Siri erzählte etwas von drei Wochen, die die Bearbeitung meiner Unterlagen dauern konnte. Ich hatte eigentlich keinen guten Grund für die Reise. Nur die eine Nachricht, die mir Leo an meinem Geburtstag zwei Jahre nach seinem Verschwinden von einer griechischen Nummer auf die Mailbox gesprochen hatte: »Es geht mir gut, Schwesterchen. Bald werde ich in Moskau sein, und alles wird besser werden. Sei nicht mehr sauer, bitte, bitte.«

Er klang, als wäre er drauf oder besoffen. Ich hörte diesen blasierten und zugleich selbstmitleidigen Klang in seiner Stimme. Vermutlich fand er es in diesem Moment lustig, mich mit in seinen Rausch hineinzuziehen, mich zittern und wütend sein zu lassen. Am nächsten Tag würde er sich dafür schämen. Deshalb rief ich ihn auf dem Handy zurück, von dem aus er angerufen hatte, bevor die ganze Schämerei so richtig losgehen konnte. Wie die meisten

Süchtigen war er unerträglich, wenn er sich im Rausch danebenbenommen hatte. Er jammerte und wollte mit niemandem sprechen. Der Raum musste abgedunkelt werden, weil er das Licht nicht verdiente. Weinerlich lag er auf seinem Sessel und hatte viel Mitleid mit sich selbst. Niemand nahm ab, ich hörte nur die anonyme Mailboxansage. Ich sprach Nachrichten aufs Band, bis das Aufnahmelimit erreicht war und meine Anrufe nicht mehr durchgestellt wurden.

Die Kapuze von Toms Pullover bildete eine Schutzschicht aus Stoff zwischen mir und der Außenwelt. Berlin hasste mich, so wie es wohl auch Jasmin und Harriet taten. Ich verlief mich in den Nebenstraßen, die ich eigentlich gut kannte, und musste eine U-Bahn finden, die mich wieder nach Hause bringen würde. »Moskau ist unendlich schön«, las mir Siri von einer Reisewebsite vor, während ich nach einer Station suchte. Ich wusste, dass Leo in Russland die glücklichste Zeit seines Lebens verbracht hatte. Ein Jahr in dem kleinen Dorf im Ural zwischen Waldseen und jungen Betreuern. Ihm hatten die klaren Ansagen gefallen, die festen Essenszeiten, die langen Läufe, die andere Gewaltmärsche nannten. Er hatte sich in der Gruppe der Jungs wohlgefühlt. Vielleicht war er wieder dort. Oder er hatte sich doch in die Berge geflüchtet, zeltete in Polen in unserem Gebirge. Vielleicht war ihm auch das Geld schon lange ausgegangen, und er schlief in Südeuropa unter einem verwahrlosten Denkmal oder auf einer Verkehrsinsel. Vielleicht fuhr er an der Küste Neuseelands entlang, saß zwischen kettenrauchenden Arbeitern auf der Rückbank eines Kleinwagens. Wieder dachte ich kurz daran, Tom anzurufen und um Hilfe zu bitten.

Ich verschob die Entscheidung auf später und versteckte meine Hände in den langen Ärmeln des Pullovers.
Das blaue U-Bahn-Zeichen leuchtete zwischen den Häusern auf. So langsam kehrte meine Orientierung zurück. An die offensichtlichste Möglichkeit, nämlich daran, dass Leo längst an einer Überdosis oder auch an dem vielen Pech gestorben sein könnte, das seit der Kindheit an ihm klebte, wollte ich nicht denken. Eine Gruppe von Menschen zog mit Plakaten an mir vorbei und versperrte meinen Weg zur U-Bahn. Sie liefen den Ku'damm entlang, eskortiert von einer Polizeistreife. Esos, Skinheads, Spießer in einer Menge. Es war nicht leicht herauszufinden, wofür oder wogegen sie demonstrierten. Manche trugen Regenbogenflaggen, andere Deutschlandfahnen. Schilder mit durchgestrichenen Kraken, Tierbildern, Bücher, die aussahen wie das Grundgesetz. Sie riefen Parolen, in denen Russland, Amerika, Juden, Lesben, Angela Merkel und Flüchtlinge vorkamen, T-Shirts mit Meerschweinchen, Garfield, Buddha oder Hatebreed. Ich ließ mich von der Menge voranschieben, vorbei an den Kleider- und Apple Stores in Richtung Wittenbergplatz.
Nach den ersten Beschimpfungen, die mich durch das Dorf verfolgten und mir über Gartenzäune und Supermarktregale hinweg zugerufen wurden, schlich ich nur noch in der Dunkelheit nach draußen. Ich legte mich in Elisabeths Garten ins Gras und sah den anderen beim Fußballspielen zu, lief unruhig zwischen den Hortensien hin und her und ein paarmal die Straße vor dem Haus auf und ab. Die Schulaufgaben, die mir eine Lehrerin einmal pro Woche vorbeibrachte, erledigte ich im Wohnzimmer, zwischen den anderen Jugendlichen, die zum

Teil seit Jahren die Schule verweigerten. Sie mussten sich erst wieder langsam an Strukturen und Anforderungen gewöhnen, die es in ihrem unsteten Umfeld nicht gegeben hatte. Ich gehörte nicht hierher. Das sagten alle. Elisabeth, die Lehrerin, die Sozialarbeiter, der Polizist, mein Vater. Ich würde bald wieder gehen können, ich war schließlich nicht das Problem. »Vielleicht kommt eure Familie nach dieser kleinen Pause mit viel Abstand voneinander ja endlich zur Ruhe«, sagte der Polizist zu mir, als er seine Untersuchung abschloss und das letzte Mal seinen Ordner vor mir zuklappte. »Die ganzen Jahre müssen ja ein einziges Auf und Ab gewesen sein.« Er zählte mir die Therapien auf, die Leo wegen seiner Sucht schon hinter sich hatte. Klinikeinweisungen, Verhaltenstherapie, Narcotics Anonymus, Tageskliniken, Wohngruppen. Als er nach dem Jahr Intensivbetreuung aus Russland zurückkehrte, hatten alle eigentlich das Gefühl gehabt, dass es ihm endlich besser ginge.
Schon am ersten Tag, an dem ich wieder in die Schule gehen sollte, das Leben musste schließlich weitergehen, stellte sich mir eine Gruppe Mädchen mit wippenden Zöpfen und Typen mit schwarzen Bomberjacken in den Weg. Sie gehörten zu denen, die immer bei Leo gekauft hatten. Ihre Eltern waren mittelmäßig erfolgreiche Landwirte, Förster, Büroangestellte. Ich erinnerte mich, dass Leo auf sie herabgesehen hatte, und ich versuchte, seinen Blick zu imitieren. Ich dachte daran, was Leo über sie gesagt hatte. »Sie werden ihr ganzes Leben in diesem Dorf verbringen«, hatte er mir ins Ohr geflüstert, nachdem sie bei ihm ein paar Päckchen gekauft hatten. »Sie werden die Hemden ihrer Väter auftragen, die ihre Jobs

verloren haben, und sich Erdbeerschnaps zum Geburtstag wünschen. Stell sie dir alle mal mit dreißig vor«, hatte er gesagt. »Was meinst du, wo sie dann sein werden. Immer noch hier an diesem Bahnhof in diesen hässlichen Daunenjacken.« Ich verzog meinen Mund zu einem schiefen Strich.

Die Demo löste sich langsam auf, und die Menschen zerstreuten sich. Nur der harte Kern, ein paar Leute in Batik-Sweatshirts, liefen noch trommelnd neben mir die Straße entlang. Ihr Anliegen musste etwas mit der Anerkennung neuer Religionen zu tun haben, sie hielten Schilder in die Luft, auf denen neben den Meerschweinchen ein Kreuz, ein Davidstern und eine Mondsichel abgebildet waren. Sie riefen Sätze, die für mich keinen Sinn ergaben. Ich überlegte, ob sie eine fremde Sprache sprachen, sich eine Art geheimen Code überlegt hatten, oder ob ich einfach die Welt überhaupt nicht mehr verstand.

Früher hatte ich, auf Leos Schultern sitzend, die NPD-Plakate, auf denen »Einmal Deutschland und zurück« stand, von den Laternenpfählen abgerissen. Den anderen Plakatgesichtern hatten wir Bärte oder Clownsnasen gemalt, je nach Sympathie. An dem schmalen Sandweg Richtung Arbergipfel hielt einmal in der Stunde ein Bus, der Eisenstein mit den umliegenden Dörfern verband. Manchmal sah man Touristen mit Wanderkarten, die zu der Gaststätte auf dem Gipfel wollten. Oft verbrachten wir die Wochenenden in einer der Villen auf den umliegenden Hügeln bei Leos Freund Pascal. Inmitten der eierschalenfarbenen Couchlandschaft in seinem Zimmer hörten wir Jonathan Davis beim Schreien zu. Es gefiel mir, zu einer beliebigen Tageszeit einzuschlafen und spätnachts

wieder aufzuwachen, die Schattenrisse der Jungs vor den Laptops zu betrachten. Sie diskutierten über Politik, Philosophie, Games. Wenn ich aufstand, um Kaffee zu kochen, schliefen beide endlich, eingerollt auf dem Boden, in ihre übergroßen Hoodies gewickelt. Später saßen wir mit Kaffeebechern in den Händen auf Pascals Bett vor der Fensterfront und blickten auf das Dorf herab.
Pascal war als Säugling beim Babyschwimmen, danach beim Kinderturnen und im späten Grundschulalter in einer Qigong-Gruppe gewesen und dennoch linkisch und wortkarg geblieben. Die Pubertät verlängerte seine Arme, ohne zugleich Muskeln wachsen zu lassen, und seine Snapback Cap thronte auf einem Kopf, der zu klein für den zugehörigen Körper war. Sein Vater – glühender Felix-Baumgartner-Fan – feuerte ihn trotz aller Aussichtslosigkeit beim Fußball an und ließ keinen Zweifel daran gelten, dass sein Sohn ihm, dem ehemaligen Torkönig in der Kreisklasse, auf das Siegertreppchen nachfolgen würde. Vielleicht hoffte Pascals Mutter darauf, dass Pascal durch uns seine Schüchternheit überwinden würde. Der Vorsprung der anderen, die dem Verlauf der Pubertät mustergültig folgten, hätte zu groß werden können. Sie lud uns zu all den Grillfesten ein, die ihr Mann regelmäßig für seine Geschäftspartner, Kunden und ihre Familien ausrichtete.
Als sich die Gruppe von Jugendlichen vor mir aufbaute, dachte ich daran, wie wir auf einer dieser Partys unter einem weißen Sonnenschirm im Gras gelegen hatten. Geschmackvoll aufeinander abgestimmte Gartenmöbel aus Teakholz, wehende Stoffbahnen, brennende Fackeln und das Gebirgspanorama umgaben uns. Leo und Pascal

hatten hinten am Badeteich eine Line von der Modestrecke einer *Glamour* gezogen, bevor wir uns in dem warmen und nachhaltigen Rindenmulch ausstreckten, der den Boden um die Bar bedeckte. Den Höhepunkt des Abends, das Grillen eines Spanferkels, überließ Pascals Vater widerwillig den Angestellten eines Catering-Unternehmens. Die Männer versammelten sich um das Feuer, alleinstehende Frauen lachten an der Bar über ihre Erfahrungen mit Online-Dating und fühlten sich wie unter Freundinnen, sie standen in kleinen Gruppen zusammen und fingen das Rauchen wieder an. Die jüngeren zogen ihre Bolero-Jäckchen über, sie wollten nach möglichst viel Gratisalkohol noch weiterziehen. Der letzte Zug nach Regensburg fuhr um kurz vor Mitternacht. Pascals hübscher Cousin, der mit dem MacBook auf den Knien hinter einer Art DJ-Pult saß, spielte auf den Wunsch der Mädels *Spirit of the Hawk* von Rednex oder *Aïcha* von Khaled.
Wir drei lagen nah beieinander und schauten zu, stellten uns vor, wie der Pavillon, in dem die Gäste an einer langen Tafel aßen, Feuer fing, die Flammen auf die Tischtücher übergriffen und vom Wind zum Reetdach des Hauses getragen wurden. Der Dachstuhl von Pascals Elternhaus würde in sich zusammensinken, die teuren Teppiche im Schlafzimmer Feuer fangen. Die Flammen würden ihren Weg durch das Treppenhaus finden, keinen Unterschied zwischen Antiquitäten und Ikea-Möbeln machen, alles in Asche verwandeln. Sie würden auf die angrenzenden Häuser übergreifen, auf die vielen Fertighäuser, weiße Klötze von der Stange, auf die Holzhütten und die heruntergekommenen Häuschen mit grauer Fassade. An die Menschen, die in den Häusern lebten und arbeiteten, dachte

ich nicht. Es fühlte sich an, als wären sie eins mit dieser Provinzmasse, die uns umgab. Die Flammen würden den Wald ringsum erfassen, die Schule, die aussterbenden Einkaufszentren. Das Dorf würde einfach verschwinden, eine verbrannte Fläche, auf der kein Gras mehr wuchs. Es war nur eine Fantasie, die nach zu viel teurem Sekt in unseren Köpfen entstand und wieder verflog, nachdem wir aufgestanden waren und unsere Hosen und Hemden abklopften, um uns zu Pascals Eltern an den Tisch zu setzen.
Ich dachte an die Schlagzeilen über Jugendgewalt, die einen aus jeder Zeitung ansprangen. Texte über das Innenleben der Täter von Winnenden, Ansbach, Sankt Augustin. Thesen von Journalisten und Expertinnen über ihre Gefühllosigkeit, ihre Persönlichkeitsstörungen, ihre Computerspiele, ihre Süchte und ihre missratenen Familien. An die Thesen unserer Nachbarn über Leo, über die Vertuschung seines Drogenhandels durch mich, durch ihn, durch meine Eltern, über Schwule, Familiendramen, *Breaking Bad*, die erschreckende Ausbreitung von Crystal Meth in Bayern, Sachsen, Thüringen, über den Ameisenschmuggel an der Grenze. Alle hatten etwas dazu zu sagen. Das mit dem Familienstreit ist eine Schutzbehauptung, sagten die Leute. Da wird etwas verschleiert. So ein Feuerwerk zündet nur jemand, der etwas zu verbergen hat. Zum Beispiel eine ganze Crystalküche im Keller. Sie müssen ihm lange auf der Spur gewesen sein, sagten sie. Seine schmutzigen Geschäfte drohten aufzufliegen, deshalb hat er alles in die Luft gejagt. Es war ja nur eine Frage der Zeit, dass in dieser Familie etwas passiert.
»Slay, Alter«, sagte einer der Typen mit Bomberjacke und nickte in meine Richtung. Er klopfte mir auf die Schulter,

zog die Nase hoch und spuckte auf den Boden, um seine Worte zu bekräftigen. »Du hast nichts gemacht. Dabei hat es grün und blau geleuchtet über eurem Haus, von der ganzen Scheiße, die da verbrannt ist. Ich hab's gesehen. Mein Vater auch. Hinten beim Arber haben wir gestanden. Direkt neben dem Auto. Das waren Chemoflammen, habe ich gleich erkannt. Da ist doch ein Labor explodiert.« Ich wusste, dass das Gespräch wieder in die gleiche Richtung abdriften würde wie immer. Alle wollten wissen, was ich wusste. Ich hasste dieses Dorf, so wie Berlin mich heute hasste und in seinen Straßen verlorengehen ließ. Harriet und Jasmin wollten nichts mehr mit mir zu tun haben. Ich war mir sicher, dass ich alles verdorben hatte und sie sich nicht mehr melden würden.

Dann krochen die Flammen zurück in meinen Kopf. Die Flammen, die das Haus erfasst hatten, das laute Klirren, als die erste Bierflasche, der erste Molotow-Cocktail, auf dem Dielenboden im Erdgeschoss zerbrach, die Rettungswagen, ein Feuerwehrmann, Leo, der lässig am Gartenzaun lehnte und Kaugummi kaute, während das Haus in sich zusammenstürzte, sich mit der Hand durch die Haare fuhr und dann plötzlich verschwunden war, als ich das nächste Mal zu ihm hinübersah. Es war das letzte Bild, das ich von ihm im Kopf hatte.

Die Feuerwehrmänner suchten nach ihm. Sie durchsuchten den Garten, sie durchwühlten die Trümmer, trugen die schweren Balken, die den Dachstuhl gestützt hatten, beiseite, um zu sehen, ob er darunter eingeklemmt war. Sie suchten nach ihm im Dorf, in Regensburg und München und in den Wäldern entlang der tschechischen Grenze. Sie befragten alle, die ihn kannten, Pascal, unsere

Mitschüler und deren Eltern. Sie suchten nach Mädchen, mit denen er sich getroffen haben konnte, und versuchten, seine Routen nach Tschechien zu rekonstruieren. Er war nicht aufzufinden. Von Pascal hörte ich nichts mehr, ich sah ihn erst Monate später wieder, als ich zurück in die Schule kam. Er sah mich nicht an, redete nicht mit mir, drehte nur seine Mütze zwischen den Händen und ließ den Kopf hängen. Ich fragte mich, ob er der Polizei von unserem Feuertraum erzählt hatte.

»Mein Vater hat ihn drüben in Folmava bei den Vietnamesen gesehen«, sagte einer der Jungs. »Alles ist dort illegal, billig, gefälscht, sie sollten die Märkte schließen, aber es macht ja doch wieder keiner was, wie immer in diesem Kaff.« Er steckte die Hände in die Taschen seiner Daunenjacke und spitzte die Lippen, als wollte er ausspucken. Ich sah sofort seinen Vater vor mir, der im Stadtrat saß und ebenfalls konstant so wirkte, als ob er sich vor irgendetwas ekelte. »Das ist ja auch kein Wunder, wer weiß, wer alles daran verdient«, sagte ein anderer mit schwarzen Locken und nikotingelben Fingern. Er nickte, um seinen Worten mehr Nachdruck zu verleihen. »Da geht es um un-vor-stell-bare Summen. Wer weiß, wo er das Geld versteckt hat. Ich glaube nicht dran, dass niemand von euch etwas davon wusste. Ihr hängt doch auch mit drin.« Bei den letzten Worten wurde seine bis dahin kräftige Stimme leiser, und er schaute auf den Boden, als schäme er sich doch ein bisschen für das, was er gerade gesagt hatte. »Ich glaube auch, dass sie alles wusste. Jeder hat doch gesehen, dass der gestört war«, sagte ein Mädchen mit blondem Pferdeschwanz, das ich kaum kannte und immer für schüchtern gehalten hatte. Sie schaute an mir vorbei in die Gesichter der anderen, als wäre ich nicht da. »Aber sie hat mit Absicht nichts gemacht. Co-abhängig eben, hat meine Mutter gesagt.«

»Jetzt halt dein Maul, Nina«, sagte ein blondes Mädchen, von der ich mich zu erinnern glaubte, dass sie Vertrauensschülerin, Schulsprecherin und ziemlich beliebt war. Ich hatte sie schon auf Abifeiern singen und Bundesjugendspiele gewinnen sehen. Sie lehnte sich an die Mauer, die uns für den ganzen kommenden Tag auf dem Hof der Schule einschließen würde, und schürzte ihre Lippen zum Duckface, bevor sie weitersprach. »Versetz dich doch einfach mal in ihre Lage. Was würdest du denn machen, wenn dein Bruder deine Eltern umbringen will?«

Moskau, August 2019

Sie belieferten Supermärkte in Tschertanowo, einer Arbeitersiedlung, kleine Läden in der Innenstadt, einen chinesischen Imbiss und italienische Restaurants mit Austern, Käse und Kaffee. Nach ein paar Stunden, als die Lieferwagen schon fast leergeräumt waren, hielten sie noch vor einem unscheinbaren Verwaltungsgebäude am Kutusow-Prospekt und stellten die Transporter ab. Leo entzifferte ein goldenes Schild neben dem Eingang, auf dem irgendetwas von kommunaler Verwaltung stand. Die jungen Männer, Darios Bekannte, räumten rauchend vollgepackte Umzugskisten aus dem Wagen und stellten sie auf dem Gehweg ab. Leo half ihnen, sie die Treppen nach oben zu tragen, Ira blieb mit dem jaulenden Hund im Auto, er kratzte an den Sitzen und ging ihr auf die Nerven. Sie kamen mit ihren Kisten an Wachleuten, Drehkreuzen, Ausweiskontrollen vorbei, niemand beachtete sie. Die Wachmänner saßen nur da in ihren grauen Uniformen, als warteten sie auf Befehle, oder einfach nur auf den Feierabend.

Im oberen Stockwerk des Gebäudes saßen Menschen in Anzügen in einem großen Speisesaal und aßen zu Mittag. Andere trugen Aktenordner über die Flure oder telefonierten in den Gängen. Mit ausdruckslosen Mienen kamen Beamte aus einem Räumchen neben der Kantine gelaufen, in den Händen trugen sie weiße Papiertüten. Darin lagen Lebensmittel, mitgebracht von anderen fliegenden Händlern aus Finnland und Estland. Über dem Eingang des Raums hing ein ausgeblichenes Plakat mit der Aufschrift: »Finnland – ein wunderbares Märchen!« Auf dem Plakat waren Rentiere und Fichtenwälder zu sehen. Leo öffnete die Tür. Dahinter standen ein Ladentisch, Kühltruhen und Schränke voller Käse, Wurst und Milchprodukte. Etwas abseits lagen Päckchen mit finnischem Kaffee. Sie trugen die Kisten voller Camembert, Parmesan, Brie, Dorblu ins Lager. Die großen 200-Gramm-Blöcke, Mangelware für 120 bis 150 Rubel, gingen am schnellsten weg, erklärte die Verkäuferin. Die Beamten kämen in Wellen, je näher die Mittagspause rückte, desto voller werde es. Die Verkäuferin beteuerte, »die da oben« wüssten von der Existenz des kleinen Ladens und kümmerten sich nicht darum. Dann wandte sie sich ab und tat, als wären sie schon nicht mehr da.

Für die Beamten schien es kein Problem zu sein, sich den halben Tag mit Gesetzen zur Unterstützung der heimischen Wirtschaft zu beschäftigten und sie zugleich zu unterlaufen und für ihre eigenen Familien französischen Käse zu kaufen. Vielleicht sahen sie nicht einmal einen Widerspruch darin, die Moral für sich in Anspruch zu nehmen und sie zugleich zu verletzen. Leo hatte nicht lange gebraucht, um sich auf dieses seltsame Denken in Antinomien einzulassen, das in Moskau allgegenwärtig war. Eigentlich kam es ihm sogar zugute, dass Menschen um ihn herum gleichzeitig zwei Meinungen vertraten, die sich widersprachen. Man musste nur einen beliebigen Fernseher einschalten, um zu hören, dass Krieg Frieden

sei, Mangel Überlegenheit bedeute und Macht die Freiheit sichere.
Dieses Leben in Widersprüchen kannte er von früher. Sie hatten ihm nie etwas ausgemacht. Er war es gewohnt, dass jemand zu ihm sagte: »Alles ist in Ordnung«, und dabei wütend das Gesicht verzog oder in Tränen ausbrach. Dass jemand sagte: »Tu, was du willst, aber enttäusch mich nicht.« Manche seiner Kunden hatten bei ihm Crystal gekauft, um ein bürgerliches Leben mit Haus, Kindern und Vollzeitjob auszuhalten, das sie hassten, und zugleich Freiheit zu empfinden durch den Stoff, der sie an dieses Leben kettete, weil sie häusliche Sicherheit und Geld brauchten, um sich Crystal zu kaufen.
Als sie die Kisten abgeliefert hatten und zurück in den Transporter stiegen, schlief Ira auf dem Beifahrersitz. Sie war in ihren Schal gehüllt und schien sich nicht für die Aufregung der Männer zu interessieren, die das Geld zählten, das sie eingenommen hatten, und über die Behörden lästerten. Korruption gäbe es auch in Griechenland überall, erklärte der Typ mit den blonden Dreads und begann einen langen Monolog über eine unkontrollierte Finanzelite, politische Handlanger und die Medien, die wiederum der Finanzelite gehörten. Ira verschlief alles, und Leo war froh darüber, dass sie einmal zur Ruhe kam und nicht ganze Zeit auf dem Sitz herumrutschte und ihn nervös machte. Ihre Hand berührte sein Knie. Beim Warten auf die Lieferung hatte sie ihm erzählt, dass sie eigentlich Irina hieß. Ira war nur die übrig gebliebene Diminutivform aus ihrer Kindheit, die sie weiterhin benutzte, weil sie fand, dass der Name Irina so hart klänge.
Seine Schwester war mit den vielen Widersprüchen nie

klargekommen, die sie umgaben, wahrscheinlich wäre sie in Moskau verrückt geworden. Immer hatte sie nach der einen Wahrheit gesucht, nach irgendetwas, das sie vermessen, analysieren und beschreiben konnte. Sie hatte es nicht geschafft, einfach über die vielen Macken und Lügen hinwegzugehen, die überall an allen Menschen offenbar wurden, sobald man genauer hinsah. Sie blendete alles aus, was nicht in ihr Bild von der Welt passte. Wahrscheinlich sah sie ihn noch immer als missverstandenen Menschen, um den man sich nur etwas kümmern musste, damit er wieder aufblühte. Sie hatte nie verstanden, dass er ihr nicht einfach nachfolgen konnte, in dieses aufgeräumte Leben, das sie führen wollte.

In dem Transporter roch es nach Rauch und Schlaf. Leo dachte an die Colaflaschen, die sich unter den Sitzen sammelten, die zerknüllten Brötchentüten und die inhaltsleeren Gespräche der Männer auf dem Rücksitz. Er versuchte, sich auf die hupenden und rücksichtslosen Autofahrer zu konzentrieren, die den Ring hinunterasten. Auf die Fußgänger, die trotzdem über die Straße gingen, egal ob ein Auto auf sie zuschoss oder nicht. Der Typ mit den Dreads redete immer noch, obwohl ihm niemand zuhörte. Leo wusste nicht, warum er plötzlich an Nora denken musste. Ihr Name floss durch seinen Mund wie der fade Kaffee, den er sich in der Cafeteria der Behörde geholt hatte. Er zwang sich, ihn nicht auszuspucken, sondern blieb still und schluckte. Ein schmerzhafter Stich durchzog seinen Bauch wie ein Messer. Er räusperte sich. Nora sah ihn vorwurfsvoll an. Er sah sie vor sich auf der Motorhaube sitzen, die roten ungekämmten Haare flatterten im Wind, die blasse, fast durchscheinende Haut, wegen der niemand glauben wollte, dass sie wirklich Halbgeschwister waren, leuchtete. Er schloss die Augen kurz und riss sie wieder auf. Seine Schwester war verschwunden. Vor ihm lag nur die dicht befahrene Straße.

Sie fuhren ins Chen Chen, die kleine Nudelkantine im Bezirk Basmani. Leo hatte einen bitteren Geschmack im Mund von dem laschen Kaffee. Er trank einen Gin Tonic und bezahlte mit den Scheinen aus seiner Hosentasche. Der Barkeeper musterte ihn neugierig über die improvisierte Bar hinweg. Auf der Theke, über die sonst die Nudelboxen und Sommerrollen gereicht wurden, stand ein Mischpult, dahinter ein blonder Junge, der sich seine Kapuze ins Gesicht gezogen hatte, auf den Bildschirm seines Laptops starrte und anerkennend im Takt nickte. Um seinen Hals trug er eine Kette mit einem goldenen Kreuz. Volltätowierte Japanerinnen, ganz in Schwarz gekleidet, schenkten Schnaps an blasse, dünne Frauen mit sehr langen Beinen und Freundschaftsbändern an den Handgelenken aus. Junge Anzugträger sprachen hektisch tanzende Touristinnen an, die kicherten und tuschelten und sich Handküsse geben ließen. »Eurorussen«, nannte Dario sie. Sie waren angeblich Millionärssöhne.

Er ließ seinen Blick über die Anwesenden schweifen. Die meisten bewegten sich wie in Trance. Manche starrten vor sich auf den Boden oder machten unsichere Tanzschritte, immer leicht neben dem Takt, ganz in sich gekehrt. Dario hatte eine Gruppe um sich geschart, er redete und fuchtelte mit den Armen. Ira saß teilnahmslos auf einem Sofa, sie hatte sich den Schal um die Schultern gelegt und zog immer wieder die Nase hoch, sie sah genervt aus. Ihre

Wimperntusche war verschmiert. Er machte ein paar Schritte in ihre Richtung, drängelte sich an der Schlange von Leuten vorbei, die an der Bar bestellen wollten.
Sein Blick blieb an blauen Augen hängen. Seine Schwester kauerte vor ihm auf einem Barhocker, die Beine angezogen, die Arme um die Knie geschlungen. Sie war noch genauso zierlich wie früher. Oder vielleicht war sie auch nicht gealtert, seit er sie das letzte Mal gesehen hatte. Ein Teenager, so schmal, dass man sie immer erst einmal übersah, wenn sie einen Raum betrat. Erst später, wenn sie sprach, bemerkte man seine Schwester. Sie hatte diese immer etwas heisere Stimme, die ihn an die von Elizabeth Holmes erinnerte, wenn Nora auch nicht einmal im Ansatz so geschäftstüchtig war wie der weibliche Steve Jobs. Eher im Gegenteil, sie hätte für seine Geschäfte nie die Nerven gehabt, auch wenn sie sich selbst für klug und kühn hielt.
Er wandte den Blick ab und nahm sich vor, auch Ira an diesem Abend nicht mehr anzusehen. Vielleicht löste sie diese Visionen in ihm aus. Ein bisschen erinnerte sie ihn an Nora. Angeblich zerbrechlich, aber mit einem leicht genervten Zug um den Mund, den sie selbst nicht bemerkte. Als stünde sie irgendwie über allem. Er hatte immer geahnt, dass seine Schwester ihn irgendwann überholen würde. Wahrscheinlich war längst etwas aus ihr geworden. Junior-Professorin, oder so etwas. Sie war immer die Vielversprechende gewesen. Zumindest war das das Wort, das er am häufigsten im Zusammenhang mit seiner Schwester gehört hatte: vielversprechend. Vielleicht war sie auch im Gegensatz zu ihm ganz besonders herausgestochen.

Der Schmerz kehrte zurück. Diesmal traf er ihn eher wie eine der Ohrfeigen, die er im Entzug manchmal kassiert hatte, wenn er zur Entspannung vor dem Schlafengehen einen Joint rauchte und dabei erwischt wurde. Leo lief zu Dario hinüber und setzte sich zu der Gruppe. Sofort füllte sich sein Glas von allein. Auf dem Boden bildete sich eine Lache aus dem vielen Alkohol, den Darios Zuhörer verschütteten. Gazpromnachkommen tranken Tequila aus einem beliebigen Touristinnen-Bauchnabel.
Auf dem Parkplatz sammelten sie noch zwei Frauen auf. Sie waren stark geschminkt und trugen enge Etuikleider, dazu Plateauschuhe. Dario schien sich bei ihnen wohlzufühlen, sie teilten sich eine Zigarette. Die Eurorussen befummelten die Spanierinnen. Leo schwieg eine Italienerin an, die versuchte, ihm einen Kopfhörer ins Ohr zu stecken, um endlich nicht mehr allein Musik hören zu müssen. Ira schlief längst im Wagen. Er gab sich Mühe, sie nicht anzusehen. Sie zogen weiter. Glitten durch den Moskauer Verkehr. Durch die getönten Scheiben wirkten die Straßenzüge weicher und die Menschen freundlicher. Die Spanierinnen sangen die Lieder im Radio mit, bei David Guetta schrien sie geradezu: »If you love me till the end of time, then I will promise you the night of your life.« Dann lehnten sie ihre Köpfe an die Schultern der Männer und tranken Sekt mit Himbeersirup aus kleinen Fläschchen.
Kein Geräusch drang von der Straße herein. Alkohol und Sitzheizungen packten ihre Körper in Watte und ließen sie die Zeit vergessen. Im Radio lief ein alter Dido-Song. Leo küsste das erste Mal in seinem Leben Botoxlippen, er ließ nur die Oberfläche seiner Lippen auf ihnen liegen.

Jede Ablenkung war ihm recht. Ira sah ihn an, als könnte man über ihn nur lachen. Die Botoxfrau hielt ihn wohl für einen von denen, die das Geld mit vollen Händen ausgaben und denen Wohnungen gehörten, aus deren Fenstern man die beleuchteten Kuppeln der Basilius-Kathedrale sehen konnte, die in den Nachthimmel hineinragten, zumindest wusste er nicht, was sie sonst von ihm wollen könnte.

Eine schummrige Wärme umhüllte ihn, als er später neben ihr auf dem Ledersofa lag, seine Hände auf ihrer Taille. Ihre Lippen strichen über seine Stirn, ihre Haare über seinen Mund. Er stellte fest, dass sich Silikonbrüste, die schlecht gemacht sind, kaum bewegen, wenn sie berührt werden. Stattdessen bleiben sie an ihrem Platz und starren anklagend zurück. Die Narben, die sie unter sich verbergen sollten, erinnerten ihn an Striemen auf den Beinen eines Kindes, das durch ein Getreidefeld gelaufen ist. Er schloss die Augen und riss sie wieder auf, die Frau war plötzlich weg. Auch die anderen waren verschwunden. Nur ein paar Männer in weißen Anzügen schliefen auf dem Teppich. Einem fehlte die Hose. Die Frau, die ihn eben noch umschlungen hatte, trank Wasser aus dem Hahn in der Küche. Dann sammelte sie ihre Kleider auf und schwankte in Richtung Flur. Ihre Stirn war zerknittert, ihr Blick orientierungslos. Sie schlug die Tür hinter sich zu.

Er fand Dario im Schlafzimmer, er machte ein paar Portionen auf einem Plastiktisch fertig, die ihm wohl auf dem Weg zugeflogen waren. Eigentlich lief es immer gleich banal ab. Trotzdem zog es Leo zu den anderen auf den Boden, in den kleinen Kreis um den Tisch herum. Er lehnte sich an die Schulter von jemandem, den er nicht kannte, irgendein Typ mit roten Locken, und überlegte nicht lang. Die Anstrengung von Monaten fiel einfach in sich zusammen, als hätte es sie nie gegeben. Das Leuchten im Kopf begann, ein paar Sekunden nachdem er eine Nase gezogen hatte. Er streckte sich auf dem Boden aus. Staubfäden bildeten ein Netz an der Zimmerdecke, ein Riss in der Tapete dehnte sich aus, als würde der Raum bald in tausend Teile zerspringen. Dario steckte ihm Obst in den Mund. Eine einzelne Traube füllte seinen ganzen Mund aus. Leo träumte davon, wie sich das Spanferkel auf dem Grill von Pascals Vater drehte. Er sah dem Tier bei seinen endlosen Runden zu. Das Fleisch wollte nicht gar werden. Die Männer, die um den Grill herumstanden, sahen hungrig aus. Jemand legte ihm ein Kissen unter den Kopf. Er begann zu sprechen und konnte nicht mehr aufhören. Die Worte flossen aus seinem Mund. Der Rothaarige drehte ihn auf die Seite und das Erbrochene tropfte auf den Boden.

Er träumte davon, auf seinem alten Rennrad zu sitzen und mit Nora dem Hitzeflimmern nachzufahren, das immer wieder vor ihnen aufschien und dann verschwand, sobald sie näher herankamen. Auch die Wolkenschatten, die am Strand über sie hinwegzogen, holten sie nicht ein, egal wie schnell sie rannten. Das Grundstück des Ferienhauses erstreckte sich fast bis zum Strand. Alte Eichen und weiße Fliederbüsche verstellten den Blick aufs Wasser, aber man konnte das Meer vom Balkon der ersten Etage aus sehen. Sie lagen vor den großen Flügeltüren auf den Bohlen der Holzterrasse und erinnerten sich daran, dass sie mit wenigen Schritten die Stufen hinunter ins Gras bewältigen und mit einem kurzen Lauf zwischen den Bäumen hindurch das Meer erreichen könnten. Sie aßen packungsweise Colaeis vor einem kleinen Supermarkt an der Strandpromenade, während ihre Eltern versuchten, ihre Beziehung wiederzubeleben.

Sobald eine Packung leer war, kauften sie eine neue. Leo sah zu einer Gruppe von Kindern hinüber, die neben einem kleinen weißen Hund auf dem Boden kauerten. Das Fell des Hundes war schmutzig, und er hatte ein trübes Auge. Seine Leine war an einer Straßenlaterne befestigt. Die Kinder versuchten, ihn zu streicheln, aber er schnappte, sobald sie ihm zu nahe kamen. Die Pullover der Mädchen waren fleckig und ausgeblichen, dazu trugen sie kurze Hosen. Ein Mädchen mit langen roten Haaren hielt eine Zigarette zwischen den Fingern, sie fluchte, sobald der Hund sich ihr näherte. In ihrer Lippe steckte ein überdimensionierter Ring. Seine Schwester wollte endlich nach Hause, sie fand die Promenade hässlich und die Terrasse schöner. So ging es ihm zwar auch, und doch fühlte er sich zugleich unwiderstehlich von der Gruppe angezogen.

Er wachte auf dem Sitzsack auf und legte gegen den Kater erst einmal nach. Dario zündelte an dem Flyer eines Lieferservices herum. Das Klacken des Feuerzeugs wurde immer lauter. Er konnte seine Hände nicht stillhalten. Auf dem Glastisch in der Mitte des Zimmers schimmelte eine Pfanne. Sie frühstückten Bananen und Fertigsuppen aus Plastikbechern und tranken Milchkaffee. Mentholzigaretten ersetzten das Zähneputzen. Dann schauten sie Filme mit den harmlosen Gesichtern von Russell Crowe, Harrison Ford und am allerbesten Morgan Freeman,

tranken Longdrinks aus der Dose, aßen Kekse, die sie in Milch tauchten, und rauchten schachtelweise Jin Ling.
Der Tag raste vorbei, wie immer, wenn er drauf war. Er fragte sich, warum er dieses Gefühl bloß wieder so lange an sich hatte vorbeiziehen lassen. Alles ging so leicht. Während die anderen Jungs ihren Rausch ausschliefen, hatte er das nicht nötig. Stattdessen fuhr er den Transporter in Trance durch die Straßen, lässig parierte er die Versuche der Kunden, den Preis herunterzuhandeln, und bemerkte, dass Ira ihm dabei bewundernd zusah. Sie redeten über ihre Familie, das ganze Geld, das im Hintergrund war, aber an das sie und Dario niemals herankommen würden, weil ihr Vater es hatte verschwinden lassen, irgendwo auf den Bahamas oder in Puerto Rico. Sie erzählte von dem Sprachunterricht, den sie als Kinder bekommen hatten, und von den Staatsbürgerschaften, von denen in ihrer Familie wohl die meisten mehrere hatten. Sie sprach nicht nur Russisch, sondern auch Englisch, Deutsch und ein bisschen Mandarin.
Ira erzählte, dass sie immer selbstständig hatte sein wollen. Nicht mehr abhängig von dem Wohlwollen des Vaters. Keiner der anderen Jungs wüsste von ihrer Vergangenheit, aber ihm könne sie davon erzählen, weil sie wisse, dass er auch aus gutem Hause käme. Das sähe man ihm an. Auch aus ihm spräche die Wohlstandsverwahrlosung, diese selbstverständliche Arroganz, die sie von Dario kenne. Er folgte ihren Worten und versuchte das Bild seiner Schwester wieder loszuwerden, die ihm einen ihrer nervigen Vorträge hielt. Sie gehörte in eine ganz andere Zeit, zu einem ganz anderen Menschen als dem, der er geworden war. Er versuchte, ihre Besserwisserei, die moralischen Appelle

und vorwurfsvollen Augen zu vergessen. Er wollte Ira ansehen können, ohne dass Nora hinter ihr lauerte, bereit, ihn zu erschrecken.
Als er sie vor dem brennenden Haus hatte stehen lassen, hatte er keine Trauer oder schlechtes Gewissen verspürt, nur Erleichterung, dass diese Zeit der ständigen Enttäuschung endlich vorbei war. Nora war sowieso besser dran ohne ihn. Sie hatte ihm den Rücken zugedreht, nach den Rettungswagen Ausschau gehalten, die den Hügel hinaufrasten, und sich dabei die Ohren zugehalten, wie immer, wenn sie in der Nähe ein Martinshorn hörte. Das war das letzte Bild, das er von ihr im Kopf hatte. Vielleicht schrie sie etwas, er wusste es nicht mehr. Auch in seinen Ohren kreischten die Sirenen. Er hatte den Moment genutzt und den Schleichweg hinter dem Haus genommen, war mit seinen rußigen Turnschuhen über das Kopfsteinpflaster gelaufen, das er immer so gemocht hatte, vorbei an den Gärten, in denen bayerische Flaggen wehten und die Leute ihre Skier reinigten und deshalb nicht auf die Menschen achteten, die vorbeikamen. Sie blickten alle erschrocken in Richtung der Rauchsäule, die über den Häusern aufstieg, und nahmen ihn gar nicht wahr. Nur ein Hinweis sollte später eingehen, in dem ein dünner Junge im schwarzen Kapuzenpullover beschrieben wurde, der an den Gärten vorbeihuschte.
Das Kuvert in seinem Rucksack füllte sich. Ira zählte das Geld, das ihnen zahnlose Leiter von Supermärkten in die Hand drückten, und schrieb die Summe in einen Notizblock, den sie danach in das Handschuhfach zurücklegte. Der Motor des Transporters stotterte, Odekolon hatte sein Versprechen, sich darum zu kümmern, nicht

gehalten. Leo fuhr Ira nach Hause und brachte das Auto zurück zu der Lagerhalle, an der es die nächste Schicht abholen sollte. Er nahm das prall gefüllte Kuvert mit dem Geld noch einmal in die Hand, bevor er es in seinen Rucksack steckte. Kurz dachte er darüber nach, wie es wäre, jetzt einfach weiterzuziehen mit diesen Händen voll Startkapital. Er überlegte, wie es wäre, Dario, die Zwillinge, Odekolon, den grantigen Wlad und vor allem Ira hinter sich zu lassen.

Er sah sich selbst im Zug sitzen, auf dem Weg raus aus der Stadt. Ihm gegenüber würden alte Damen sitzen, Essiggurken in braunes Gelee tunken und sich unterhalten, so wie er es auf der Hinfahrt nach Moskau gesehen hatte. Vor dem Fenster würden die Datschen in Blau, Gelb und Grün vorbeiziehen, hier mussten früher die Trinkgelage der russischen Boheme stattgefunden haben. Dichter, Maler und Komponisten, aber auch besonders fleißige Melkerinnen oder Bergarbeiter erholten sich hier. Als nach der Perestroika massenhaft kleine Häuschen in der Moskauer Vorstadt gebaut wurden und Privateigentum erlaubt wurde, umzäunten alle ihre Grundstücke möglichst blickdicht. Manche Datschen wurden zu regelrechten Burgen ausgebaut. Neureiche hielten sich Krokodile in ihren Schwimmbädern auf den Grundstücken im Grünen. Hier störte sie keiner in ihrem Größenwahn.

Vielleicht konnte er in einem der leerstehenden Häuschen eine Weile unterkommen, bis er wusste, wie es weitergehen sollte. Vielleicht würde sich dort noch einmal das Gefühl der inneren Ruhe in ihm ausbreiten, das ihn in der Zeit im Internat manchmal überkommen hatte, wenn er in seinem Bett lag und den Atemgeräuschen der anderen Jungen um sich herum zuhörte. Zumindest wäre er dort für sich. Andererseits müsste er wieder ganz allein sehen, wie er den Tag herumbrächte. Jeden Morgen allein aufstehen, Wasser und Essen heranschaffen, irgendeinen Ablauf finden, der das Chaos ordnete und ihn abends einschlafen ließ. Er mochte den Alltag mit den anderen, das Arbeiten, die Energydrinks am Morgen und die schweren Mahlzeiten am Abend, das Treiben durch die Bars entlang der Moskwa, die Hotelzimmer am Kutusow-Prospekt und die kleinen Wohnungen in den Vororten.

Er schloss das Garagentor hinter sich und lief über die verdorrte Wiese in Richtung Metro. Wie immer sprang Leo über das Drehkreuz, an dem vor dem Einlass zum Tunnel die Tickets kontrolliert werden sollten. Unter den ewig misstrauischen, manchmal belustigten Blicken der Sicherheitskräfte stieg er in den Zug. Erst als er sich in dem Sitz zurücklehnte, spürte er das erste Mal an diesem Tag so etwas wie Müdigkeit. Er kannte es von den Trips, unendlich müde zu sein, aber nicht einschlafen zu können, diese chemiegetriebene, hellwache Klarheit, die er manchmal liebte, manchmal hasste. Die Metrowaggons ratterten über die Schienen. Immer wieder heulte ein Kreischen durch die Bahn, wenn sie durch eine Kurve fuhren. Die Menschen lasen mit ausdruckslosen Gesichtern ihre Zeitungen oder sahen Videos auf ihren Tablets an, suchten genervt in ihren Taschen nach Kopfhörern. Eine Kindergruppe teilte sich eine große Flasche Limonade. Auf dem Boden des Waggons lagen ihre Schultornister, über die immer wieder jemand stolperte. Flüche und Ermahnungen flogen durch die Luft. Leo schloss die Augen.

Er dachte daran, wie sie alles nach ihm durchsucht hatten, das ganze Dorf, die Wälder ringsum. Es gab Fotos von den Polizisten, die in dem verbrannten Haus herumliefen, umgestürzte Balken zur Seite schleppten, nachsahen, ob er darunter eingeklemmt worden war. Er sah die Bilder in der Zeitung, als er schon längst in einem Lastwagen Richtung Baltikum saß. Seine Schwester wurde nur am Rande erwähnt. Es war klar, dass alles ihm zur Last gelegt wurde. Sie hatten wahrscheinlich die Spuren seines Konsums und des Verkaufs gefunden. Die Polizei hatte das halbe Dorf und auch Pascal befragt, der sicher sofort alles erzählt hatte, was er wusste. Selbst wenn Leo gewollt hätte, hätte er nicht zurückgehen können.
Dann waren die Flammen wieder in seinem Kopf. Die Flammen, die das Haus erfasst hatten, das laute Klirren, als die erste Bierflasche, der erste Molotow-Cocktail, auf dem Dielenboden im Erdgeschoss zerbrach, die Rettungswagen, die aus dem Tal in ihre Richtung fuhren. Der schwerelose Lauf über das Kopfsteinpflaster, die Leere in ihm, die riesige Last, die irgendwo auf dem Weg von ihm abfiel und seitdem verschwunden blieb. Seine rußigen Turnschuhe, die geschockten Gesichter der Leute in ihren Vorgärten. Das Kreischen der Metro. Das mulmige Gefühl, als er sein Gesicht in den Zeitungen sah, das Befremden, als er die Thesen über sein Verschwinden las. Die Verbindungen, die zu *Breaking Bad* gezogen wurden, zu Amokläufen. Sein Herz stolperte vor sich hin, er spürte es, wenn er die Hand auf seine Brust legte.
Er träumte davon, wie er seine Schwester aus dem Container neben dem Erdbeerfeld in Griechenland angerufen hatte, verschwitzt und aufgeregt. Er hatte mit einem

Kollegen, der normalerweise in den Küchen von Touristenschiffen arbeitete, AIDA, Costa, Hansa, Zwiebeln und Gemüse im Akkord hackte, eine Line Speed gezogen und seinen schmerzenden Rücken mit einer Trinkflasche voll heißem Wasser gewärmt. Sein Entschluss, wieder nach Russland zu gehen, war in diesen Tagen in ihm herangereift, während er neben den anderen Erntehelfern in den Stockbetten lag und sich fragte, was ihn hier noch hielt. Seine Hände schmerzten, der Lohn war klein, und die ersten lustigen Wochen, in denen er ihn mit ein paar Surflehrern aus der Gegend in den Bars versoffen hatte, waren vorbei. Die Tage blieben monoton. Die meisten Helfer schliefen ein, sobald sie ihre Telefonate erledigt, ihre Nudelsuppen und den schwarzen Tee mit viel Zucker geschlürft hatten und danach auf ihre Matratzen fielen, er hingegen lag noch lange wach.
Die Sonne brannte auf seinen Schultern nach, und er dachte an die traditionellen Tauchgänge im Eiswasser, die er im russischen Winter mit den anderen Jungs im Dorfsee unternommen hatte. Der Gedanke an die hellgraue Eisdecke über ihm, an der er sich für die kurze Strecke entlanggetastet hatte, kühlte ihn ab. Er dachte an die vollständige Stille unter Wasser, an die warme Hand seines Betreuers Wilko auf seiner Schulter und daran, wie stolz er gewesen war, wenn er, unter den Blicken der anderen Jungs, aus dem Eisloch herausklettern und sich in ein Handtuch wickeln konnte.
Als er Nora anrief, ging nur ihre Mailbox an. Er sprach eine Nachricht auf das Band, dass er endlich nach Russland zurückkehren würde, dass es ihm dort gut gehen würde, und er glaubte für ein paar Momente wirklich

daran. Erst als er auflegte, überkam ihn die Angst. Er zerschlug das Handy mit einem Stein, den er neben dem Container fand, und steckte es in einen der Beutel mit Ernteabfällen, die alle paar Tage abgeholt wurden. Der schwarze Tee, den er am Abend trank, war unendlich süß. Sicher hatte jemand löffelweise Zucker in seine Tasse gerührt, als er nicht hingesehen hatte, warum auch immer. Als er im Bett lag, konnte er nicht einschlafen, vor lauter Aufregung und Teein und diesem strengen, vorwurfsvollen Blick, den seine Schwester ihm über Luftlinie zweitausend Kilometer hinweg zuwarf. Einen Tag und eine Nacht würde er brauchen, um zu ihr zu fahren, dachte er, und sein Kopf sank in das viel zu weiche rosa Kissen, als wäre er besoffen. Alles roch nach Nudelsuppe, Zucker, Tee, Schweiß, reifen Erdbeeren, Sorgen und der Hitze, die den ganzen Tag über den Feldern gehangen hatte.

Erst eine grimmige Lautsprecherdurchsage, viele Stationen später, weckte ihn. Er war halb vom Sitz gerutscht und musste sich anstrengen, um sich wieder aufzurappeln. Er sah sich um. Der Waggon hatte sich geleert. Nur ein alter Mann mit Vollbart lag quer über einer Sitzbank und schnarchte. Der Boden war versifft von verschütteter Limo. Zucker klebte an seinen Turnschuhen. Der Rucksack mit dem Kuvert mit den Tageseinahmen, den er neben sich auf den Sitz gestellt hatte, war verschwunden.

Berlin, August 2019

»Ach, fuck you, Tom«, dachte ich, als ich aufwachte, auf mein Handy schaute und als Antwort auf meine Sprachnachricht eine unendlich lange SMS von ihm vorfand. Sie schloss mit massenhaft Ausrufezeichen, vielleicht sollte das witzig sein. Vermutlich erklärte Tom mir auf eine sehr umständliche Art, wie schwierig es sein würde, Leos Nummer nachzuverfolgen und seinen Aufenthaltsort herauszufinden. Jeder einzelne Rechercheschritt würde eine Zumutung für ihn sein. Wahrscheinlich fragte er, ob ich schon mal daran gedacht hatte, dass es ja wohl wahrscheinlich sei, dass das Handy schon längst weggeworfen worden war oder von jemand anderem benutzt wurde. In seinen Worten läge dabei dieser belehrende Ton, den er draufhatte, wenn er genervt war. Ich ging davon aus, dass er mir in seiner Nachricht von den moralischen Bedenken erzählte, die ihn überkamen, wenn er einen ganz und gar Unschuldigen stalken sollte. Tom hatte schließlich ein unverrückbares Berufsethos. Vielleicht war der Text auch ein einziger langer Vorwurf, eine Anklage, weil ich mich so lange nicht gemeldet hatte seit der Trennung.

Ich rief ihn trotzdem an. Aufgekratzt redeten wir über Belangloses. Tom, der immer lauter sprach, wenn er verunsichert oder beleidigt war, versuchte das Gespräch an

sich zu reißen. Er redete nur von sich, von seinen Jobs, den Texten, den Filmen, den Geschichten, an denen er arbeitete. Seit er nicht mehr in irgendeinem wichtigen Hauptstadt-Ressort über Politik schrieb, machte er True Crime, redete mit Hinterbliebenen, Richtern, Tätern, Opfern, fühlte sich in sie ein und suchte nach dem universellen Gehalt, der ihre Geschichten relevant machte. Zugleich brauchten seine Protagonisten natürlich auch etwas Besonderes, Groteskes, das sie von all den Menschen abhob, die die Texte später lesen und sich überlegen fühlen sollten. Ich stellte mir vor, wie Tom Leos Geschichte in der Redaktion pitchte: »Nein, nein, nein, Tom«, würde seine neue Chefin sagen, die drei Jahre jünger war als er, »doch nicht noch mal so eine Crystal-Story. Das wäre 2010 gut gewesen – du kommst neun Jahre zu spät. Weißt du, woran Jamila gerade sitzt? An der Frau, die ihre Kinder auf dem Balkon vergraben hat. In Blumenkübeln. Auf den Leichen wuchsen Kräuter; Thymian, Lavendel und so. Niemand hat etwas bemerkt, obwohl alle mit ihr dort Kaffee getrunken und geraucht haben zwischen den Kräutern der Provence. Morde, Leichen, tote Kinder, verborgen im Alleralltäglichsten, das uns umgibt. Das ist eine gute Geschichte.«
Ich sah Tom vor mir, wie er an dem Kragen seines Jeanshemds herumzupfte, sich die langen blonden Haare zurückstrich, die ihm über die Schultern hingen, und die Stirn runzelte, als würde er konzentriert über den Rat nachdenken. Früher hatte ich die Falte zwischen seinen Augenbrauen mit den Fingern glatt gestrichen. »Denk mal an den Küchenzuruf für deine Story, Tom«, sagte seine Chefin und verdrehte die Augen, als würde sie sich

fragen, was diese Journalistenschüler überhaupt noch lernten. »Vor zehn Jahren hat ein Crystaljunkie versucht, sein Elternhaus in die Luft zu jagen – leider ging das schief. Und jetzt stell dir vor: Junge Mutter erstickt ihre Kinder und vergräbt sie vor ihrem Küchenfenster. Was würdest du lieber lesen?«

Es war seltsam, dass wir nach den drei Jahren, in denen Tom und ich miteinander nächtelang in Bars gesessen, Wein getrunken und geredet hatten, den anderen gepflegt hatten, wenn er Magen-Darm hatte, und uns irgendwann so aneinander gewöhnt hatten, dass wir den Großteil von Schamgefühlen voreinander verloren, jetzt wieder fast wie Fremde miteinander sprachen. Er musste angeben, als ob ich nicht jede kleine Schwäche von ihm längst kennen würde, und ich heuchelte Interesse an seinen Leichen und Abgründen. Erst ganz zum Schluss redeten wir über meine Bitte.

Tom versprach, dass er versuchen würde, Leos Aufenthaltsort herauszufinden. Er fragte nicht danach, warum ich ihm nie etwas von meinem Bruder erzählt hatte und warum er genau jetzt nach ihm suchen sollte. Wohl, weil er merkte, dass er mich in dieser Stimmung zu nichts überreden konnte. Vielleicht gab es zwischen uns doch noch etwas von der Vertrautheit, die zwischen Menschen entsteht, die oft miteinander geschlafen haben. Vielleicht konnte man daran manchmal schneller anknüpfen als an eine lang bestehende Freundschaft. Wir verabschiedeten uns mit dem losen Versprechen, ganz bald miteinander Kaffee trinken zu gehen. »Ich melde mich, wenn ich was hab«, sagte Tom, und wir blieben etwas zu lang in der Leitung und schwiegen. Dann legte er auf.

Jasmin hatte viel zu viel Geld überwiesen. PayPals Push-Nachricht leuchtete auf meinem Display. Den Verwendungszweck hatte sie leer gelassen. Ich überlegte, was ich zuerst bezahlen musste. An die Miete hatte ich nicht mehr gedacht. An die Krankenkasse auch nicht. Auf dem Boden lagen die ungeöffneten Briefe, Berge von Zeitungen und kostenloser Magazine. Im Kühlschrank war keine Milch mehr. Jedes Mal, wenn ich beim Einkaufen meine EC-Karte in das Kartenterminal steckte und die PIN eingab, hoffte ich, dass das Geld auf dem Konto noch ausreichen und die Zahlung nicht abgewiesen werden würde. Ich wollte meinen Kontostand lieber nicht wissen. Als Bachelorstudentin hatte ich oft von Monat zu Monat gelebt, bevor ich den Job im Werk angefangen hatte. Meist wartete ich auf den rettenden Tag des Monats, an dem das BAföG überwiesen würde, und überbrückte die letzten Tage mit Spaghetti und Tomaten.

Seltsamerweise wurde mein Umgang mit Geld immer irrationaler, je weniger ich davon hatte und je mehr ich hätte sparen sollen: Statt Lebensmittel kaufte ich ein schönes Seidentuch bei dem kleinen Stoffladen um die Ecke, das ich vor das Fenster hängen konnte. Für die Milch hatte es nicht mehr gereicht, weil ich schon Zigaretten gekauft hatte. Auf dem Laptopbildschirm ploppten ständig neue E-Mails auf. Wie so oft hatte ich den Termin bei der Therapeutin vergessen, zu der ich noch mindestens zehnmal gehen sollte. Annette rief immer wieder an und sprach abwechselnd besorgte und beleidigte Nachrichten auf meine Mailbox, Harriet und Jasmin ließen nichts von sich hören. Ich würde mich bald arbeitslos melden müssen, dachte ich.

Stattdessen erinnerte ich mich an die Kisten voller Dokumente, unsortierter Briefe, Steuerunterlagen, die sich in unserem Wohnzimmer angesammelt hatten und die Leo und ich dann, als wir den Überblick komplett verloren hatten, in den Garten trugen, um sie zu verbrennen. Sie standen zwischen dem ganzen Sperrmüll, alten Fahrrädern und modrigen Holzkisten. Regen durchnässte das Papier, Schnecken und Insekten lebten auf der Pappe. Leo saß morgens rauchend zwischen den Kisten auf seinem Plastikstuhl, ich sah ihn wieder vor mir, wie er den Kopf in den Nacken legte und den Rauch in Richtung der Baumkronen pustete.
Wenn Clara tagelang unterwegs war, drohte uns das Chaos zu überrollen. Leo räumte in der Küche schmutzige Teller hin und her. Er trug sie vom Tisch in die Spüle und vergaß sie dort gleich wieder, weil ihm auf dem Weg auffiel, dass die Kühltruhe leckte. Er begann sie zu reparieren und verlor dabei Schraubenzieher und Akkuschrauber. Wir fanden sie Tage später im Wohnzimmer zwischen den Sofakissen wieder. Ich wischte eine Arbeitsplatte ab, Leo kippte Kaffee darüber. Die Emotionen waberten durchs Haus wie eine unförmige Wolke und vermischten sich mit dem Raumsprayduft, den Leo in den Zimmern versprühte, wenn es zu unangenehm wurde. Aroma: Strandluft.
In Zeiten der Versöhnung ließen wir das Chaos hinter uns, fuhren im Van meines Vaters, der plötzlich vor der Tür stand und nicht aufhörte zu hupen, bis alle mit ihren Rucksäcken ins Auto gesprungen waren, ans Meer. Wir schliefen in einer mondänen Villa und stellten uns vor, dass sich alles wieder würde zurechtrücken lassen. »Das ruckelt sich ganz von allein, wirst schon sehen«, sagte Leo

und wiederholte damit die hoffnungsvollen Worte meines Vaters, die er im Auto aufgeschnappt hatte. Wir aßen packungsweise Colaeis vor einem kleinen Supermarkt an der Strandpromenade, während meine Eltern ihre Beziehung wiederbelebten, wir wussten von Gesprächen, Dorsch, Weißwein. Sobald eine Packung leer war, kauften wir eine neue. Leo konnte einfach nicht aufhören, zu essen.
Einmal kauerte uns gegenüber eine Gruppe von Kindern neben einem kleinen weißen Hund auf dem Boden. Das Fell des Hundes war schmutzig, und er hatte ein trübes Auge. Seine Leine war an einer Straßenlaterne befestigt. Die Kinder versuchten, ihn zu streicheln, aber er schnappte, sobald sie ihm zu nahe kamen. Die Pullover der Mädchen waren fleckig und ausgeblichen, dazu trugen sie kurze Hosen. Ein Mädchen mit langen roten Haaren hielt eine Zigarette zwischen den Fingern, sie fluchte, sobald der Hund sich ihr näherte. In ihrer Lippe steckte ein überdimensionierter Ring. Es war klar, dass Leo sich von ihr angezogen fühlte. Er konnte Leuten mit Problemen nicht einfach aus dem Weg gehen.
Ich versuchte einen Weg zu finden, das Geld, das Jasmin geschickt hatte, von meinem PayPal-Konto auf mein Bankkonto zu überweisen. Das erste Problem war, das Passwort für meinen Account einzugeben. Bei der E-Mail-Adresse schaffte ich es noch per Sprachsteuerung, aber das Passwort war immer wieder falsch. Immerhin kannte ich es auswendig und sprach es zuerst ganz langsam in das Mikrofon des Smartphones, dann ganz schnell. Doch nichts passierte. Es fühlte sich nach einer unüberwindbaren Hürde ein, an das Geld zu kommen, das doch

längst da war, das so viel lösen würde und das ich trotzdem nicht nutzen konnte. Ich schrie in das Handy hinein, dieses seltsame Kunstwort, irgendeine Buchstabenreihenfolge, die für mich letztlich genauso viel Sinn ergab wie jedes andere Wort, das ich zu verstehen versuchte. Das Handy zeigte derweil eine Sprachnachricht von Tom an: »Wollte mich ja melden, wenn ich was hab. Aber das kann noch dauern, ich finde hier vieles, aber ich kann es nicht zusammensetzen.« Ein Laberschwall begann, den ich mir nicht bis zum Ende anhörte. »Fuck you, Tom«, dachte ich. »Warum ist schon wieder alles so kompliziert mit dir?« Fast hätte ich heulen können. Ich war mir sicher, dass es diesmal helfen könnte, dass meine Tränendrüsen nicht nur irgendeine belanglose salzige Flüssigkeit produzieren würden, die dann in den Augen herumdümpelte, alles verschwimmen ließ, aber nicht raustropfen und über meine Wangen laufen wollte, sondern einfach wieder verschwand. Ich wartete auf die übliche verschwommene Sicht, wenn sich Tränen anstauten. Doch sie kamen nicht. Statt auf sie zu warten, dachte ich an Boris. Den Anti-Tom, der so oft wohltuend schwieg. Kurz fiel mir die unbekannte Frau auf seinem Profilfoto ein, sein entspanntes Gesicht. Ich überlegte, ob er vielleicht ganz froh war, nichts mehr von mir zu hören. Dann rief ich ihn trotzdem an. Wie immer sprachen wir nicht viel, sondern machten nur eine Uhrzeit aus, zu der wir uns treffen wollten.

Ich lief das vertraute Treppenhaus hinauf, in dem es nach Erbsensuppe und dem Gummi von neuen Turnschuhen roch. Seine Mitbewohner waren zu Hause, ich hörte die Soundtracks der Netflix-Serien aus den Bluetooth-Boxen dröhnen, als ich an ihren Türen vorbeilief. In

Boris' zweckmäßig eingerichtetem Zimmer lag ein neuer blauer Teppich, ansonsten hatte sich nichts verändert. Wie immer saßen wir erst einmal stumm auf seinem Bett herum, bevor er mich an sich zog. Heute etwas vorsichtiger als sonst. Er trug seinen grauen Jogginganzug und die rot gestreiften Socken in Birkenstock-Schlappen. Unter seinen Augen wuchsen schwarze Schatten. »Und? Was geht bei dir?«

Wir aßen Schnittlauchbrezeln, die er auf dem Weg von der Arbeit nach Hause vom Kiosk mitgebracht hatte, und tranken Eistee. Im Fernsehen lief eine Ratgebersendung. Für Boris war eine Wohnung ohne Fernseher keine richtige Wohnung. Ich kannte sonst niemanden, der so ein Gerät noch besaß. Alle streamten ihre Filme über ihre Laptops. Aber Boris wünschte sich ja sogar ein Festnetztelefon, das an einem angestammten Platz im Flur installiert werden sollte. Seine Mitbewohner hatten ihn für verrückt erklärt, als er das vorgeschlagen hatte. Er liebte es auch, wenn in der Küche genau die Küchengeräte vorhanden waren, die man für eine bestimmte Tätigkeit brauchte. Saucieren, um Soßen zu servieren, Schneebesen zum Sahneschlagen, Schlitzlöffel fürs Abgießen. Alles sollte an seinem Platz sein. Er hasste es, dass er bei mir jede Soße mit einer Suppenkelle über die Nudeln schütten musste.

Die Frau im Fernsehen sprach über die Vorzüge von Brennnesseltee bei Heuschnupfen. Ich überlegte, welchen Teil der Geschichte ich Boris erzählen konnte, und betrachtete ihn, wie er halb dämmernd neben mir lag und den Bildschirm fixierte. Er musste müde sein von seiner Schicht und der Hitze, die ihm entgegenschlug, nachdem er die heruntergekühlte Werkshalle verlassen hatte. Sein stoisches Aushalten meiner Rückzüge hielt uns zusammen. Er schien mir nichts nachzutragen, sondern ruhig abzuwarten, bis ich bereit war, ihm wieder ein kleines Stück meiner Geschichte zu erzählen. Manchmal waren schon Fragmente aus mir herausgebrochen, wenn wir uns nach einer Betriebsversammlung am See betrunken hatten, und ich hatte danach gehofft, dass er sie für sich behielt und mich nie wieder darauf ansprach. Bisher hatte er mich nie enttäuscht.

Als Fragen der Zuschauer zu Allergietropfen und Asthmaspray eingespielt wurden, nahm ich meinen Mut zusammen und fing mit der Panikattacke nach dem Anruf meiner Professorin an, weil ich davor selbst am allerwenigsten Angst hatte. Ich erzählte ihm davon, wie mir das Handy vor Schreck aus der Hand gefallen war und dass das Display einen Sprung davongetragen hatte. Von den Münzen, die über den Bürgersteig rollten, von der alten Dame, die neben mir an der Bushaltestelle saß und ihre Einkaufstasche, aus der massenhaft Karottengrün herausschaute, umklammert hielt, als wollte sie jemand überfallen. Ich erklärte ihm, dass ich versucht hatte, ein Plakat auf der anderen Straßenseite zu lesen, und dass die aneinandergereihten Buchstaben wie bei einer fremden Sprache keinen Sinn ergeben hatten.

Als ich ihm davon erzählte, gingen mir wieder die Sekunden durch den Kopf, in denen ich geglaubt hatte, von Demenz, einem Schlaganfall, Herzinfarkt oder Hirntumor betroffen zu sein. Ich dachte an die vielen Buchstabenkrümel auf dem Handydisplay, an die ersten Sätze meiner Abschlussarbeit, die ich zwar noch aus dem Kopf wusste, aber die ich auf dem Papier nicht mehr nachvollziehen konnte. An die Vermutung der Ärzte, all das habe mit meiner Psyche zu tun, und an die bedrohliche Zukunft, die mir bevorstehen mochte. Boris schüttelte den Kopf, er verstand nicht, wovon ich sprach. Wenn er nicht gerade in der minutenlangen Verzweiflung gefangen war, die ihn oft nachts überkam und wegen der er sich dann an mich klammerte, sah er die Dinge positiver als ich.

»Das wird schon wieder«, sagte er und drückte mich fest an sich. »Du bist doch so gut mit Worten.« Dann schwieg er auf diese komische beruhigende Weise, die alle dazu brachte, ihm so viel von sich zu erzählen, dass sie es danach bereuten. Ich stellte mir vor, ich würde es einfach aussprechen: »Mein Bruder hat mich zurückgelassen, als ich dreizehn war«, könnte ein erster Satz sein, um ein Gespräch über ihn anzufangen. Oder: »Mein Bruder ist drogenabhängig.« Die Sätze klangen nach guten Küchenzurufen, den besten traute ich mich allerdings nicht einmal zu Ende zu denken: »Mein Bruder wollte meine Eltern umbringen.« Der Satz leuchtete kurz auf, und ich hatte Angst, er könnte mir einfach aus dem Mund fallen, wenn ich die Lippen nicht ganz fest zusammenkniff und zu einem imaginären Gott betete, dass Boris einen einzigen redseligen Tag in seinem Leben haben und einfach etwas von sich erzählen möge, von der Arbeit, unserem Chef und den nervigen Kollegen.

Natürlich verwarf ich den Gedanken sofort wieder, sobald es mir gelang, die vielen Kommentare zu verdrängen, die ich an jeder Ecke über Leos Verschwinden hörte. Natürlich wusste ich es besser als die anderen, die nicht dabei

gewesen waren. Ich wusste ja, dass Leo wusste, dass unser Haus leerstand, als er sich entschied, es anzuzünden. Mir war auch klar, dass ihm die bayerische und tschechische Polizei, anders als es immer wieder dargestellt worden war, keineswegs auf den Fersen waren. Sicher hätte er noch ein paar weitere Jahre Geld mit dem Schmuggel verdienen können, auch wenn alle sich einen riesigen Fahndungsdruck zusammenfantasierten, der auf seinen Schultern lastete und der ihn zu der Kurzschlussreaktion genötigt haben mochte, einfach alles in Brand zu setzen.
Ich war mir sicher, meinen Bruder gut zu kennen, aber natürlich hatte ich damals trotzdem alles darüber gelesen, was ich über die Persönlichkeit von Brandstiftern herausfinden konnte, um ihn besser zu verstehen. Die meisten Texte waren veraltet und handelten von Pyromanen, die immer wieder Feuer legten und nicht eine einzige Tat begangen wie Leo. Um ihre Motive schien im ausgehenden 18. Jahrhundert eine psychiatrische Kontroverse entstanden zu sein. Die einen Wissenschaftler verorteten das Phänomen vor allem bei jungen Mädchen, Dienstbotinnen, die Scheunen und Gehöfte ihrer Herren anzündeten und so versuchten, ihren Lebensumständen zu entkommen. Ihre unreifen Gehirne schienen zu glauben: »Wenn das Haus abbrennt, bin ich überflüssig, dann bin ich frei.« Zumindest beschrieben es so die männlichen Psychiater, die sie begutachteten. Die anderen glaubten an »Feuerlust« durch eine gestörte Pubertätsentwicklung, die Angst vor dem sich verändernden Körper, Menstruation, dem ersten Samenerguss und somit letztlich an die erdrückende Angst vor Sex. Am schwierigsten aber, schrieben die Autoren, sei die Beurteilung, wenn gar kein Motiv

vorlag und die jungen Verbrecher nichts angaben als: »Ich wollte nur mal ein schönes Freudenfeuer machen.« Mich hätte es nicht gewundert, wenn Leo sich selbst der dritten Kategorie zugeordnet hätte. Egal ob es stimmte oder nicht, diese Erklärungen würden ihm gefallen, und ich war mir sicher, dass er in einem ganz ähnlichen Stil geantwortet hätte, wenn der junge Polizist ihn und nicht mich verhört hätte.

Boris antwortete nur wenig auf meinen Wortschwall, der sich über ihn ergossen hatte, er sprach nur ein paar beruhigende Sätze. Ich fühlte mich so sehr zu ihm hingezogen, dass ich mich fast schämte. Es war unmöglich, dass er mit seiner neuen Freundin auch so vertraut sprach, dessen war ich mir sicher. Boris roch nach Schweiß, Rauch, Sonne. Ich lag in seinem Arm, hielt mich an seinen langsam nachwachsenden Haaren fest, und wir tauschten Worte aus in diesem seltsamen Halbwachzustand, sprachen lange, ohne wirkliches Ziel. Ich erfuhr wieder ein paar Bruchstücke von seiner Familie aus Tuzla, von der er mir schon einmal erzählt hatte, mit ängstlichen Augen, rauchend vor dem Werk, das Telefon am Ohr, und die er danach nie wieder erwähnt hatte. Über die flachen Salzseen nahe der Stadt, an denen seine Freunde jetzt herumlagen, ihm Fotos und Videos schickten, von der Influencerflut, die den Ort, an dem er früher geskatet und geschwommen war, seit diesem Jahr okkupierte. Ich sprach über die Ruhepausen im Gebirge, die Stille, die sich in mir ausbreitete, wenn ich ungestört am Computer saß, um zu arbeiten. Und ich erwähnte auch Boris gegenüber Leos Namen, möglicherweise sagte ich sogar etwas darüber, wie sehr ich ihn vermisste, als ich tiefer in die

Matratze hineinsank und mir schwarz vor Augen wurde. Wahrscheinlich lag es an der Hitze, dass mir schwindlig wurde.

In der Dunkelheit lief alles noch einmal ab. Die Monate der Vorbereitung, die ich damals übersah und später ganz anders einordnen würde. Ich sah Pascal und Leo neben mir in einer leerstehenden Glashütte stehen. Wir ließen Flaschen an den Wänden zerbrechen, übten das Zielen und Werfen.

Immer wieder holte Leo neben mir aus, bevor das Haus anfing zu brennen. Gehetzt stopfte Pascal in Benzin getränkte Socken in Flaschenhälse. Ich sah mich selbst neben Annette auf einer Bühne stehen, wir beide in Hosenanzügen, stolz und mit gerahmten Zertifikaten in den Händen, Leo komplett abgefuckt, mit zerschlissenen Schuhen und einer Plastiktüte in der Hand vor einem Supermarkt, einen Hund mit einem trüben Auge, die perfekt symmetrische Skizze eines Bergkamms. Am liebsten hätte ich Boris die ganze Geschichte erzählt, oder zumindest alles, was ich darüber wusste.

Moskau, August 2019

»Hoffentlich hat noch niemand etwas gesagt. Hoffentlich hat noch niemand etwas gemerkt.« Wie so oft sprach Leo diese Sätze vor sich hin, wie so oft beruhigten sie ihn nicht. Seine Hände zitterten, als er sich die Kapuze seines Pullovers über den Kopf zog. Er rannte die Straße zu dem Apartment entlang, vorbei an den losen Zähnen, den zerfallenen Glasbauten. Vor seinen Augen flimmerte es, das Seitenstechen setzte ein. Er war viel zu spät dran. Die anderen mussten längst auf ihn warten und sich fragen, wo er abgeblieben war. Er sah Dario vor sich, wie er nervös auf und ab lief, das Handy fest umklammert in der Hand, schimpfend über die Inkompetenz, die ihn umgab, über die ständigen Vertrauensbrüche, all die Feinde um ihn herum. Noch hatte er ihn nicht angerufen. Am Bahnhof hatte Leo bei einem Outdoorladen einen Rucksack geklaut, um den Jungs nicht sofort mit seinen leeren Händen aufzufallen. Sie sollten glauben, dass das Kuvert mit den Tageseinnahmen sicher darin verstaut war. Er hatte ihn im Vorbeilaufen aus der Auslage genommen. Dann war er in die Bahn gestiegen, die ihn nach Nowokossino brachte.

Er hatte den Plattenbau, in dem sie lebten, ins Herz geschlossen. Er mochte den vermüllten Treppenaufgang und die vielen Sprichwörter, Liebesbekenntnisse und Beleidigungen, die jemand im Flur an die Wände geschrieben hatte. Trotz seiner Anspannung fielen sie ihm auf. »Gib dem Spiegel nicht die Schuld für dein hässliches Gesicht« stand in dicken roten Buchstaben über der Haustür. Darunter klebte eine einzelne Spiegelscherbe. Jedes Mal, wenn jemand die Tür öffnete, um auf die Straße zu gehen, musste er hineinschauen.

Er mochte sogar die Trinkerin aus dem Erdgeschoss, die Angst vor Einbrechern hatte, die angeblich durchs Viertel zogen und Jagd auf alte, alleinstehende Frauen machten. Die Geschichten von Raubzügen, bei denen Ersparnisse und Schmuck gestohlen wurden, machten die Runde in der Nachbarschaft. Deshalb legte die Frau nachts heimlich kleine Glasscherben im Flur aus, die knirschen sollten, sobald jemand darüberlief und ihrer Tür zu nah kam. Stattdessen verletzten sich Hunde und Kinder daran, die am Morgen die Treppe hinunterrannten. Oft wurde sie von den anderen Bewohnern beschimpft, damit sie sich endlich zusammenriss, doch das nutzte nichts. Immer wieder schlich sie sich aus ihrer Wohnung und streute die Scherben von Bierflaschen aus. An manchen Tagen saß die Frau auch vor ihrer Wohnung auf der untersten Treppenstufe, hielt sich am Geländer fest und versuchte den Eindruck zu vermitteln, dass sie alles im Griff hatte. Sie wies die vielen Kinder zurecht, die jeden Tag pöbelnd und lachend durch den Flur tobten. Sie schrie ihnen nach, bedachte sie mit altertümlichen Schimpfwörtern, doch keins reagierte. Leo schob die Scherben auf seinem Weg durchs Treppenhaus mit dem Fuß beiseite und stieg mit schnell schlagendem Herzen die Stufen zu der Wohnung hinauf.

Er dachte an die Momente vor einer Geldübergabe, die er tausendmal erlebt hatte. Immer hatte er das Pulver in einem wiederverschließbaren Gefrierbeutel in seinem Rucksack und ein Springmesser in seiner Hosentasche bei sich getragen. Er wusste ja nicht, wer auf ihn wartete. Es konnte ein einzelner Student sein, der sich, als ebenfalls harmloses Glied in der Kette, als Kurier seine Pflanzen finanzierte, oder aber jemand, der nichts mehr zu verlieren hatte, weil er schon ganz unten angekommen war, und ihn ansprang, sobald Leo ihm zu nah kam. Seit dem Überfall auf der Party hatte er gern ein Messer bei sich, wenn er abends durch die Moskauer Straßen lief, schon alleine wegen der Schwulenjäger, die sich in kleinen Gruppen zusammentaten und vor den Szeneclubs patrouillierten. Oft schloss er seine Hand darum, wenn er mit jemandem vor dem »Propaganda« sprach. Er fühlte es in seiner Hosentasche brennen.

Er hatte die Vorahnung, dass ihn eine Katastrophe erwartete, als er die Wohnungstür öffnete. Er rechnete mit einem Sturm an Fragen und Beschimpfungen, obwohl ja eigentlich noch niemand wissen konnte, dass er viel Geld verloren hatte. Alles lag unverändert an seinem Platz, die Kinderstiefel, die vielen Jacken, die sich auf einem Haufen stapelten. »Hallo, ich bin wieder da!«, rief er und versuchte, seiner Stimme einen fröhlichen Klang zu geben. Irgendeine House Playlist lief und übertönte sein Rufen. Die Zwillinge hingen mit roten Augen auf der Küchenbank und lehnten sich beim Zwiebelschneiden an die bestickten Kissen, die überall in der Wohnung herumlagen. Sie nickten ihm zu und begrüßten ihn per Handschlag. »Hässliche Nichtskönner« hatte ihr Onkel die

Brüder am Abend zuvor genannt. Leo hatte danebengestanden und geschwiegen, er wusste nicht, worum es ging, und hoffte, nicht selbst die Aufmerksamkeit auf sich zu ziehen. Wenn sie nicht spurten, würde er ihnen die Zungen herausreißen, hatte Wlad gerufen und die Tür hinter sich zugeknallt. Die Jungs hatten mit den Achseln gezuckt. Diese Drohung hörten sie seit Jahren und nahmen sie nicht mehr so ernst, wie sie es als Kinder getan hatten. Dennoch mussten sie den Onkel besänftigen, wenn sie nicht schon wieder aus seiner Wohnung fliegen wollten. Deshalb schnitten sie Zwiebeln für sein Lieblingsessen Gulasch und weinten ein paar Tränen. Fleisch briet bereits in einem großen Topf.

Der Hund stand vor dem Herd auf seinen Hinterbeinen und versuchte mit der Schnauze ein paar Stücke zu erwischen. Er jaulte unruhig. Ira quietschte im Badezimmer, die ganze Wohnung roch nach der künstlichen Zitrone aus ihrem Badeschaum und gebratenem Fleisch. Dario lag in Bauchlage ausgestreckt auf dem Teppich im Schlafzimmer und rührte sich nicht. Einen so tiefen Schlaf ließ er nur zu, wenn sie unter sich waren. Manchmal sackte er, sobald er die Zimmertür hinter sich geschlossen hatte, in sich zusammen und schlief auf der Stelle ein, so erschöpft war er von dem vielen Organisieren, Telefonieren und dem ständigen Wachsamsein. Sein Kopf lag auf einem zusammengeknüllten Pullover, das blonde Haar fiel ihm in die Stirn, sein Mund stand leicht offen. Leo setzte sich neben ihn auf den Teppich und betrachtete die vielen blauen Spiralen, die den Teppich überzogen.

Er erinnerte sich daran, wie er auf Entzug nachts in dem großen Schlafsaal des russischen Internats gelegen

hatte und den nächsten Tag vor sich ablaufen sah. Er versuchte vorwegzunehmen, was wohl passieren würde. Er dachte an die Saprawka, eine Umschlagmethode für Bettwäsche, bei der jede Stoffkante genau auf der anderen liegen musste und die ihm nie perfekt gelang, an das Zusammenkommen beim Frühstück, an Marmelade und schneeweiße Brötchen, Bohnenkaffee. An die Morgengymnastik, fünfzig Hampelmänner, zwanzig Liegestütze, zwanzig Kniebeugen, den Schulunterricht, in dem sie alle mit Anzug und Krawatte in ihren Stuhlreihen saßen, erinnerte sich an die schwierigsten Situationen am Nachmittag, in denen er sich abhärten musste, gegen die Sprüche, Schubsereien, Rangeleien mit den anderen. An den Küchendienst, das viele Fleisch, das Kompott, das sie zum Nachtisch herunterschlangen. An all das hatte er sich nach ein paar Tagen gewöhnt, aber er fragte sich, was da noch kommen konnte, das er nicht voraussah, ob ihm etwas Gefährliches drohte, das er übersehen hatte.
Oft hatte er sich die hellseherischen Fähigkeiten seiner kleinen Schwester gewünscht, die an einem beliebigen kalten Morgen aus der Tür treten und wissend mit dem Kopf schütteln konnte. »Lawinen«, sagte sie, nachdem sie einen prüfenden Blick in den Himmel geworfen hatte. »Ich sehe es schon, da liegt was in der Luft.« Meist hatte er auf sie gehört und war zu Hause geblieben, manchmal war er doch mit Pascal losgezogen, mit dem trotzigen Gefühl, es besser zu wissen. Sie hatten sich ihre Snowboards auf den Rücken geschnallt, Tee gekocht und waren durch den Neuschnee zum Skilift gelaufen, der sie zu den Pisten bringen sollte. Kaum hatten sie die Baumgrenze passiert, drehte der Wind, aufwirbelnder Schnee ver-

nebelte die Sicht, ein grauer Schimmer legte sich über die Abfahrten. Meist kehrten sie um, tranken ihren Tee am Fuße des Berges auf einer Bank und rauchten noch eine Zigarette, bevor sie nach Hause zurückkehrten. Wenn sie sich doch trauten, zu fahren, spürte Leo die ganze Zeit über den mahnenden Blick seiner Schwester auf sich, ihr spöttisches Lächeln, weil sie natürlich wieder recht gehabt hatte.

Doch Nora war nicht da, um ihm einen Rat zu geben oder in die Zukunft zu schauen. Schon während er da lag, dachte er an den nächsten Abend, der im Schlafsaal auf ihn zukommen würde, an die dünnen Matratzen und zu kurzen Decken und die lauten Geräusche der anderen, das Schnarchen und Fluchen, das Umblättern von Buchseiten, leises Stöhnen und Kichern. Während der Entzugsschweiß an ihm herunterlief, überlegte er, einfach wegzulaufen. Er stellte sich vor, irgendwo in dem kleinen Kaff, an irgendeinem Kiosk, in irgendeiner verdreckten Einzimmerwohnung etwas zum Ziehen aufzutreiben. Sein Körper verlangte nach der Hitze und der himmlischen Klarheit, die sich nach einer Portion Crystal in ihm ausbreitete. Stattdessen fühlte er sich ausgelaugt, sein Mund blieb trocken, egal wie viel er trank. Er stürzte einen Liter Wasser aus der Trinkflasche herunter, die immer neben seinem Bett stand. Trotzdem träumte er davon, in der Wüste verlorenzugehen, sich in dem endlosen heißen Sand zu verlaufen, unwiderstehlich angezogen von der blauen Linie des Horizonts. Die ersten drei Monate würde er das Internat nicht verlassen dürfen.

Um sich herum hörte er die geflüsterten Gespräche der anderen. Sie machten Pläne für die Zeit nach dem Internat. Ein Teil von ihnen würde, sobald sie achtzehn wurden, in die russische Armee eintreten. Immer wieder fiel das Wort Kachalka, das Training, das auf die Härte der Initiationsriten vorbereiten sollte. Die Betreuer redeten von den Aufgaben in der Armee, als seien sie eine heilige Pflicht, die Krönung des irdischen Lebens. Doch die Jungs zweifelten. Sie stemmten Gewichte, um wehrhaft zu sein, gegen die Prügel der Vorgesetzten, die Dedowschtschina, die sogenannte seit Generationen weitergegebene »Herrschaft der Großväter«, und kräftig für die Dienste, die ihnen im ersten Jahr in der Armee bevorstehen würden. Es war ein offenes Geheimnis, dass harte Zeiten sie erwarten würden, sobald sie das Internat verließen, denn natürlich hatten sie alle große Brüder oder ältere Freunde, die ihnen von dieser Zeit erzählt hatten. Die Geschichten verbreiteten sich rasch in den Vierteln, in denen sie lebten. Fast jeder kannte jemanden, der verwundet aus Tschetschenien, der Ostukraine oder Syrien zurückgekehrt war. Desillusioniert, desorientiert, verstümmelt. Zugleich lockte das Gehalt der Kontraktniki, der professionellen Zeitsoldaten, und die Aussicht, für den patriotischen Kampf geachtet zu werden.

Nicht zuletzt konnten sie sich kaum vorstellen, was sonst noch in ihrer Zukunft geschehen sollte. Sie glaubten nicht an eine Chance, in die Moskauer Mittelschicht eintreten zu können. Eigentlich hassten sie diese Söhne aus der schimmernden Großstadt, die so viel hatten, ohne es auch nur zu bemerken, genauso sehr wie die äußeren Feinde, die ihr Land bedrohten und die verantwortlich waren für die Freudlosigkeit, die sie umgab, die Armut und die Leberzirrhosen ihrer Großväter, Väter und Brüder.

Draußen in der vermeintlichen Freiheit waren die meisten von ihnen als Taschendiebe unterwegs gewesen, manche hatten Drogen genommen. Gemeinsam hatten sie, dass sie zumeist aus den Außenbezirken der Hauptstadt oder aus abgehängten Landesteilen stammten, Minderheitengebieten wie Burjatien oder dem Nordkaukasus. Viele ihrer Eltern waren verstorben, Alkoholiker, drogensüchtig oder saßen im Gefängnis. Andere von ihnen kamen, so wie Leo, aus dem europäischen Ausland. »Kinder und Heranwachsende mit hochkomplexen störenden Verhaltensweisen, bei denen andere erzieherische Interventionen gescheitert oder vom Scheitern bedroht sind«, hatte auf dem Aufnahmebogen gestanden, den seine Schwester ihm vorgelesen hatte. Für Jugendliche wie ihn galt die Institution als letzte Stufe in einer langen Kette von Hilfsangeboten und Maßnahmen, die sie nicht gesund oder zumindest alltagstauglich gemacht hatten. Sie hatten eine Sonderstellung im Internat, weil sie Perspektiven hatten und nur kurz in das Eiswasser der militärischen Erziehung getaucht wurden, bevor sie zurückkehren konnten, in eine freundlichere Welt.

»Russische Erziehung ist nun mal hart«, hatte Noras Vater oft zu Leo gesagt, bevor er ihm von den Campingstühlen erzählt hatte, die sein Stiefvater auf seinem Rücken zerbrochen hatte, als er selbst noch ein Kind war. Wer scheiterte, galt als schwach. Michail selbst hatte es nie fertiggebracht, Hand an die Kinder zu legen, und manchmal war das etwas, das er bedauerte, zumindest sagte er das in Momenten, in denen Leo wieder einmal abzustürzen drohte, schlafend vor dem Bahnhof auf einer Bank gefunden wurde. Als Leo ihm vollends über den Kopf

wuchs mit seinen vielen Problemen, schickte er ihn in das Dorf im Ural. Es war kleiner Ort, der nicht nur geografisch meilenweit von allen großen Städten entfernt war. Neben dem Internat gab es hier nur ein paar Wohnblocks, Birkenwälder und einen moorigen See. 190 Menschen lebten in dem Dorf. Sie gingen den Jungs, die hier umerzogen werden sollten, aus dem Weg, fühlten sich bedroht. Die Betreuer nahmen Leos Sucht nicht wirklich ernst, das wurde ihm schnell klar. Er war einer der leichteren Fälle, der, anders als die harten Brocken, nicht isoliert oder streng kontrolliert wurde. Sie glaubten tatsächlich daran, dass er das schaffen würde mit dem Entzug.
Noch hatte niemand etwas gesagt, noch hatte niemand etwas gemerkt. Sonst wäre es nicht so ruhig in der Wohnung. Leo starrte an die Decke. Der Ventilator drehte sich. Als könnte er so die Kontrolle zurückgewinnen, zählte er von zehn rückwärts. Dann von zwanzig. Dann wieder von zehn. Doch nichts passierte. Niemand rief an oder schlug wütend gegen die Tür. Stattdessen sprang Ira mit ihren nackten Füßen durch den Flur und verteilte überall Zitronenschaum. Um ihren Kopf war ein Handtuchturban gewickelt. Es winselte in der Küche, jemand musste den Hund ausführen. Seine schmutzigen Pfoten verteilten das Badewasser überall. Die Wohnung vergammelte langsam von innen. Den anderen war das egal. Leo versuchte sich zu sammeln. Er dachte an die vielen Mutproben, die er im Internat überstanden hatte, an die Glücksgefühle, als er nach langer Zeit einmal einen Abend wach lag, ohne an einen Drogenrausch zu denken.
Gegen seine Sonderstellung galt es anzukämpfen. Oft spürte er die Blicke der anderen Jungs, ihren Neid, manch-

mal fast Ehrfurcht, oft Hass. Deshalb gab er sich Mühe, immer derjenige zu sein, der am meisten trainierte, sich am meisten zutraute, als Erstes aufstand, Schuld für allerlei kleine Vergehen auf sich nahm. Wann immer jemand heimlich geraucht oder Hasch ins Haus gebracht hatte, sagte er, er sei es gewesen. Die Betreuer ahnten, dass es nicht stimmte, doch sie ließen ihn gewähren, und ihr Ärger wurde auf diese Weise von den anderen abgelenkt. An ihrer Stelle saß Leo in der Großküche und schälte Berge von Kartoffeln, kochte Kompott ein, pflückte Äpfel von dem einzigen Baum, der auf dem Gelände stand. Er machte die zusätzlichen Liegestütze bei der Morgengymnastik und übernahm soziale Dienste in der Schule, Wiedergutmachungen, wie sie es nannten. Seine Stellung unter den anderen verbesserte sich jedoch erst, nachdem er sich auf das Eisbad in der Nacht zum Dreikönigstag einließ, eine Tradition der russisch-orthodoxen Kirche, die das Internat pflegte. Es diente dazu, sich symbolisch von den eigenen Sünden zu reinigen, und davon trugen die Jungs mehr als genug mit sich herum, so sah es zumindest die Internatsleitung.

»Wer nicht schwimmt, der ist ein Pidaras!«, riefen die Jungs einstimmig, nachdem sie frühmorgens durch die Gymnastik gehetzt und in dem großen grünen Bus der Betreuer zum See gefahren waren. Mit Anlauf sprangen sie alle gemeinsam über einen schmalen Graben und landeten auf einem Feld. Die Erde bestand aus gefrorenen Klumpen, die sie vor sich herschossen. Die Betreuer gingen vorweg. Leo trug nur seine Badehose, das Handtuch, das er sich über die Schultern gelegt hatte, und zu kleine Badelatschen. Seine Füße waren so gewachsen im letzten

Jahr, dass ihm alle Schuhe zu klein geworden waren. Die Eisfläche schimmerte im Licht. Es war viel zu früh am Morgen. Die Familien, die hier manchmal Schlittschuh liefen, waren noch nicht da. Sie saßen sicher noch beim Frühstück. Betreuer Wilko schleppte eine Kettensäge über seiner Schulter. Gefrorene Wassertropfen hingen in seinem Bart. In der Mitte des Sees angekommen, schlug er zunächst mit einer Axt auf die Eisdecke und sägte dann zwei saubere Löcher hinein, die ein paar Meter voneinander entfernt waren.
Vorsichtig ließ Leo sich auf das Eis sinken und glitt dann ins Wasser. Bis heute erinnerte er sich an den stechenden Schmerz, der in seinen Körper schoss und ihn nach Luft ringen ließ. Die Kälte, die seinen Körper zusammenpresste und dann alles betäubte, als er tiefer im Wasser versank. Es war unerträglich. Er bekam kaum Luft, als er in die aufgerissenen Augen der anderen Jungen blickte, die um das Loch herumstanden und ihm dabei zusahen, wie er versuchte, sich den Weg unter dem Eis in Richtung des nächsten Lochs einzuprägen. Es war nur zwei Meter entfernt, drei, vier Schwimmzüge, dann würde er wieder auftauchen.
Ira betrachtete ihre Frisur im Spiegel, während Leo sich die Stiefel zuband. Seine Hände zitterten noch immer, als sie die Wohnungstür hinter sich schlossen. Ira rollte mit den Augen, als sie den Hund über das Glas im Treppenhaus tragen musste. Leos Gesicht leuchtete weiß in der Spiegelscherbe, als wäre ihm sehr kalt. Auf der Straße verteilte ein Junge Zeitungen. Gemüsestände mit verschrumpelten Karotten und Kartoffeln aus den vielen Datschengärten wurden am Straßenrand aufgebaut.

Frauen blieben mit ihren High Heels im Kopfsteinpflaster stecken. Sie liefen auf zerbrochenen Absätzen weiter und schleppten die Tüten voller Gemüse zu ihren Autos. Der verfilzte, unfassbar hässliche schwarze Hund hasste die Leine, die Pita Leo in die Hand gedrückt hatte. Also trottete er einfach so hinter ihnen her, schnüffelte an den Häusermauern und den Luftschächten, aus denen Blini-Duft aufstieg.
Knallharte Alleinverdienerinnen wirbelten in den Kellerbackstuben und buken zehn Pfannkuchen gleichzeitig, damit die Straßenbauer etwas Süßes zu essen hatten. Nachmittags würden die Männer nach Kaffee und Zucker schreien und sich besänftigen lassen von den alten Damen mit den grantigen Gesichtern, die ihre Mütter hätten sein können. Überall roch es nach Vanille und dem Fett, in dem die Blinis geschwenkt wurden. Leo war schon einmal mit Dario dort gewesen. Nach dem Essen hatten sie satt und zufrieden vor der Backstube gesessen, die fettigen Finger an ihren Jeans abgewischt und die Arbeiter beobachtet, die schwitzend Pflastersteine schleppten.
Leo fragte sich, ob es für ihn wohl vorgesehen war, irgendwann einmal irgendwo anzukommen. Ob er dieses prekäre Heimatgefühl, das ihn im Internat überkommen hatte, wohl einmal wiederfinden könnte. Ob es ihm dann gelingen würde, es festzuhalten und in sich zu tragen, zumindest für eine Weile. Etwas in ihm bildete sich ein, dass es vielleicht in der Nähe von Dario und Ira wieder aufkommen könnte, wenn sie sich länger kennen würden. Zumindest verband ihn etwas mit den beiden, dessen war er sich ganz sicher.

Ira nickte den Bauarbeitern zu und hakte sich bei Leo unter, sie wirkte ausgelassen und kicherte, ohne dass er den Grund dafür kannte. Sie wechselte die Stimmungen schneller als ihre Frisuren. Mehrmals täglich »raste der Fahrstuhl in den Keller«, wie sie es nannte, dann rollte sie sich auf dem Sofa zusammen und schien mit offenen Augen in einen tiefen Schlaf zu fallen. Sie fixierte einen festen Punkt im Raum und bewegte sich nicht. Manchmal streichelte Leo ihr eine Weile beschwichtigend über den Rücken, als wäre sie ein alter Hund, der sich mit Schmerzen herumquält. Sie schien nichts davon zu spüren. Nur ihre Beine zuckten unwillkürlich. Manchmal schoss der Fahrstuhl aber auch in den obersten Stock, so wie jetzt gerade. Sie strahlte ihn an. Ihre spitzen kleinen Zähne bohrten sich in die Unterlippe. Trotz der Hitze trug sie ein Hemd, das er noch nie an ihr gesehen hatte. Statt das dicke Make-up aufzutragen, das orange Ränder an ihrem Kinn hinterließ, hatte sie heute nur ihre Lippen geschminkt. Kleine Pusteln überzogen ihr Gesicht. Pink leuchtete der Mund dazwischen. Ihm wurde wieder schlecht vor Angst.
Das eisige Wasser erreichte seine Haarwurzeln. Er musste seine Arme und Beine bewegen, auch wenn es sich unmöglich anfühlte. Schwimmen, wie er es als Kind im Arbersee gelernt hatte, wenn sie geübt hatten, möglichst lange unter Wasser die Luft anzuhalten. Er hatte immer gegen seine Schwester gewonnen. Nora zog ihn damit auf, dass das nur deswegen klappte, weil er komplett abgestumpft und gefühllos sei. Obwohl seine Lunge schmerzte, durfte er nicht auftauchen. Irgendetwas in seinem Brustkorb tat weh, als würde er zusammengeschnürt. Vielleicht war

es das dünne Seil, das die Erzieher um seinen Brustkorb geschlungen hatten, um ihn unter dem Eis zu sehen und aus dem Wasser herausziehen zu können, falls er es doch nicht schaffte, bis zum nächsten Loch zu schwimmen. Es zerquetschte seine Rippen. Er dachte an das Lächeln seines Erziehers Wilko, an seine Hand, die er ihm manchmal abends beruhigend auf den Kopf legte, wenn er nicht schlafen konnte. Über Leo leuchtete eine weißblaue Schicht Eis voller dunkler Schatten.
Sie mussten ihn aus dem Wasser ziehen, weil er sich nirgends festhalten konnte. Seine Hände rutschten immer ab, das Eis brach und wurde spitz und scharfkantig. Noch liegend bekreuzigte er sich, der Tradition gemäß. Der blaue Himmel strahlte ihn an. Seine Zähne schlugen aufeinander, als sie ihn ans Ufer trugen. Nur langsam ließen sich seine Arme und Beine wieder bewegen. Entkräftet sackte er auf dem Boden zusammen. Die anderen Jungs schauten weg, während er sich umzog, langsam in eine Socke stieg, in die Unterhose. Wenn es dunkel wurde und sie in ihren Betten im Schlafsaal lagen, kroch manchmal einer von ihnen unter seine Decke, und sie wärmten sich gegenseitig. Sie drückten sich aneinander, schliefen umschlungen ein, streichelten ihre Gesichter. Bevor es hell wurde und sie von einem lauten Pfiff zur Morgengymnastik geweckt wurden, lag jeder wieder in seinem eigenen Bett. Sie verloren kein Wort über die Nächte. Am Tag waren sie Konkurrenten um die Aufmerksamkeit der Betreuer und gönnten sich gegenseitig keinen Erfolg, keinen aufsehenerregenden Wutanfall oder klugen Gedanken.
Als Iras Handy klingelte, standen sie gerade vor dem Eingang einer Backstube, um Geld auszugeben und Blinis zu

essen, der Hund kratzte schon an der Tür. Genervt kramte Ira in ihrer Tasche nach dem Telefon. Leo schwitzte wie auf einem Trip, er spürte, dass er jetzt entdeckt worden war. Ira nahm ab und hörte dem Anrufer zu. Es schien Dario zu sein, zumindest nannte sie ihn Käfer, wie immer. Dann zog sie eine Augenbraue hoch und reichte ihm das Telefon. »Er will dich unbedingt noch sprechen.« Darios freundlich-verschlafene Stimme hielt nur bis zu seiner ersten Frage, dann schlich sich das Misstrauen hinein. Leo stammelte etwas von einem Überfall, dann von einem Blackout, schließlich von dem verschwundenen Umschlag. Er wusste, dass er sich entschuldigen musste, er brauchte eine plausible Ausrede, die seinen Aussetzer erklärte, vielleicht konnte er noch davonkommen. Zugleich überschlug er im Kopf, wie viel Geld er wohl verloren hatte, und verrechnete sich dabei immer wieder neu. Darios Stimme erkaltete mit jedem Wort, das er sagte. Er sprach auf Russisch mit jemandem neben sich, wahrscheinlich mit den Zwillingen.
Iras Augen weiteten sich, während sie ihm zuhörte, und wanderten über sein Gesicht. Sie schien Leo zu durchschauen. Ohne noch etwas zu sagen, nahm sie ihm das Handy aus der Hand, legte auf und steckte es wieder in die Tasche. Dann zog sie mit den Zähnen eine Zigarette aus der Schachtel, wie es ein Jugendlicher in einer Gruppe von Mädchen tun würde. »Okay, das war's«, sagte Ira. »We are fucked.« Sie kicherte und zündete die Kippe mit einem zitternden Streichholz an. Ihre Augen flackerten. »Er wird dich umbringen. Das alles ist mehr als nur Camembert, mein Schatz.«
Die Sonne stach in seine Augen, seine Blutgefäße weiteten sich, die Arme, Beine, Hände kribbelten, er konnte

sie kaum mehr anheben. Ein Glücksgefühl durchströmte ihn, und er fühlte sich, als hätte er noch ewig weiterschwimmen können. Kälteschmerz legte sich über seine Haut wie eine eisige Hülle. Er wusste, dass das Fieber ihm noch bevorstand und dass er für dieses Glücksgefühl wahrscheinlich eine Woche lang im Bett liegen würde, hustend, frierend und schwitzend. Aber er hatte bewiesen, dass er etwas hinkriegte, das die anderen Jungen sich nicht ohne weiteres trauten. Die meisten von ihnen schafften es gerade einmal, sich in das kalte Wasser hinabsinken zu lassen und kurz unterzutauchen, dann wollten sie herausgezogen werden und liefen jammernd und fluchend zurück Richtung Ufer, wo sie sich sofort die Kapuzenpullover über die Köpfe zogen. Sie bekreuzigten sich auf dem Boden sitzend, wenn alles vorbei war. Freude durchfloss ihn, als er in den Himmel mit seinen undurchschaubaren Wolken blickte. Wilko streichelte seine eisige Wange. Seine Augen glänzten. »Gut gemacht, Leonard. Das hier bei uns ist deine letzte Chance, Junge. Versau es nicht«, sagte er beschwörend und zog ihm den Pullover über den Kopf.

Berlin, November 2019

Mein Vater rief mich an, als ich gerade Boris' Wohnungstür hinter mir schloss und, noch betäubt vom Schlafmangel, die Treppe hinunterlief. Ich war viel zu lange geblieben, hatte über drei Monate hinweg in Boris' Bett gelegen, in seiner Küche Müsli und Nudeln mit Pesto gegessen und mit seinen Mitbewohnern über Belangloses gesprochen, ihren Alltag, die Arbeit, mein angebliches Sabbatical, das sie mir nur abnahmen, weil sie mich kaum kannten. Auch bei Annette hatte ich mich entschuldigt, erklärt, dass ich viel zu tief in der Arbeit steckte, um noch an etwas anderes zu denken. Dass ich leider vorerst nicht mehr für den Lehrstuhl arbeiten könnte, so sehr ich es auch liebte. Sie klang irritiert und verärgert, aber sie sagte, sie wolle mir die Freiheit lassen. Auch Harriet und Jasmin ließen mich in Ruhe. Ich bekam es einfach nicht hin, mittags aufzustehen, das Haus zu verlassen und sie zum Essen zu treffen. Wenn ich an sie dachte, vergrub ich mein Gesicht im Kissen.

Manchmal schaffte ich es, in die Psycho-Ambulanz zu gehen und, anstatt zu arbeiten, wenigstens dort herumzusitzen. Die Psychiaterin beschrieb meinen Zustand mit einem Fachbegriff: »Gefühlsblindheit nennt sich das, was Sie haben«, sagte sie. »A-l-e-x-i-t-h-y-m-i-e, wenn Sie's genau wissen wollen.« Der Herbst raste vorbei, und

ich merkte nichts davon, die verdammten Wälder hörten nicht auf zu brennen, mein Gehirn konnte weiterhin keine Buchstaben, Worte, Sätze verarbeiten, Boris traf seine Freundin nur noch selten. Wir lebten von seinem Gehalt, meine Schulden versuchte ich von Jasmins Geld zu zahlen. Boris kannte nun alle meine Passwörter, Kontonummern, Gläubiger. Nur meine Wohnung war nicht mehr zu halten, ich kündigte und fand innerhalb eines Tages eine Nachmieterin, die staunend und schmeichelnd durch die Räume lief. Sie war geschockt und konnte ihr Glück kaum fassen, als ich ihr die Wohnung direkt zusagte. Boris sagte nichts dazu, dass ich auf einmal bei ihm lebte. Manchmal hörte ich ihn in der Küche am Telefon streitend telefonieren und nahm an, dass seine Freundin immer wütender auf ihn wurde.
Wir schliefen ausdrücklich nicht miteinander. Das sagte er ihr auch immer wieder. Ich sei nur eine Freundin, die eine schwere Zeit durchmachte und die er pflegte, der er Kohlsuppe ans Bett brachte, neben der er einschlief und endlos Serien schaute. Meine Pläne, nach Russland zu fliegen, lagen in weiter Ferne. Ich schaffte es selten genug, einkaufen zu gehen. Trotzdem versuchte ich mich immer wieder zu kleinen Spaziergängen zu zwingen, schlich dünn und müde über den abgefuckten Innenhof. Kochte für uns Nudeln mit Pesto, schmierte Boris Brote für die Arbeit. Ich ertrug keine Nachrichten mehr, und Boris schirmte mich von allem ab. Wir schauten Comedyserien, Krimis und Dokus über Hochstapler, die mit traurig aussehenden Sandwiches für superreiche Influencer Geld verdienen wollten. Manchmal zwang er mich, meinen Kopf in den seltenen Regen zu halten, der auf sein Fens-

ter prasselte, und tatsächlich ging es mir danach für ein paar Minuten etwas besser.

Wir gingen am Flughafensee spazieren, und er stützte mich, als wäre ich auch körperlich krank und nicht nur an der ominösen Psyche. Während auf dem Bildschirm perfekte Mörder enttarnt wurden, fütterte er mich mit kalter Pizza. Ich erzählte ihm ein paar Bruchstücke der Gedanken, die am stärksten nach außen drängten und von denen ich Angst hatte, sie andernfalls Fremden in der S-Bahn zu erzählen, weil sie mir entgleiten konnten, wenn ich kurz nicht aufpasste. Ich hatte das Gefühl, dass meine Worte in Boris einfach verschwanden, dass sie nie wieder aus ihm herauskommen würden, sondern einfach in sein Gedächtnis einsickerten. Diese Vorstellung beruhigte mich. Es ist doch ein Privileg, was du da machen kannst, sagte er, als ich über die Therapie jammerte, in der wir nach Hypothesen suchten, um meinen Zustand zu erklären. Ich erzählte ihm von den leuchtenden Augen der Psychiaterin, als ich den nächsten Mann in meinem Leben erwähnte hatte, der verschwunden war, ohne sich zu verabschieden, und dass sie es als Fortschritt wertete, dass Boris und ich wieder zueinanderfanden. Schließlich wurde auf diese Weise eine alte Geschichte noch einmal neu erzählt.

Ich setzte mich auf die unterste Stufe der Treppe im Hausflur und starrte auf das Display, auf dem das Foto meines Vaters aufleuchtete. Die Locken, die dicke Hornbrille, die Grimasse, die er zog. Seine seltenen Anrufe bedeuteten normalerweise nichts Gutes, meist war entweder ihm selbst, meiner Mutter oder seiner neuen Familie irgendetwas zugestoßen. Vielleicht hatte er aber auch nur einen bahnbrechenden Gedanken gehabt, den er dringend mit mir teilen musste. Auch das konnte manchmal passieren, geschah allerdings meist in der Nacht und nicht am frühen Morgen. Aber er schaffte es immer wieder, mich zu überraschen.

»Sein Pass war eingenäht in seine Hose. Stell dir vor, er hat ihn zu uns zurückgebracht«, schluchzte er dramatisch, ohne dass ich ahnte, worum es ging. Erst als er etwas herauspresste, das nach »Leonard« klang, kapierte ich es. Ich lehnte mich an die Wand, die in meinem Rücken nachzugeben schien. Der bayerische Dialekt meines Vaters, vermischt mit einer Prise abgehobenem Hamburgisch, stürzte auf mich ein und versetzte mich sofort zurück in den kleinen Ort mit der einen großen Straße, an der die Häuser hingen wie an einer Kette und Omas in Konditoreien verstaubten. Mein Vater heulte, als sei Leo ein verlorener Sohn, den er lange vermisst hätte. Er stammelte etwas von München, von Regensburg, von einer langen Reise, von Clara, von einer Überführung und von dem verdammten kleinen Ort, in dem Leo jetzt endlich wieder angekommen sei, ohne dass mich irgendjemand informiert hatte. Ich sollte mich nicht aufregen, sie hatten mich schließlich schützen wollen, so mitten in der Arbeit, die mich doch immer beschäftigte. »Seit vier Wochen ist er da?«, schrie ich in den Hörer und war schockiert davon, wie laut meine Stimme plötzlich klang. Und dann hustete er nervös, und seine Stimme brach, als er antworten wollte, und ich legte einem Impuls folgend einfach auf. Ich dachte an die Internatsgebühren, an die privaten Entzugskliniken, an die Überführung von Moskau nach München, die mein Vater bezahlt haben musste. An den

Ablasshandel, den er geleistet hatte, um heulend anrufen zu können.
Ich saß noch eine Weile auf den Treppenstufen, starrte auf mein Handy, das leuchtete und blinkte, und steckte es in die Hosentasche. Ich betrachtete die blauen Punkte auf dem grauen Linoleumboden und verband sie gedanklich miteinander, bis sie in meinem Kopf ein ganzes Netz ergaben, das den Boden überzog. In mir war nichts als Leere, weißer Nebel, wie an einem Sonntagmorgen im September, an dem alle Touristen sich aus den bayerischen Dörfern zurückgezogen haben, weil weder wandern noch Ski fahren bei einem solchen Wetter Spaß machen. Ich stellte mir vor, die Tür unseres alten Hauses zu öffnen und auf die leergefegte Straße zu blicken, über der vollkommene Stille lag.
Natürlich hatte ich damals auch alles über die Persönlichkeit von Drogensüchtigen gelesen, was ich finden konnte, um Leo besser zu verstehen. Ich presste mein Handy ans Ohr: »Der Typus des Süchtigen ist das Gegenteil eines rauschhaften und rauschbegabten Menschen, denn er flieht aus Angst und Schwäche in den Elfenbeinturm seiner Sucht«, hatte ich mir aus einer der veralteten Fachpublikationen, die ich in der Regensburger Bibliothek gefunden hatte, als Sprachmemo auf mein Handy gespeichert und dazu »Sucht ist das Gegenteil von Rausch« kommentiert und auf der Aufnahme zufrieden gehustet. Irgendwas hatte mir damals an dem Gedanken gefallen, und wahrscheinlich stimmte es wirklich, dass Leo nicht genießen konnte, was er hatte. Nie konnte er sich mit etwas zufriedengeben, immer musste es zu viel von allem sein.

Ich konnte mir nichts anderes vorstellen, als dass er es wieder übertrieben hatte und bei irgendeinem waghalsigen Versuch, etwas Großartiges zu erreichen, abgestürzt war. Ich dachte an den jungen Mann, den ich aus dem Pool gezogen hatte, an seine seltsam verdrehten Glieder. Natürlich wollte ich Leo besuchen, keinen Moment lang dachte ich darüber nach, nicht zu ihm zu fahren. Wie auf Watte lief ich die Treppe hinauf bis zur Wohnungstür, suchte nach meinem Geldbeutel, der Regenjacke, meinem Nachthemd. Verschämt schlich ich mit meiner Reisetasche, die ich in der Zeit bei Boris gar nicht erst ausgepackt hatte, an den Zimmern seiner Mitbewohner vorbei, die alle noch schliefen.
Boris hatte Frühschicht und war schon vor Stunden zum Werk gefahren. Davor hatten wir noch gemeinsam einen Kaffee auf seinem französischen Balkon getrunken, der eigentlich zu klein war, um zu zweit darauf zu stehen. Boris hatte einen halben Joint geraucht, Gras, vermischt mit CBD, sein Heilmittel für alles, und etwas betrübt ausgesehen. Er hasste das frühe Aufstehen und die gute Laune der Kollegen, die auf ihn warteten und die ihre Salamibrötchen und Zeitungen überall liegen ließen. Er würde sich wundern, dass ich das Haus verlassen hatte, ohne ihm etwas zu sagen. Vielleicht würde er sogar Angst bekommen und nach mir suchen. Ich würde ihn anrufen, sobald ich mehr wusste, das nahm ich mir fest vor, als ich die Tür hinter mir zuschlug und das erste Mal seit Monaten mit einem Ziel im Kopf auf die Straße trat.
Dieses verdammte Bayern, dachte ich, als der Zug Regensburg passiert hatte. Die entlegensten Dörfer verschwanden schon von den Landkarten, und trotzdem lernte es

nichts dazu. Alles sah genauso aus wie vor zehn Jahren. Eine Weile folgte ein Fluss den Gleisen, er lag in Schlingen im Tal. Vier Kilometer lang gab er noch unter dem Namen Kouba die deutsch-tschechische Grenzlinie vor, bis er abwich und auf deutschem Gebiet zum Chamb wurde. Er floss durch bewaldete Gebiete, teilte sich, umfasste ein Stück Land und floss wieder zusammen. Ich zeichnete eine schwankende Linie in mein Schreibheft, in das ich normalerweise ein paar Reisenotizen gemacht, Eindrücke und Ortsnamen notiert hätte. So zeichnete ich die Umrisse der Bäume an der Strecke ab, die verfallenen Bahnhofshäuschen, an denen kein Zug mehr hielt. Die Dorfkneipen, vor denen manchmal jemand stand und rauchte, und die dunklen Kiefernwälder entlang der Gleise. In den Knochen stecken die letzten Jahre eines Lebens, dachte ich, in den Zähnen die ersten Jahre. Räumliche Nähe zu Verbrennungsanlagen, Bergen oder dem Meer lässt sich an ihnen ablesen. Sie drückt sich in den Varianzen leichter und schwerer Atomsorten, den Isotopen aus, die sich im Gewebe ablagern. Kohlenstoff, Stickstoff, Strontium, Schwefel gaben Auskunft über die Nahrung, die ich zu mir nahm, die Luft, die ich atmete, und das Wasser, das ich trank. Meine Herkunft saß in Zähnen, Knochen und Sprache fest, in dem Dialekt, den ich nie völlig loswurde.

Ich wusste nicht, ob ich das Zugfenster aufreißen und die Dörfer anschreien wollte, dass sie meinen Bruder nicht kleingekriegt hatten, dass er endlich wieder aufgetaucht war, oder ob ich lieber dasitzen und den Leuten dabei zusehen wollte, wie sie ihre Brotzeit aßen, Stücke von Käse, Schinken, Brötchen runterschluckten und dabei schon über die nächste Mahlzeit redeten, über den nächsten Tag auf der Arbeit, über Hobbys, Wäscheberge, Elternabende und hübsche Lehrerinnen. Sie schienen sich in der Welt nur aufzuhalten, um eine endlos lange Kette an Aufgaben abzuarbeiten und nach Wegen zu suchen, um sich möglichst gut davon abzulenken. Ich musste an die Männer denken, die bei Leo ihren Stoff gekauft hatten und danach mit tauben Gesichtern davongestolpert waren, auf dem Weg in die nächste Woche voller Anforderungen, die für alle anderen erst sichtbar wurden, wenn man sie nicht mehr schaffte. Als ich aus dem Zug stieg, spürte ich, wie dünn meine Beine geworden waren. Sie trugen mich über den Bahnhofsvorplatz bis zum Kiosk, an dem ich mir einen kalten Eistee kaufte. Ich trank ihn mit dem Rücken an einen Baum gelehnt und wechselte dann das verschwitzte T-Shirt. Hinter dem Bahnhof mit seinen paar Gleisen, den Graffiti und wuchernden Gräsern lag das Krankenhaus.

Als ich geboren wurde, war Leo fünf Jahre alt. Ein Junge mit dunklem Haar und einem Lächeln irgendwo zwischen Verletzlichkeit und Arroganz. An einem Januarmorgen hatten die Wehen eingesetzt. Mein Vater war auf Forschungsreise, also begleitete Leo unsere Mutter ins Krankenhaus. Gegen 11.30 Uhr legten sie mich in seinen Arm: Meine Haut schimmerte blau, die Stirn war noch mit Blut befleckt. Er hatte sofort gewusst, dass aus mir mal etwas Besonderes werden würde. Immer wieder hatte er mir diese unwahrscheinliche Geschichte erzählt, wenn ich genervt von ihm war, sie ausgeschmückt und verändert. Daran dachte ich, als der Fahrstuhl mit mir die Onkologie passierte, die Innere Medizin, die Geburtsstation und Frauenheilkunde, bevor er mich endlich im Wartebereich vor Leos Station ausspuckte. Auf den Gängen saßen Menschen herum, schimpften und zeterten. Alte Frauen lagen in Betten auf dem Flur, sie wirkten weggetreten, in ihrer eigenen Welt gefangen. Ich desinfizierte meine Hände, bevor mich jemand zu Leos Tür brachte. Alles in seinem Zimmer war blau. Sein Gesicht, der spiegelglatte Boden aus Kunststoff, die leuchtenden Kurven auf dem Bildschirm über seinem Kopf, die knittrige Bettdecke, die ihn umfing und heiler aussehen ließ, als er war. Ich folgte den neuen Falten auf Leos Stirn mit meinen Augen. Er lag auf dem Bauch. Seine nackten Füße schauten unter der Decke hervor, Schwielen überzogen die Fußsohlen.

Ich erkannte ihn gleich an seinem Rücken, dem ich hunderttausendmal auf dem Fahrrad hinterhergefahren war, damals trug er immer einen Eastpak, auf dem die ganze Klasse unterschrieben hatte, und saß auf seinem Rennrad, das bei jeder Schwelle im Boden klapperte, weil er zu faul gewesen war, es zu reparieren. Leo fuhr freihändig, riss Äste von den Büschen, testete, wie weit er sich in die Kurve lehnen konnte, ohne den Lenker festhalten zu müssen. Er war verschwitzt, sein T-Shirt nass. Kanülen steckten in seinen Armbeugen, daran hingen Schläuche, an denen Geräte hingen, die ich nicht zuordnen konnte.

Leos Gesicht war ein Schock. Er schlief, aber da waren die Augen, die mich oft vorwurfsvoll angestarrt hatten, wenn ich versuchte, einzuschlafen. Ich hatte seine großen Pupillen noch in Erinnerung, die flackernden Lider, wenn er aus der Bewusstlosigkeit aufwachte. Seinen Blick, der auf mir ruhte, als ich das erste und einzige Mal kopfüber

vom Fünfmeterbrett sprang und mir schwindlig wurde, als ich ins Wasser eintauchte. Seine Arme waren braun und von kleinen Wunden übersät, Mückenstiche und Kratzer. Seine Zähne waren sehr weiß, obwohl man ihm ansah, dass er rauchte: Falten wuchsen um seinen Mund herum. Die Haut sah aus wie die von jemandem, der den ganzen Tag draußen verbringt, irgendwie ledrig. Leberflecken zogen sich über seine linke Wange. Er war viel kleiner, als ich ihn in Erinnerung hatte, und er schwitzte, als hätte er gerade eine Riesendosis genommen.
Sobald ich seinen Schweiß sah, hatte ich einen bitteren Geschmack im Mund, wie bei dem ersten und einzigen Mal, dass ich sein Crystal probiert hatte. Er war nicht zu Hause, sondern unterwegs in den Bergen, und ich setzte mich in den Garten auf einen kaputten Korbsessel, den irgendjemand dort zwischen den Bäumen vergessen hatte, und rieb mir eine kleine Menge zerstoßener Kristalle in das Zahnfleisch. Danach war mir schlecht, und ich spürte zugleich, wie Adrenalin und Endorphine mir vormachten, ich sei überglücklich. Ich konnte nicht verstehen, was Leo an diesem Gefühl finden konnte. Als er nach Hause kam und ich elend auf dem Sofa lag, kippte er seine Vorräte in den Abfluss. Danach hielt er es zwei Wochen länger aus als sonst, nichts zu nehmen, bis dann der Jo-Jo-Effekt einsetzte, und er sich so viel Zeug kaufte, wie die Menschen, die rigoros versuchen, Diät zu halten und danach immer das Eisfach voller Schokoladeneis haben müssen.
Manchmal öffnete er kurz die Augen und schloss sie dann wieder, es war schwer für mich, zu beurteilen, ob er mich erkannte. Eine unendliche Müdigkeit breitete sich in mir aus. Auch Leo sah erschöpft aus, ausgelaugt. Es wunderte

mich nicht, dass seine Augen auch dieses Mal aussahen wie tiefe Brunnen, in die unendlich viel Wasser hineinregnen kann und die sich doch nicht auffüllen lassen. Angeblich war er von einem Schuss getroffen worden, sei ein Kollateralschaden gewesen bei einem Streit zwischen Gangs, mit dem er nichts zu tun hatte und über die er nichts wusste. Er sei nur zur falschen Zeit am falschen Ort gewesen, als brutale Gestalten in schwarzen Anzügen sich gegenseitig angegriffen hätten. Er habe Essen eingekauft und sei überrascht worden von dem plötzlichen Gewaltausbruch auf dem Supermarktparkplatz. Man habe ihn zusammengeschlagen, als er Hilfe holen wollte, dann habe er das Bewusstsein verloren. Der Pfleger ratterte Leos Story herunter, sobald ich vor ihm am Empfang stand. Er schien unbeteiligt, als würde er etwas Ähnliches jede Stunde erzählen.

»Jetzt wissen Sie Bescheid«, sagte die nette Ärztin mit den Augenringen, der OP-Maske und dem pinken T-Shirt unter der weißen Jacke, die der Pfleger auf mein Drängen heranrief und die sich hauptsächlich um Leo kümmerte. Sie legte ihre Hand auf meinen Arm. »So hat es uns zumindest Ihr Bruder erzählt, in einem seiner wachen Momente. Er hat tatsächlich eine Schussverletzung, aber die ist nicht ursächlich für seinen Zustand. Am schlimmsten sind die Verletzungen, die von Schlägen stammen könnten. Wir konnten es noch nicht herausfinden. Er ist immer nur kurz wach, und das, was er erzählt, ist oft unzusammenhängend. Es könnte also auch eine Räuberpistole sein, die Sie gerade von mir gehört haben.« Sie zog eine Augenbraue hoch und schüttelte den Kopf. »Ich höre hier so einiges. Auch viele Erklärungen, die letztlich

Schutzbehauptungen sind. Aber das müssen andere beurteilen. Ich muss jetzt weiter. Viel Glück Ihnen!«
Sie nickte mir zu, deutete auf einen Besucherstuhl neben Leos Krankenbett, der ebenfalls mit einer Plastikfolie überzogen war, und verließ das Zimmer. Auf dem Flur hörte ich sie schon mit einer Kollegin über andere Patienten sprechen: »Dein Blinddarm ist auf Zimmer acht, Maja.« – »Um die Verbrennung in Zimmer neun sollen sich die anderen kümmern, ich hab hier noch drei Patienten auf Seite.« – »Eine TIA steht im Raum.« – »Willst du Schmerzmittel drin haben?« Auf dem Flur klapperten Handtuchwagen, Patientenbetten, beruhigende Stimmen, Banalitäten wechselten sich mit empörten Hilferufen ab: »Hat man mich vergessen?« – »Gehen Sie erst mal pullern, Herr Schmidt.«
Ich ließ mich auf den bequemen Stuhl sinken und lehnte mich zurück. Kurz dachte ich an die Gespräche mit Boris, an meine Hand in seinen Haaren, daran, dass er vielleicht seine Freundin bei sich hatte, nachdem ich ihn wieder einmal zurückgelassen hatte. Mir wurde schwarz vor Augen, wie so oft an diesen heißen Tagen, und ich fragte mich, wo ich war. In Boris' Zimmer, Bayern, Moskau. Meine Gedanken wanderten zwischen den Orten umher. Leos Stimme durchzog sie wie ein Fluss, den ich entlangtrieb, nur dass die Ufer verschwanden, sobald ich auf sie zuschwamm, um endlich rauszuklettern aus diesem erbarmungslosen Lauf der Dinge. Die Moskwa ist grau wie Beton, ich werde hart aufschlagen, wenn ich hineinfalle. Moskau ist eine Enttäuschung, das denke ich mir selbst im Traum. Die meisten Häuser sind Neubauruinen. Überall blinken Lichter, Betten klappern. An

den Kuppeln einer Basilika blättert die Farbe ab. Überall Autos, schöne Menschen, müde Menschen, Fußwege voller Plastiktüten vom Billigkaufhaus. Verwirrte Patienten, genervte Pfleger. Dazwischen liegt Leo herum, Kanülen in den Adern, Messer in der Tasche, ein Teersplitter auf dem Parkplatz eines Supermarkts.

Bayerisch Eisenstein, November 2019

Natürlich hatte er es doch versaut. Er war ein Kiesel, den jemand auf einem Schotterweg vor sich herkickte. Das wurde ihm klar, als sich mal wieder jemand über ihn beugte und nach seinem Namen fragte. Viele Gesichter blickten ihn an. Sie hatten seine Papiere gefunden, und natürlich stand sein Name noch in den deutschen Datenbanken. Er war als Vermisstenfall gelistet, aber auch als potenzieller Brandstifter. Unendlich viele Verstöße gegen das Betäubungsmittelgesetz stünden darin, es sei schon fast zum Lachen, sagten sie. Die Russen hatten Angst, einen verlorenen Touristen zu übersehen, erst recht nach dem Fall Lisa, der noch immer in allen Köpfen war, nur deshalb wurde er gerettet. Er hat ganz viel Glück gehabt. Immer wieder schnappte er diese Sätze auf, gesprochen von schemenhaften Gestalten, die um sein Bett herumstanden. Es konnten Polizisten sein, Menschen aus seiner alten Familie, die er kaum mehr kannte und deren Stimmen ihm nichts sagten.

Viele ältere Menschen, die sich in den undurchdringlichen Wäldern Russlands verirren, die Beeren und Pilze sammeln, Holz für den Ofen im Winter, kommen nicht mehr zurück, sagten sie. Ohne Kompass verliert man schnell die Orientierung, und die Behörden kümmern sich nicht darum. Die Jungen versinken in der Moskwa, gehen einfach verloren nach zu viel Alkohol. Wir hätten unendliches Glück gehabt, dass Leo wieder aufgetaucht war, glaubten die anderen. »Sein Transport ist so teuer gewesen«, sagte mein Vater, als er von unterwegs anrief. »Ich weiß nicht, ob ich ihn noch mal wiedersehen will«, sagte Clara, als ich sie in der neuen Wohnung aufscheuchte. Die Polizisten standen vor mir und wollten etwas über die letzten Tage, Monate, Jahre wissen. Natürlich war ich wieder die Einzige, die antwortete.

Leo war gar nicht da, er hatte die Augen geschlossen und sah aus, als wäre alles okay. Unbeteiligt lehnte er Kaugummi kauend am Gartentor, fuhr sich mit der rechten Hand durch die Haare, während die Fenster zerbrachen. Die staubigen Gardinen wurden von den Flammen gefressen. Die Kisten voller Papiere im Garten fingen Feuer, die Regentonne zerschmolz zu einem Ball aus grünem Kunststoff. Es knisterte und knackte. Flammen schlugen aus dem Schornstein, als hätten wir den Kamin brennen lassen, ein viel zu großes Feuer darin angezündet. In Leos Augen flackerte es. Er hat alte Lappen mit Benzin getränkt, sie in die Flaschen gestopft und angezündet. Ausgeholt, gezielt und sie durch die offene Tür in unser altes Fachwerkhaus geworfen. Ich hatte nichts damit zu tun. Ich stand nur mit offenem Mund neben ihm, schaute mir von außen dabei zu, wie ich an seinem T-Shirt riss.

Der junge Polizist mit dem kreisrunden Milchgesicht runzelte die Stirn. Wir saßen auf dem spiegelglatten Boden, er hatte einen Notizblock vor sich liegen. Schrieb etwas auf, schüttelte den Kopf, strich wieder etwas. Es fühlte sich an, als wäre der Boden von Wasser bedeckt. Eine dünne, nasse Schicht. Wir saßen in einer Pfütze von geschmolzenem Schnee. Ich war in eine goldene Rettungsdecke gewickelt. Meine Hände hielten einen Plastikbecher. Leo war nicht da, als ich abends im Bett lag. Elisabeth stellte einen Suppenteller mit Brühe auf meinen Nachttisch, sie strich mir wissend über den Kopf, ich hatte noch nicht begriffen, was geschehen war. Leo war weg, als der Typ vom Jugendamt mich skeptisch musterte, so kann es nicht weitergehen, das war doch ein Hilferuf. Wo ist denn dein Bruder, der Leonard kriegt keine Probleme, wenn er sich stellt.

Er war ganz unbeteiligt. Aus seiner Nase lief Schleim, aber er konnte ihn nicht wegwischen. Überall blinkten Lichter, wenn er die Augen kurz öffnete, die Kanüle in seinem Arm schmerzte. In seinem Kopf schlug eine Tür zu. Oder jemand schoss. Egal, was er gemacht hat, er ist immer noch mein Bruder: ein Satz, den man gut einem Polizisten an den Kopf knallen kann. Da stand seine Schwester. Sie wurde rot. Wie immer, wenn sie sich aufregte. Ihre Haare flogen, die Sommersprossen explodierten; ihr Gesicht war voll davon. Der Zorn stand auf ihrer Stirn, sie hatte den Bullen an den Eiern, und Leo wusste, dass er mit ihr nicht mithalten konnte, obwohl sie doch die Jüngere war.

Sie hatte nichts damit zu tun. Sie hatte nicht die alten Lappen mit Benzin getränkt, sie in die Flaschen gestopft und angezündet. Ausgeholt, gezielt und sie durch die offene Tür in das alte Fachwerkhaus geworfen. Sie stand nur mit offenem Mund neben ihm, schaute sich von außen dabei zu, wie sie an seinem T-Shirt riss. Es gab nur einen Schuldigen an dem ganzen Chaos. Eigentlich wollte er es hinausschreien, damit es ein für alle Mal geklärt war. Doch niemand hörte ihm zu. Stattdessen schwebte er durchs Fentanyl-Delirium und buchstabierte seinen Namen in den Raum: I-C-H.

Dezember 2019, Bayerisch Eisenstein

Leo erzählte mir die Geschichte wieder und wieder, und ich fragte mich, ob er stolz darauf war, auf einem Supermarktparkplatz niedergeschossen worden zu sein. Zumindest leuchteten seine Augen auf, wenn er davon redete und nervös an der Kanüle in seinem Arm herumzupfte, bis ich ihm einen Klaps gab. Ich glaubte ihm kein Wort. Was er erzählte, klang zu sehr nach seinen üblichen Phantasmen, den Geschichten, die er sich schon als Junge ausgedacht hatte, um mich, je nach unserem aktuellen Beziehungsstatus, zu verwirren oder aufzuheitern. Ich hatte das Gefühl, dass er etwas verschwieg, irgendetwas Entscheidendes. In seiner Geschichte kamen keine Schläge vor, keine Tritte, keine Kratzer auf den Wangen und kein Motiv für einen Angriff auf ihn. Keine Gründe für seine Stimmungsschwankungen, die so heftig waren wie früher.

Leo redete viel zu schnell, als dass ich ihm glauben konnte, er verschluckte Worte und Erklärungen. »Wir waren noch beim Großmarkt, und Dario zerrte an meinem Arm«, sagte er. »Wir drehten uns um und fingen an zu rennen, obwohl ich gar nicht wusste, was überhaupt los war.« Leos Stimme hob sich dramatisch an, und ich wusste an dieser Stelle schon, dass seine Geschichte kein gutes Ende nehmen würde. »Wir rannten also in Richtung unseres

Transporters, der auf dem Parkplatz stand. Pita, Ira und so saßen noch drin, auch der Hund, nur Dario und ich waren reingegangen, kurz was abgeben, weil wir die Leute ja schon kannten. Außer uns standen kaum Autos vor dem Markt, die Gastronomen kamen meist viel früher als wir. Ira hat ihren Kopf aus dem Fenster des Transporters gesteckt, um zu hören, wo die komischen Geräusche herkamen. Wir alle schauten in dieselbe Richtung; ein Jeep fuhr langsam auf den Parkplatz. Zwei Typen stiegen aus. Einer trug Sonnenbrille und eine Uniform, der andere Jeans und ein hellblaues T-Shirt. Er war schmächtig und blass, wie so ein Milchbubi aus Regensburg. Sein Gesicht habe ich sofort wieder vergessen, so unscheinbar war der. Seine Hand glitt in die Jackentasche und zog einen schwarzen Gegenstand heraus. Ich habe ihn angestarrt. Man glaubt ja nicht wirklich, dass einer eine echte Waffe hat. Die russische Flagge vor dem Supermarkt fiel auf Halbmast. Die Musik aus dem Supermarkt hörte auf. Selbst die Vögel am Himmel blieben im Flug stecken, stell dir das mal vor.« Leo machte eine bedeutungsvolle Pause.

»Dann hat der Typ wirklich abgedrückt. Ganz oft hintereinander. Ira ist nach hinten in den Transporter gefallen, ohne um Hilfe zu rufen. Dario und ich haben uns viel zu spät auf den Boden geworfen, als ob ein Gewitter käme. Man muss sich vorstellen, dass man den Donner keine Sekunde nach dem Blitz hört, so nah war die Katastrophe«, sagte Leo und klopfte mit seiner Hand auf die Bettdecke. »Dann ist der Jeep einfach weggefahren, und ganz viele Menschen sind plötzlich umhergejagt, ich weiß gar nicht, wo die alle herkamen. Ira hat in dem Transporter gelegen. Ihre Arme waren voller Blumen und Sterne. Es hat nach Eisen gerochen und nach irgendwas Bitterem. Die Sitzpolster haben das ganze Blut abbekommen. Dario hat sie an den Schultern gepackt und geschüttelt. Ich glaube, es ging ihr einigermaßen okay, zumindest hat sie das gesagt.« Leo kaute auf dem Kaugummi herum, das ich ihm mitgebracht hatte, seine Erzählung stockte kurz. »Dann bin ich ohnmächtig geworden.«

»Schade, dass du nicht da warst«, sagte er. »Du hättest gewusst, was zu tun ist. Wo ist bloß der Hund abgeblieben? Ständig lag er im Weg rum.« Leo öffnete den Mund, um zu husten oder zu sprechen oder einfach nur zu atmen. Ich beugte mich zu ihm hinunter und hielt seinen Kopf. Die Kugel hatte ihn in den Rücken getroffen, sie wüssten noch nicht genau, was alles verletzt worden war, sagten die Ärzte. Aber wenn Leo etwas erzählte, hörte ich, dass auch seine Gedanken sich verändert hatten. Früher waren sie oft überreizt gewesen, unvorsichtig, viel zu schnell, meistens übertrieben. In diesen Tagen waren sie konfus und aggressiv. Ich fragte mich, ob er sich wieder richtig erholen und ob damit das Chaos aus ihnen verschwinden würde. Mein Vater war seit zwei Wochen auf Forschungsreise, verloren in seinen Gedanken und mit Perspektive auf Drittmittel, die seinem Projekt bald bewilligt werden könnten. »Der Leonard ist schließlich gut versorgt«, sagte er, bevor er aufbrach. »Sonst würde ich nicht wegfahren, das weißt du doch.« Clara rief erst ständig an und dann gar nicht mehr.

Es dauerte ein paar Wochen, bis es Leo an einem verschneiten Donnerstag endlich besser ging und er sich mit der Hilfe einer Pflegerin selbst die Haare waschen konnte.

Sie kicherten im Badezimmer. Das Bett roch nach künstlichem Pfirsich, Leos Haut glänzte von der fettigen Creme. Er konnte seine Arme und Beine selbst bewegen und sah auch besser aus – die blauen Flecken waren abgeklungen. Endlich ging es bergauf, dachten wir und sprachen uns Mut zu. Die Pfleger und die Ärzte schienen sich fast so sehr darüber zu freuen wie über zwei Wochen Urlaub. Leo strahlte und war reizend. Zu der Lücke zwischen seinen vorderen Schneidezähnen war noch eine weitere hinzugekommen. Ich schaute aus dem Fenster, und es war tatsächlich längst Winter geworden, Schneematsch lag überall, klebrig und grau. Die Station füllte sich mit Skiunfällen, ein paar Crystalopfer waren auch dabei. Ich fragte mich, wann die ersten auftauchen würden, die ich kannte. Das Personal rauchte auf dem Innenhof der Klinik und flickte sein Nervenkostüm mit Lästereien.

Obwohl ich ihn oft besuchte, schickte Leo mir Sprachnachrichten. Er erzählte von der Vergangenheit: seiner Zeit in Russland, der ersten Überdosis, verlorenen Paketen, Barrikaden auf dem Maidan, Tauchen unter dem Eis, von einem Moment, an dem er fest glaubte, bald Vater zu werden. Dinge, nach denen ich nie gefragt hatte und von denen ich nicht glauben konnte, dass sie wirklich passiert sein konnten. Er musste sie sich ausgedacht haben, so wie früher die Geschichten von unendlichem Reichtum und Unsterblichkeit, die wir erlangen würden, wenn wir endlich in Berlin ankämen und die Zeit in Bayern nur noch ein kleines Fragment unserer Lebensgeschichten wäre. Leo sprach die Nachrichten immer wieder auf, obwohl ich ihm nur knapp darauf antwortete. Minutenlang, mit heiserer, unbeholfener Stimme, als wolle er beichten.

Erst als er schon wieder im Zimmer und auf den Gängen herumwandern konnte, anfing, sich mit den Typen aus den Nachbarzimmern zu unterhalten, Zigaretten zu schnorren und sie auf der Feuertreppe zu rauchen, fasste ich mir ein Herz. Ich hatte uns lange genug geschont, dachte ich. Die Frage, die mich über die Jahre immer beschäftigt hatte, fühlte sich ganz klein an, als ich sie aussprach. »Warum bist du damals eigentlich einfach weggegangen?«, fragte ich und befahl Siri mit trockenem Mund, ihm die Nachricht zu schicken. Mit dem »eigentlich« versuchte ich, die Frage beiläufiger klingen zu lassen, damit er sich nicht unter Druck gesetzt fühlte, mit dem »einfach« wollte ich unterstreichen, wie sehr er mir mit seinem Verschwinden wehgetan hatte. Anders als sonst kam ewig nichts zurück. Ich lag neben meinem Handy auf dem Hotelbett und wartete auf den Moment, an dem ein lachendes Cowboy-Emoji auf dem Display erscheinen und eine Antwort von Leo ankündigen würde.

Seine Stimme klang belegt, und ich war mir sicher, dass er genau wusste, wie gespannt ich auf seine Erklärung wartete. »Schwesterchen«, sagte er und hustete. »Du kennst mich doch.« Ich hörte das Klicken seines Feuerzeugs und dass er die Luft scharf einsog. »Ich konnte mich nicht einsperren lassen, das hätte ich nicht hingekriegt. Da wäre ich ja eingegangen. Und dich hätte ich auch enttäuscht. Stell dir mich zwischen den ganzen blassen Gestalten in der JVA in Straubing vor. Was sollte ich da machen? Jeden Tag den gleichen Hof hoch und runter laufen? Nutzlose Vogelhäuschen bauen?« Für einen Moment hatte ich den Eindruck, dass er ganz klar war und ehrlich mit mir sprach. Dann zerfaserten seine Sätze wieder, er fing an, die Floskeln zu verwenden, die er früher benutzte, wenn er zu viele Drogen genommen hatte und sich nicht mehr konzentrieren konnte. »Du weißt doch«, schloss er seinen merkwürdigen Monolog, »nur die Gedanken sind und bleiben frei, egal was passiert.« Wie so oft war ich mir nicht sicher, ob er mir mit Absicht auswich oder wirklich den Faden verlor. Ich dachte daran, was er über Enttäuschung gesagt hatte, und dass er sich wohl als Versager fühlte. Dabei hatte ich ihn nie wirklich in Frage gestellt, egal wie viel ich über ihn geschimpft oder mich für ihn geschämt hatte.

Hastig zog ich meine Jacke an und machte mich auf den Weg in die Klinik. Im Zug sah ich mir, um mich zu beruhigen, Fotos an, die Boris geschickt hatte. Er hatte Selfies vor belanglosen Sehenswürdigkeiten gemacht, als wäre er in Berlin im Urlaub und ich alleine zu Hause geblieben. Ich betrachtete sein schüchternes Grinsen auf dem schrecklich hässlichen Alexanderplatz, vor den Abhörruinen auf dem Teufelsberg oder dem Bundestag, als hätten wir diese Orte nicht beide schon tausendmal besucht. Er schickte auch Screenshots von den neuen Folgen unserer Lieblingsserien. Ich schaffte es wieder einmal nicht, ihm zu antworten.

Meine Schuhe hinterließen nasse Flecken auf dem Boden von Leos Krankenzimmer. »Was ist das denn bloß für ein Wetter draußen?«, kommentierte er und zeigte auf die grauen Wolken vor seinem Fenster. Seit ein paar Stunden fiel Schneeregen. Leo lächelte mich an. Er wirkte weggetreten, nicht ganz bei sich. Ich ahnte, dass seine Stimmung in diesem Zustand schnell kippen konnte. »Ich hab dir was mitgebracht«, sagte ich und schüttete meinen Beutel mit Süßigkeiten auf seinem Nachttisch aus: Ingwerbonbons und Pistazienkekse. »Mega«, sagte Leo, »hab ich ewig nicht gekauft, dabei sind die richtig geil.« Wir aßen und schwiegen, obwohl es noch viel zu sagen gegeben hätte. Ich nahm mir fest vor, nicht gleich aufzugeben. Ihn noch einmal nach der Zeit vor zehn Jahren zu fragen.

Die Besuchszeit von einer Stunde ging zu schnell vorbei. Als ich das Zimmer verlassen wollte, zupfte mich Leo am Ärmel. Das war seine neue Lieblingsgeste. Wie oft, wenn ich ging, fragte er mich, wann er endlich auch im Zimmer rauchen konnte, wann sie ihn endlich entlassen würden. Ich spürte seinen Zorn heranrollen, er verfiel in ein Kauderwelsch aus Russisch, Deutsch und Englisch. Ich verstand nur Bruchstücke. Aufgeregt sprach er von einem Parkplatz, einem Deal, einem Mädchen. Sein Gesicht wurde ganz rot. »Du Miststück«, schrie er in Richtung der Zimmerwand. »Komm mich nur bald wieder besuchen, dann reiß ich dir die Zunge raus!«

Leos Zimmernachbar, ein alter Mann, öffnete die Augen, die er die ganze Besuchszeit über respektvoll geschlossen gehalten hatte. Die beiden waren zu Leidensgenossen geworden, bemitleideten sich, manchmal, wenn ich ins Zimmer kam, kicherten sie aber auch und weigerten sich, mir zu erzählen, worüber sie lachen mussten. Die Therapiegeräte neben den Betten knisterten und knirschten. Der Raum zitterte wie meine Unterlippe. »Ja, ja. Ist doch gut jetzt, Junge«, sagte der alte Mann bestimmt, und Leo hielt tatsächlich den Mund.

Epilog

Bayerisch Eisenstein Dezember 2019
Alles sieht ganz anders aus, als ich am Silvesterabend in Eisenstein aus dem Zug steige. Die Häuser kommen mir winzig vor. Lebkuchenhäuser, die jemand mit Schlagrahm zugekleistert hat, beleuchtet mit Sternen und Girlanden, wie die Buden auf einem Weihnachtsmarkt. Aber mit meinen Augen stimmt auch etwas nicht, sie tränen die ganze Zeit. Das Rauschen in meinen Ohren kommt vom Tauwetter, die Flüsse schwellen an und treten über ihre Ufer. Die Luft fühlt sich nicht so an wie sonst, wenn sich Lawinen ankündigen. Trotzdem müssen Schneemassen zwei Skifahrer in den Bergen verschüttet haben, die gerade noch gerettet werden konnten. So erzählte es zumindest die Moderatorin im Radio, während ich im Stationsbüro auf einem Plastikhocker saß, einen Becher schwarzen Kaffee in der Hand. Die Pfleger hatten mich dort hineinimprovisiert, weil alle anderen Zimmer belegt waren. Die Ärztin, die vor mir saß, hatte genau die gleichen Augenringe und die gleiche sachliche Stimme wie immer, als sie mir erklärte, dass Leo aus dem Krankenhaus verschwunden war. Sie sah mich forschend an, wartete ab, wie ich auf ihre Botschaft reagieren würde. »Vor zwei Tagen habe ich doch noch an seinem Bett gesessen«, sagte ich.
Die Nachrichten liefen weiter, obwohl die Pfleger den Raum verließen, ihre Kaffeetassen abstellten und sich

bereit machten für den jährlichen Ansturm der verletzten Silvesteropfer. Jemand hatte eine Flasche Asti Cinzano und ein paar Gläser zum Anstoßen mitgebracht. Sie steht neben den Merci-Packungen auf dem Tisch. Die Radiomoderatorin redete von einer Lungenkrankheit, die ein paar Menschen in Wuhan umgebracht hatte und sich schnell ausbreitete. Wieder so eine Panikmache, die sich nach den ersten Schlagzeilen in Luft auflöst, dachte ich. Natürlich wird auch diese Krise nicht uns in Europa erreichen, wie manche mutmaßen, sondern dieselben Menschen treffen, die es immer trifft, sagte ein blasierter zugeschalteter Experte. »Ich weiß. Aber er kann gehen, wohin er will, er ist erwachsen. Das müssen Sie akzeptieren«, sagte die Ärztin. Und: »Es tut mir leid.«
Wie in Trance laufe ich die vertraute breite Straße entlang, an der die Häuser wie an einer Kette hängen. In den ordentlich bepflanzten Vorgärten werden Laub und Amazon-Kartons verbrannt. Am liebsten würde ich den Arztbrief mit Leos Diagnosen in eins der Feuer werfen, ich brauche ihn nicht mehr. Die Leute grillen ihr selbst erschossenes Wildschwein und interessieren sich nicht für die Blicke einer wütenden jungen Frau aus der Stadt. Vielleicht sind sie aber auch einfach nur mit sich selbst beschäftigt, zumindest sehen sie ganz versunken aus in ihren Gedanken. Sie nutzen die freien Tage zwischen den Jahren, um ihre Häuser auf schwere Witterungseinbrüche vorzubereiten. Alles leidet darunter, wenn niemand rausgehen kann, die Dächer und das Familienleben. Das Gewaltpotenzial nimmt zu, wenn die Leute miteinander eingeschlossen sind, in einem Horrorwinter, und plötzlich Familie spielen sollen. Lawinenschnee wird hart wie

Beton, sobald er zur Ruhe kommt, spricht die Stimme meines Vaters in meinem Kopf.
Ich lasse mich in mein Hotelbett sinken, stecke den Zettel mit dem Briefkopf der Klinik in die Nachttischschublade und halte das Handy ans Ohr. Siri redet irgendwas. Morgen soll es endlich wärmer werden und das Eis auf den Straßen abtauen, aber vermutlich ist das in Wirklichkeit problematisch und ein Symptom für ein großes Problem mit El Niño oder der Sahara. Vereinzelt explodieren Böller in der Ferne. Boris hat mir eine lange Sprachnachricht geschickt, in der er um Verzeihung bittet. Ich weiß nicht, wofür er sich entschuldigt, vielleicht dafür, dass seine Freundin bei ihm eingezogen ist. Sie passen einfach besser zusammen, sagt er, und dass ihm das leidtut. Er konnte sich viel zu lange nicht entscheiden. Eigentlich bin wohl ich es, die um Entschuldigung bitten müsste, aber ich bringe es nicht über mich, ihn anzurufen. Ich weiß, dass es zwischen uns beiden eine Vertrautheit gibt, die er nicht leugnen kann. Ich denke daran, wie er sich auf meinem Bauch zusammengerollt hat, und glaube nicht daran, dass das austauschbar ist.
Leo und ich haben uns immer alles aufgeteilt: Er geht, ich bleibe zurück. Ich weiß, dass er sich draußen in der Unsicherheit wohlfühlt. Ich weiß, dass ich einen Weg finden muss, um weiterzuarbeiten, damit es mir besser geht. Ich weiß, dass ich auf seltsame Weise erleichtert bin. Vielleicht, weil alles in seine Ordnung zurückfindet. Mehr weiß ich noch nicht, also spreche ich in das Mikrofon meines Handys und warte auf Antworten. Die Stimme strömt aus meinem Mund wie Schneewasser oder der Feierabendverkehr auf einer Großstadtstraße, und alle

müssen zuhören, ob sie wollen oder nicht. Ich erzähle von diesem einen Tag, an dem das Feuer ausbrach und an dem sich alles zuspitzte, was davor schon schiefgelaufen war, und der alles noch viel schlimmer machte. Schließlich war es der Tag, an dem ich meinen Bruder verlor. Ich rede von meiner eigenen Krankheit, die ich immer noch nicht richtig verstehe und die irgendwo in der Seele sitzen soll.

Ich lösche die Nachricht immer wieder, weil ich ständig Fehler finde in dem, was ich sage. Dann reiße ich mich zusammen und spreche den Satz aus, der sich in meinem Kopf festgesetzt hat, den besten aller Küchenzurufe, über den ich noch nachdenken werde, wenn ich schon lange wieder in Berlin bin. Ich sage Siri, dass sie die Nachricht an mein gesamtes verbleibendes Adressbuch versenden soll. Sie antwortet: »Nachricht gesendet.« Zehn Sekunden lang passiert nichts, dann vibriert das Telefon auf dem Nachttisch. Nachrichten gehen ein. Ich drücke das Handy ans Ohr, »pling, pling, pling, pling, pling«, antwortet es.

»Das ist eine bescheuerte Fehldiagnose«, sagt Jasmin und meint damit die Gefühlsblindheit, die mir diagnostiziert wurde. Sie scheint amüsiert zu sein und lacht ins Telefon, als wäre ihr eine Last von den Schultern gefallen. »Du hättest einfach mal uns fragen sollen, dann hätten wir dir gleich sagen können, dass du von uns allen die Emotionalste bist. Wer von uns jammert denn den halben Tag, nur weil ein Berg in Polen vom Klimawandel bedroht ist? Wer von uns fährt nächtelang mit dem Auto durch Brandenburg, um runterzukommen, während es bei allen anderen ausreicht, einen Abend in einer Bar zu verbringen?« Jasmins Stimme hört sich ganz anders an als sonst. Ich drücke das Handy an mein Ohr und versuche zu verstecken, dass ich überrascht bin. »Aber wenn das eine Fehldiagnose war«, sage ich und merke, wie meine Stimme sich ins Unbekannte vortastet, »was ist denn dann los mit mir?«

Die Lawine bringt ihre Opfer in eine Rotationsbewegung. Während der langen Fahrt werden die Menschen hin und her geschleudert und um die eigene Achse gedreht. Sie verlieren jede Orientierung in dem fließenden Schnee. Das Rauschen in meinen Ohren kommt vom Tauwetter, die Flüsse schwellen an und treten über ihre Ufer. Das Wasser findet seinen Weg ins Tal und in das Kopfkissen. Es wärmt mein Gesicht wie der Gedanke an Boris' Hände, Jasmins Locken, Leos Zahnlücke und hört nicht mehr damit auf.

FSC
www.fsc.org
MIX
Papier | Fördert gute Waldnutzung
FSC® C014496

Lektorat © Frankfurter Verlagsanstalt
Herstellung und Umschlaggestaltung: Laura J Gerlach
unter Verwendung eines Motivs von © istockphoto.com/Arte Index
Satz: psb, Berlin
Druck und Bindung: GGP Media GmbH, Pößneck
Printed in Germany
ISBN 978-3-627-00311-1